LES AUTEURS GRECS

EXPLIQUÉS D'APRÈS UNE MÉTHODE NOUVELLE

PAR DEUX TRADUCTIONS FRANÇAISES

L'UNE LITTÉRALE ET JUXTALINÉAIRE PRÉSENTANT LE MOT A MOT FRANÇAIS
EN REGARD DES MOTS GRECS CORRESPONDANTS
L'AUTRE CORRECTE ET PRÉCÉDÉE DU TEXTE GREC

avec des sommaires et des notes

PAR UNE SOCIÉTÉ DE PROFESSEURS

ET D'HELLÉNISTES

PINDARE

LES NÉMÉENNES

EXPLIQUÉES LITTÉRALEMENT
TRADUITES EN FRANÇAIS ET ANNOTÉES

PAR M. SOMMER
Agrégé des classes supérieures des lettres

L. HACHETTE ET Cie
LIBRAIRES DE L'UNIVERSITÉ ROYALE DE FRANCE

A PARIS
RUE PIERRE-SARRAZIN, N° 12
(Quartier de l'École de Médecine)

A ALGER
RUE DE LA MARINE, N° 117
(Librairie centrale de la Méditerranée)

LES

AUTEURS GRECS

EXPLIQUÉS D'APRÈS UNE MÉTHODE NOUVELLE

PAR DEUX TRADUCTIONS FRANÇAISES

Cet ouvrage a été expliqué littéralement, traduit en français et annoté par M. Sommer, ancien élève de l'École normale, agrégé des classes supérieures des lettres.

Le texte grec a été revu par M. Fix.

Paris. — Typographie de Firmin Didot frères, rue Jacob, 56

LES
AUTEURS GRECS

EXPLIQUÉS D'APRÈS UNE MÉTHODE NOUVELLE

PAR DEUX TRADUCTIONS FRANÇAISES

L'UNE LITTÉRALE ET JUXTALINÉAIRE PRÉSENTANT LE MOT A MOT FRANÇAIS
EN REGARD DES MOTS GRECS CORRESPONDANTS
L'AUTRE CORRECTE ET PRÉCÉDÉE DU TEXTE GREC

avec des sommaires et des notes

PAR UNE SOCIÉTÉ DE PROFESSEURS
ET D'HELLÉNISTES

PINDARE
NÉMÉENNES

L. HACHETTE ET Cie
LIBRAIRES DE L'UNIVERSITÉ ROYALE DE FRANCE

A PARIS
RUE PIERRE-SARRAZIN, N° 12
(Quartier de l'École de Médecine)

A ALGER
RUE DE LA MARINE, N° 117
(Librairie centrale de la Méditerranée)

1847

AVIS

RELATIF A LA TRADUCTION JUXTALINÉAIRE.

On a réuni par des traits les mots français qui traduisent un seul mot grec.

On a imprimé en *italiques* les mots qu'il était nécessaire d'ajouter pour rendre intelligible la traduction littérale, et qui n'avaient par leur équivalent dans le grec.

Enfin, les mots placés entre parenthèses doivent être considérés comme une seconde explication, plus intelligible que la version littérale.

DES JEUX NÉMÉENS.

Les jeux Néméens étaient ainsi appelés de Némée, ville du Péloponèse, voisine d'une forêt qui portait le même nom. On les célébrait tous les trois ou cinq ans, et ils étaient comptés entre les quatre plus fameux de la Grèce. Ils furent institués, dit-on, par Hercule, en mémoire de la victoire qu'il avait remportée sur le lion de Némée. Pausanias dit que ce fut Adraste, un des sept chefs de la première guerre de Thèbes, qui en fut le fondateur, et telle est probablement l'opinion de Pindare (Voyez *Néméennes*, VIII, fin); d'autres racontent que ce fut pour honorer la mémoire du jeune Opheltès ou Archémore, fils du roi Lycurgue, que les sept chefs argiens célébrèrent ces jeux; d'autres enfin prétendent qu'ils furent consacrés à Jupiter Néméen. Dans ces jeux, on courait à pied, à cheval et sur des chars; enfin, on faisait tous les exercices usités dans les grands jeux de la Grèce. C'étaient les Argiens qui les faisaient faire à leurs dépens dans la forêt de Némée, et qui en étaient les juges. Ils jugeaient en habit de deuil (sans doute en souvenir de la mort d'Archémore), et le vainqueur recevait une couronne, qui d'abord était d'olivier; mais les Argiens ayant été battus dans la guerre contre les Mèdes, changèrent l'olivier en une herbe funèbre nommée ache. Selon d'autres, elle fut d'ache dès l'origine en mémoire de la mort d'Archémore. Les jeux Néméens formaient une ère pour les Argiens et pour les peuples du voisinage.

BOUILLET, *Dictionnaire de l'Antiquité.*

ARGUMENTS ANALYTIQUES.

ODE I. *A Chromios d'Etna, vainqueur à la course des chars.* Chromios, fils d'Agésidame, et originaire de Géla, est célébré dans la première et la neuvième Néméennes. Il s'était distingué à la bataille d'Hélore, livrée aux Syracusains par Gélon, tyran de Géla ; il passa ensuite à Syracuse avec Gélon, dont il devint le beau-frère. Plus tard, Hiéron le nomma gouverneur de la nouvelle ville d'Etna (fondée la 1re année de la 76e olympiade), et c'est pour plaire à Hiéron que Chromios se fit proclamer Etnéen.

Après l'éloge de la Sicile, Pindare vante les qualités de Chromios. Il termine par le récit du premier exploit d'Hercule, étouffant les deux serpents envoyés par Junon contre lui.

Cette ode paraît avoir été composée la 4e année de la 76e olympiade, et chantée à Ortygie, en présence de Pindare.

ODE II. *A Timodème d'Athènes, vainqueur au pancrace.* Timodème, fils de Timonoos, appartenait à une famille célèbre par ses victoires dans les jeux de la Grèce.

Cette ode n'est guère qu'une courte exhortation, à laquelle se rattachent l'éloge d'Acharnes et de Salamine, double patrie du vainqueur, et l'énumération des triomphes des Timodémides.

Elle paraît avoir été composée et chantée à Athènes peu avant la bataille de Platée, qui eut lieu l'an 479 avant l'ère moderne.

ODE III. *A Aristoclide d'Égine, vainqueur au pancrace.* Aristoclide, fils d'Aristophane, avait vaincu dans sa jeunesse aux jeux de Némée, et plus tard à ceux d'Épidaure et de Mégare. Cette ode est de beaucoup postérieure à la victoire d'Aristoclide à Némée.

L'idée dominante est un parallèle entre le vainqueur et les Éacides. Le poëte vante surtout Pélée, Télamon, et les exploits de la jeunesse d'Achille. Il fait ensuite l'éloge de son héros dont il rappelle les victoires, et termine en s'excusant de lui envoyer si tard son poëme.

Cette ode a été composée à une époque incertaine, mais dans tous les cas antérieure à la prise d'Égine par les Athéniens (4e année de la 80e olympiade). Elle fut probablement chantée dans un festin donné au Théarion pour l'anniversaire de la victoire d'Aristoclide.

ODE IV. *A Timasarque d'Égine, vainqueur à la lutte.* Timasarque, fils de Timocrite, de l'illustre famille des Théandrides, avait déjà vaincu plusieurs fois dans les jeux de la Grèce.

Le poëte vante les charmes de la poésie, qui adoucit les peines de l'athlète. Après avoir rappelé les victoires de Timasarque, il célèbre les exploits d'Hercule et de Télamon, revient bientôt aux héros de l'île d'Égine, Teucer, Ajax, Achille, Néoptolème, et s'arrête sur la prise d'Iolcos par Pélée, et sur son hymen avec Thétis. Il termine par l'éloge de Calliclès et d'Euphanès, oncle et aïeul de Timasarque, et de Mélésias, son précepteur.

Cette ode, dont on ne sait pas la date précise, est antérieure à la 80e olympiade.

ODE V. *A Pythéas d'Égine, vainqueur au pancrace.* Pythéas, fils de Cléonice, appartenait à la famille des Psalychides. Il avait vaincu aux jeux de Némée, de Delphes et de Mégare.

La première partie de l'ode est consacrée aux aventures de Pélée à la cour d'Acaste, et à son mariage avec Thétis. Dans la seconde, le poëte loue Euthydème, oncle de Pythéas, vainqueur aux jeux d'Égine, Pythéas lui-même, Ménandre son précepteur, et Thémistius, son oncle maternel.

Cette ode est antérieure à la cinquième isthmique, où Pindare célèbre Phylacidas, frère de Pythéas; or, comme la cinquième isthmique se rapporte à la première année de la 75e olympiade, on peut conclure que la cinquième Néméenne est antérieure à la bataille de Salamine.

ODE VI. *A Alcimidas d'Égine, vainqueur à la lutte.* Alcimidas était de l'illustre famille des Bassides.

Le poëte consacre son ode entière à la famille d'Alcimidas, qui, dit-il, semblable aux champs qui se reposent une année, fournit un héros sur deux générations. Il rappelle les éclatantes victoires de Praxidamas, aïeul d'Alcimidas; il loue ensuite la famille toute entière, et en particulier Callias et Créontidas. La victoire qu'il proclame est la 25e de celles remportées par les Bassides. Il termine par quelques vers en l'honneur de Mélésias, instituteur d'Alcimidas.

On ne sait pas au juste l'époque à laquelle cette ode fut composée; il faut la placer entre la 75e et la 80e olympiades. Elle fut chantée à Égine.

ODE VII. *A Sogène d'Égine, vainqueur au pentahle.* Sogène, fils de Théarion, était de la famille des Euxénides.

Le poëte invoque Ilithye, qui donne aux enfants une constitution robuste; c'est à elle que Sogène doit ses triomphes. Il consacre ensuite une grande partie de son ode à se justifier du reproche que lui adressaient les Éginètes, d'avoir outragé Néoptolème à Delphes dans un péan; il raconte la mort de ce héros. Il revient ensuite à son sujet, fait l'éloge de Théarion, et termine par celui de Sogène, sur qui il appelle la protection d'Hercule.

Cette ode est de la 4ᵉ année de la 79ᵉ olympiade; elle fut chantée à Égine.

ODE VIII. *A Dinis d'Égine, vainqueur au stade.* Dinis, de la tribu des Chariades, avait remporté deux victoires au stade. Son père, Mégas, avait aussi vaincu autrefois.

Pindare débute en célébrant la puberté et l'amour qui ont donné Éaque à Égine; il invoque pour la patrie du vainqueur la protection de ce héros. Bientôt il flétrit l'envie qui perdit Ajax, dont il raconte la mort. Il termine en s'adressant à Dinis et à son père Mégas.

Cette ode fut composée la troisième ou la quatrième année de la 80ᵉ olympiade; mais l'époque des victoires de Dinis et de Mégas est incertaine.

ODE IX. *A Chromios d'Etna, vainqueur à la course des chars, aux jeux pythiens de Sicyone.* Voyez l'argument de la première Néméenne.

Le poëte fait l'éloge d'Adraste, fondateur des jeux de Sicyone; il raconte sa funeste entreprise contre Thèbes. Il fait des vœux en faveur des habitants d'Etna, et rappelle les exploits et les vertus de Chromios.

Cette ode, ainsi que la suivante, n'appartient pas proprement aux Néméennes, puisqu'il n'y est pas question de victoires remportées aux jeux de Némée; cependant toutes les éditions les placent à la suite des Néméennes. Celle-ci fut composée et chantée en Sicile, la première année de la 77ᵉ olympiade.

ODE X. *A Thééos d'Argos, vainqueur à la lutte, aux jeux Hécatombéens d'Argos.* Thééos, fils d'Hylias, appartenait à une famille d'athlètes illustres. Lui-même avait été plusieurs fois couronné dans les jeux.

Invocation aux Grâces. Éloge des héros et des héroïnes sortis d'Argos: Persée, Hypermnestre, Diomède, Amphiaraos, Danaé, Alcmène, mère d'Hercule. Le poëte cite plusieurs athlètes d'Argos, qui ont vaincu dans les jeux de la Grèce ; il revient ensuite aux vainqueurs de la famille d'Hylias, et principalement à Thrasyclos et Antias. Ils doivent leur supériorité à la reconnaissance de Castor et de Pollux, qui avaient reçu l'hospitalité de Pamphaès, l'un des ancêtres de Thééos. Il termine par le récit du combat des Tyndarides contre Idas et Lyncée. Pollux venge Castor frappé d'un coup mortel, et obtient sa vie de Jupiter, à condition que les deux frères passeront tour à tour la moitié du temps aux enfers, l'autre moitié dans le ciel.

On est incertain sur l'époque à laquelle fut composée cette ode ; elle fut chantée à Argos, peu de temps après la victoire de Thééos.

ODE XI. *A Aristagore, fils d'Arcésilas, prytane de Ténédos.*

Cette ode est rangée, bien à tort, parmi les Néméennes ; elle fut composée, on ne sait à quelle époque, pour l'installation d'Aristagore dans les fonctions de prytane à Ténédos, et chantée dans le prytanée même.

Invocation à Vesta. Louanges d'Arcésilas et d'Aristagore son fils. Aristagore a été plusieurs fois vainqueur dans les villes voisines de Ténédos. On reconnaît en lui le sang du Spartiate Pisandre, qui conduisit avec Oreste une colonie d'Éoliens à Ténédos. Le poëte termine en rappelant que les vertus d'une génération ne passent pas à celle qui suit, et que l'avenir est caché aux hommes

Nota. Les chiffres placés, dans le texte grec, au commencement des vers, en indiquent le nombre d'après la métrique de Dissen, et ceux qui se trouvent à la fin désignent les nombres correspondants de l'ancien système.

Pour ne pas multiplier les notes, qui sont déjà nécessairement fort nombreuses, on a ajouté à la fin du volume un petit dictionnaire des formes dialectiques.

ΠΙΝΔΑΡΟΥ

ΝΕΜΕΟΝΙΚΑΙ.

ΕΙΔΟΣ Α'.

ΧΡΟΜΙῼ ΑΙΤΝΑΙῼ

ΙΠΠΟΙΣ.

(Στροφὴ α'.)

Ἄμπνευμα σεμνὸν Ἀλφεοῦ [1],
κλεινᾶν Συρακοσσᾶν θάλος Ὀρτυγία [2],
δέμνιον Ἀρτέμιδος [3],
Δάλου κασιγνήτα [4], σέθεν ἁδυεπὴς
ὕμνος ὁρμᾶται θέμεν
αἶνον ἀελλοπόδων μέγαν ἵππων, Ζηνὸς Αἰτναίου χάριν [5]·
ἅρμα δ' ὀτρύνει Χρομίου [6] Νεμέα θ' ἔργμασιν νικαφόροις ἐγκώμιον ζεῦξαι μέλος.

(Strophe I.)

Auguste lieu où l'Alphée respire, rameau de l'illustre Syracuse, séjour chéri de Diane, Ortygie, sœur de Délos, c'est toi d'abord que célèbre l'hymne mélodieux qui va chanter la louange des coursiers aux pieds rapides; je veux plaire à Jupiter Etnéen. Le char de Chromios et les fêtes de Némée sollicitent de moi des louanges harmonieuses pour des travaux victorieux.

PINDARE

LES NÉMÉENNES.

ODE I.

A CHROMIOS D'ETNA

VAINQUEUR A LA COURSE DES CHARS.

(Στροφὴ α'.)	(*Strophe I.*)
Ἄμπνευμα σεμνὸν	Respiration auguste
Ἀλφεοῦ,	de l'Alphée (lieu où l'Alphée respire),
Ὀρτυγία,	Ortygie,
θάλος κλεινᾶν Συρακοσσᾶν,	rameau de l'illustre Syracuse,
δέμνιον Ἀρτέμιδος,	lit (séjour aimé) de Diane,
κασιγνήτα Δάλου,	sœur de Délos,
σέθεν ὁρμᾶται	de toi s'élance (par toi commence)
ὕμνος ἁδυεπής,	l'hymne aux-douces-paroles
θέμεν μέγαν αἶνον	pour établir la grande louange
ἵππων	de chevaux
ἀελλοπόδων,	aux-pieds-rapides-comme-la-tempête,
χάριν	plaisir de (louange qui plaît à)
Ζηνὸς Αἰτναίου·	Jupiter Etnéen;
ἅρμα δὲ Χρομίου	car le char de Chromios
Νεμέα τε	et Némée
ὀτρύνει ζεῦξαι	*m*'excitent à assembler (composer)
μέλος ἐγκώμιον	un chant d'-éloge
ἔργμασι	pour des travaux
νικαφόροις.	qui-remportent-la-victoire.

(Ἀντιστροφὴ α'.)

Ἀρχαὶ δὲ βέβληνται θεῶν [1]
κείνου σὺν ἀνδρὸς δαιμονίαις ἀρεταῖς.
Ἔστι δ' ἐν εὐτυχίᾳ
πανδοξίας ἄκρον· μεγάλων δ' ἀέθλων
Μοῖσα μεμνᾶσθαι φιλεῖ.
Σπεῖρέ νυν ἀγλαΐαν [2] τινὰ νάσῳ, τὰν Ὀλύμπου δεσπότας
Ζεὺς ἔδωκεν Φερσεφόνᾳ [3], κατένευσέν τέ οἱ χαίταις,
ἀριστεύοισαν εὐκάρπου χθονὸς

(Ἐπῳδὸς α'.)

Σικελίαν πίειραν ὀρθώσειν κορυφαῖς πολίων ἀφνεαῖς [4]·
ὤπασε δὲ Κρονίων πολέμου μναστῆρά [5] οἱ χαλκεντέος
λαὸν ἵππαιχμον, θαμὰ δὴ καὶ Ὀλυμπιάδων φύλλοις
ἐλαιᾶν χρυσέοις
μιχθέντα. Πολλῶν ἐπέβαν καιρόν, οὐ ψεύδει βαλών [6].

(*Antistrophe I.*)

Ce sont les dieux, ce sont ses vertus divines, qui ont préparé le triomphe de ce héros. Le succès élève l'homme au faîte de la gloire; la Muse aime à se souvenir des nobles combats. Verse donc de l'éclat, ô Muse, sur cette île que donna à Proserpine le souverain maître de l'Olympe, Jupiter, le jour où d'un signe de son auguste tête il promit à la déesse que, protégée par lui,

(*Épode I.*)

la Sicile, fertile entre toutes les contrées, verrait s'élever dans son sein fécond de superbes et opulentes cités. Le fils de Saturne donna en outre à cette terre un peuple de cavaliers, ami des rudes travaux de la guerre, et qui plus d'une fois a remporté la couronne aux feuilles d'or de l'olivier d'Olympie. De tant de titres de gloire que j'énumère, aucun n'est mensonger

(Ἀντιστροφὴ α'.)	(*Antistrophe I.*)
Ἀρχαὶ δὲ	Mais les commencements
βέβληνται θεῶν	ont été jetés par les dieux
σὺν ἀρεταῖς δαιμονίαις	avec les vertus divines
κείνου ἀνδρός.	de ce héros.
Ἐν εὐτυχίᾳ δὲ	Or dans le succès
ἐστὶν ἄκρον	est le plus haut *degré*
πανδοξίας ·	d'une gloire-suprême ;
Μοῖσα δὲ	et la Muse
φιλεῖ μεμνᾶσθαι	aime à se souvenir
μεγάλων ἀέθλων.	de grandes luttes.
Σπεῖρέ νυν τινα ἀγλαΐαν	Sème donc quelque éclat
νάσῳ,	à (sur) *cette* île,
τὰν Ζεὺς	que Jupiter
δεσπότας Ὀλύμπου	maître de l'Olympe
ἔδωκε Φερσεφόνᾳ,	donna à Proserpine,
κατένευσέ τε	et il fit-un-signe-de-consentement
οἱ	à elle
χαίταις,	avec *sa* chevelure (sa tête),
ὀρθώσειν	*promettant lui* devoir ériger (élever)
κορυφαῖς ἀφνεαῖς	par des sommets opulents
πολίων	de villes
(Ἐπῳδὸς α'.)	(*Épode I.*)
Σικελίαν πίειραν	la Sicile grasse (féconde)
ἀριστεύοισαν	étant-la-meilleure
χθονὸς εὐκάρπου ·	de *toute* terre fertile-en-fruits ;
Κρονίων δὲ	et le fils-de-Saturne
ὤπασέν οἱ λαὸν	donna à elle un peuple
ἵππαιχμον	qui-combat-à-cheval
μναστῆρα	ambitieux (ami)
πολέμου χαλκεντέος,	de la guerre aux-armes d'airain,
μιχθέντα	qui-s'est-approché *en les obtenant*
θαμὰ δὴ καὶ	certes fréquemment aussi
φύλλοις χρυσέοις	des feuilles d'-or
ἐλαιᾶν Ὀλυμπιάδων.	des oliviers d'-Olympie.
Ἐπέβαν	J'ai atteint (indiqué)
πολλῶν	de nombreuses *louanges*
καιρόν,	à propos (avec vérité),
οὐ βαλὼν	n'ayant pas frappé *le but*
ψεύδει.	avec fausseté (à faux).

(Στροφὴ β'.)

Ἔσταν δ' ἐπ' αὐλείαις θύραις[1]
ἀνδρὸς φιλοξείνου καλὰ μελπόμενος,
ἔνθα μοι ἁρμόδιον
δεῖπνον κεκόσμηται, θαμὰ δ' ἀλλοδαπῶν
οὐκ ἀπείρατοι δόμοι
ἐντί[2]· λέλογχε δὲ μεμφομένοις ἐσλοὺς ὕδωρ καπνῷ φέρειν
ἀντίον[3]. Τέχναι δ' ἑτέρων ἕτεραι[4]· χρὴ δ' ἐν εὐθείαις ὁδοῖς στείχοντα μάρνασθαι φυᾷ[5].

(Ἀντιστροφὴ β'.)

Πράσσει γὰρ ἔργῳ μὲν σθένος,
βουλαῖσι δὲ φρήν, ἐσσόμενον προϊδεῖν
συγγενὲς οἷς ἕπεται.
Ἁγησιδάμου παῖ, σέο δ' ἀμφὶ τρόπῳ
τῶν τε καὶ τῶν χρήσιες.
Οὐκ ἔραμαι[6] πολὺν ἐν μεγάρῳ πλοῦτον κατακρύψαις ἔχειν,

(*Strophe II.*)

Debout, à l'entrée du vestibule, aux portes de ce héros hospitalier, je chante ses exploits: là est préparé pour moi un digne festin, car sa demeure accueille souvent l'étranger. Aussi sa grande âme lui a gagné des cœurs vertueux, qui repoussent généreusement les traits que la calomnie lance contre lui. Les talents varient avec les hommes; il faut, en suivant le droit chemin, travailler selon sa nature.

(*Antistrophe II.*)

Dans l'action se révèle la force; dans le conseil, la sagesse de l'homme qui a reçu en naissant le don de prévoir l'avenir. Fils d'Agésidame, ton heureux naturel réunit cette double vertu. Je n'aime point à posséder de riches trésors enfouis dans ma maison; mais,

(Στροφὴ β'.)	(*Strophe II.*)
Ἔσταν δὲ	Mais je me tiens-debout
μελπόμενος καλὰ	chantant *ses* belles *actions*
ἐπὶ θύραις αὐλείαις	près des portes du-vestibule
ἀνδρὸς	de *cet* homme
φιλοξείνου,	ami des-étrangers (hospitalier),
ἔνθα δεῖπνον ἁρμόδιον	où un repas convenable
κεκόσμηταί μοι,	a été orné (préparé) pour moi,
δόμοι δὲ θαμὰ	et la maison souvent
οὐκ ἐντὶ ἀπείρατοι	n'est pas non-éprouvée (est fréquentée)
ἀλλοδαπῶν·	par des *hommes* d'autres-pays;
λέλογχε δὲ	mais il a obtenu *par ses libéralités*
ἐσλοὺς	des *hommes* de-bien
φέρειν μεμφομένοις	apporter contre ceux qui *le* blâment
ὕδωρ	de l'eau
ἀντίον	contraire à (pour éteindre)
καπνῷ.	la fumée *de l'envie.*
Τέχναι δὲ ἑτέρων	Or les talents d'autres *hommes*
ἕτεραι·	*sont* autres;
χρὴ δὲ	mais il faut
στείχοντα ἐν ὁδοῖς εὐθείαις	marchant dans les routes droites
μάρνασθαι	faire-effort
φυᾷ.	avec (selon) *sa* nature.
(Ἀντιστροφὴ β'.)	(*Antistrophe II.*)
Σθένος μὲν γὰρ	Car la force
πράσσει ἔργῳ,	agit (se manifeste) par l'action,
φρὴν δὲ	mais l'esprit (la sagesse)
βουλαῖς,	par les conseils,
οἷς	*chez ceux* à qui
προϊδεῖν ἐσσόμενον	prévoir ce qui doit être
ἕπεται	suit (appartient)
συγγενές.	né-avec *eux* (inné).
Παῖ Ἁγησιδάμου,	Fils d'Agésidame,
ἀμφὶ δὲ τρόπῳ σέο	eh bien dans le caractère de toi
χρήσιες	*sont* les usages
τῶν τε καὶ τῶν.	et de ces *qualités*-ci et de celles-là.
Οὐκ ἔραμαι	Je ne désire point
ἔχειν ἐν μεγάρῳ	avoir dans *ma* maison
πλοῦτον πολὺν	une richesse considérable
κατακρύψαις,	l'ayant cachée-et-enfouie,

ἀλλ' ἐόντων εὖ τε παθεῖν καὶ ἀκοῦσαι φίλοις ἐξαρκέων [1]. Κοιναὶ γὰρ ἔρχοντ' ἐλπίδες

(Ἐπῳδὸς β'.)

πολυπόνων ἀνδρῶν [2]. Ἐγὼ δ' Ἡρακλέος [3] ἀντέχομαι προφρόνως,
ἐν κορυφαῖς ἀρετᾶν [4] μεγάλαις ἀρχαῖον ὀτρύνων λόγον [5],
ὡς, ἐπεὶ σπλάγχνων ὕπο ματέρος αὐτίκα θαητὰν ἐς αἴγλαν παῖς Διὸς
ὠδῖνα φεύγων διδύμῳ σὺν κασιγνήτῳ μόλεν [6],

(Στροφὴ γ'.)

ὡς [7] οὐ λαθὼν χρυσόθρονον
Ἥραν κροκωτὸν σπάργανον ἐγκατέβα
ἀλλὰ θεῶν βασιλέα
σπερχθεῖσα θυμῷ πέμπε δράκοντας ἄφαρ.
Τοὶ μὲν οἰχθεισᾶν πυλᾶν
ἐς θαλάμου μυχὸν εὐρὺν ἔβαν, τέκνοισιν ὠκείας γνάθους
ἀμφελίξασθαι μεμαῶτες · ὁ δ' ὀρθὸν μὲν ἄντεινεν κάρα,
πειρᾶτο δὲ πρῶτον μάχας,

consacrant mes biens à soulager mes amis, je veux par là m'assurer des ressources et un beau renom. Car les malheureux mortels sont tous également soumis

(*Épode II.*)

aux caprices du sort. Pour moi, je garde en mon cœur le souvenir d'Hercule, réveillant, en présence de vertus sublimes, la tradition des vieux âges : comment le fils de Jupiter, échappant aux périls de l'enfantement, s'élança du sein de sa mère, avec son frère jumeau, à la divine clarté du jour,

(*Strophe III.*)

et comment il ne put tromper l'œil de Junon au trône d'or, lorsqu'il entra dans des langes de safran. Transportée de courroux, la reine des dieux envoya aussitôt contre lui deux serpents. Ils trouvèrent les portes ouvertes, et pénétrèrent jusqu'au fond du vaste appartement, brûlant de promener autour des enfants leurs gueules avides. Hercule leva la tête, et s'essaya à son premier combat ;

ἀλλὰ ἐξαρκέων φίλοις	mais subvenant à *mes* amis
ἐόντων	des (avec les) *biens* qui sont *à moi*
παθεῖν τε εὖ	et éprouver bien (réussir) [mée].
καὶ ἀκοῦσαι.	et entendre *bien* (avoir bonne renom-
Ἐλπίδες γὰρ	Car les attentes (vicissitudes futures)
ἀνδρῶν πολυπόνων	des hommes aux-nombreuses-peines
(Ἐπῳδὸς β'.)	(*Épode II.*)
ἔρχονται κοιναί.	viennent (sont) communes *à tous*.
Ἐγὼ δὲ	Mais moi
ἀντέχομαι Ἡρακλέος	je m'attache à (j'admire) Hercule
προφρόνως, ὀτρύνων	de-tout-cœur, excitant (rappelant)
ἐν μεγάλαις κορυφαῖς	à propos de grandes sommités
ἀρετᾶν	de vertus
λόγον ἀρχαῖον,	le discours (la tradition) antique,
ὡς, αὐτίκα ἐπεὶ	comment, aussitôt après que
παῖς Διὸς	le fils de Jupiter
φεύγων ὠδῖνα	fuyant (échappant à) l'enfantement
μόλε	vint
σὺν κασιγνήτῳ διδύμῳ	avec *son* frère jumeau
ὑπὸ σπλάγχνων ματέρος	des entrailles de *sa* mère
ἐς αἴγλαν θαητάν,	à la lumière admirable,
(Στροφὴ γ'.)	(*Strophe III.*)
ὡς οὐ λαθὼν	comment n'ayant pas échappé
Ἥραν χρυσόθρονον	à Junon au-trône-d'or
ἐγκατέβα σπάργανον	il entra-dans les langes
κροκωτόν·	de-couleur-de-safran ;
ἀλλὰ βασιλέα θεῶν	mais la reine des dieux
σπερχθεῖσα θυμῷ	irritée dans *son* cœur
πέμπε δράκοντας ἄφαρ.	envoya des serpents aussitôt.
Τοὶ μὲν,	Ceux-ci donc,
πυλᾶν οἰχθεισᾶν, ἔβαν	les portes étant ouvertes, entrèrent
ἐς μυχὸν εὐρὺν	dans la retraite large (spacieuse)
θαλάμου,	de l'appartement,
μεμαῶτες	désirant-avidement
ἀμφελίξασθαι τέκνοισι	promener-autour aux (des) enfants
γνάθους ὠκείας·	des mâchoires promptes ;
ὁ δὲ	mais lui (Hercule)
ἄντεινε μὲν κάρα ὀρθόν,	éleva *sa* tête droite,
πρῶτον δὲ	et pour-la-première-fois
πειρᾶτο μάχας,	fit-l'essai d'un combat,

(Ἀντιστροφὴ γ'.)

δισσαῖσι δοιοὺς αὐχένων
μάρψαις ἀφύκτοις χερσὶν ὄφιας·
ἀγχομένοις δὲ χρόνος
ψυχὰς ἀπέπνευσεν μελέων ἀφάτων [1].
Ἐκ δ' ἄρ' ἄτλατον βέλος [2]
πλᾶξε γυναῖκας, ὅσαι τύχον Ἀλκμήνας ἀρήγοισαι λέχει·
καὶ γὰρ αὐτά, ποσσὶν ἄπεπλος ὀρούσαισ' [3] ἀπὸ στρωμνᾶς, ὅμως ἄμυνεν ὕβριν κνωδάλων.

(Ἐπῳδὸς γ'.)

Ταχὺ δὲ Καδμείων ἀγοὶ χαλκέοις ἔδραμον σὺν ὅπλοις ἀθρόοι·
ἐν χερὶ δ' Ἀμφιτρύων κολεοῦ γυμνὸν τινάσσων φάσγανον
ἵκετ', ὀξείαις ἀνίαισι τυπείς. Τὸ γὰρ οἰκεῖον πιέζει πάνθ' ὁμῶς [4]·
εὐθὺς δ' ἀπήμων κραδία κᾶδος ἀμφ' ἀλλότριον.

(*Antistrophe III.*)

de ses deux mains invincibles, il saisit le cou des deux monstres, et la puissante étreinte qui les étouffe, arrache la vie de leurs corps épouvantables. Un mortel effroi glace les femmes qui s'empressaient autour du lit d'Alcmène; elle-même, presque sans voile, s'élance de sa couche pour repousser l'attaque des serpents.

(*Épode III.*)

Bientôt les chefs des Cadméens accourent en foule, couverts de leurs armes d'airain; Amphitryon vient aussi, brandissant dans sa main un glaive nu, le cœur percé des plus vives douleurs. Le malheur qui nous frappe nous trouve tous également sensibles; l'âme se console vite des infortunes d'autrui.

(Ἀντιστροφὴ γ'.)	(*Antistrophe III.*)
μάρψαις	ayant saisi
ἑαῖς δισσαῖσι χερσὶν	de ses deux mains
ἀφύκτοις	qui-ne-laissaient-pas-fuir
δοιοὺς ὄφιας	les deux serpents
αὐχένων·	par *leurs* cous ;
χρόνος δὲ	et le temps *pendant lequel il les serra*
ἀπέπνευσε ψυχὰς	fit-exhaler *leurs* vies
μελέων	de *leurs* membres (corps)
ἀφάτων	inexprimables (énormes)
ἀγχομένοις.	à *eux* étouffés.
Βέλος δὲ ἄρα	Mais certes un trait (une douleur)
ἄτλατον	insupportable
ἐκπλῆξε γυναῖκας,	frappa les femmes,
ὅσαι τύχον	toutes celles qui se trouvaient
ἀρήγοισαι	portant-aide
λέχει Ἀλκμήνας·	à la couche d'Alcmène ;
καὶ γὰρ αὐτά,	et en effet elle-même,
ὀρούσαισα ποσσὶν	s'étant élancée avec *ses* pieds
ἀπὸ στρωμνᾶς	de *sa* couverture (de son lit)
ἄπεπλος,	sans-voile (sans robe),
ὅμως	cependant (quoique à peine vêtue)
ἄμυνεν	écartait (repoussait)
ὕβριν κνωδάλων.	l'injure (l'attaque) des bêtes.
(Ἐπῳδὸς γ'.)	(*Épode III.*)
Ταχὺ δὲ	Et bientôt
ἀγοὶ Καδμείων	les chefs des Cadméens
ἔδραμον ἀθρόοι	accoururent serrés (en foule)
σὺν ὅπλοις χαλκέοις·	avec *leurs* armes d'-airain ;
Ἀμφιτρύων δὲ ἵκετο,	et Amphitryon vint,
τινάσσων ἐν χερὶ	brandissant dans *sa* main
φάσγανον γυμνὸν κολεοῦ,	un glaive nu (tiré) du fourreau,
τυπεὶς	frappé (atteint)
ἀνίαισιν ὀξείαις.	de chagrins aigus.
Τὸ γὰρ οἰκεῖον	Car le *malheur* propre *à lui*
πιέζει	presse (accable)
πάντα ὁμῶς·	tout *homme* pareillement ;
κραδία δὲ	mais le cœur
εὐθὺς ἀπήμων	*est* aussitôt (bientôt) sans-affliction
ἀμφὶ κᾶδος ἀλλότριον.	au sujet du deuil d'-autrui.

(Στροφὴ δ'.)

Ἔστα δὲ θάμβει δυσφόρῳ
τερπνῷ τε μιχθείς [1]. Εἶδε γὰρ ἐκνόμιον
λῆμά τε καὶ δύναμιν
υἱοῦ · παλίγγλωσσον δέ οἱ ἀθάνατοι
ἀγγέλων ῥῆσιν [2] θέσαν.
Γείτονα δ' ἐκκάλεσεν Διὸς ὑψίστου προφάταν ἔξοχον,
ὀρθόμαντιν Τειρεσίαν [3] · ὁ δέ οἱ φράζε καὶ παντὶ
στρατῷ [4], ποίαις ὁμιλήσει τύχαις,

(Ἀντιστροφὴ δ'.)

ὅσσους μὲν ἐν χέρσῳ κτανών,
ὅσσους δὲ πόντῳ θῆρας ἀϊδροδίκας ·
καί τινα σὺν πλαγίῳ
ἀνδρῶν κόρῳ στείχοντα τὸν ἐχθρότατον
φᾶσέ νιν δώσειν μόρῳ [5].
Καὶ γὰρ ὅταν θεοὶ ἐν πεδίῳ Φλέγρας [6] Γιγάντεσσιν
μάχαν

(*Strophe IV.*)

Cependant il s'arrête plein d'un étonnement à la fois pénible et doux. Il venait de voir le courage et la force prodigieuse de son fils, et les immortels avaient démenti le récit des messagers. Il fit venir le sublime interprète du très-haut Jupiter, le véridique Tirésias, qui habitait près de lui; celui-ci annonça au roi et à toute la foule assemblée les épreuves que l'enfant subirait un jour,

(*Antistrophe IV.*)

et combien de monstres barbares il exterminerait sur terre et sur mer; il prédit qu'il livrerait au trépas des brigands odieux marchant avec insolence dans les voies de l'iniquité; il dit que le jour où les dieux se rencontreraient avec les géants dans les plaines de Phlégra,

(Στροφὴ δ'.)	(*Strophe IV.*)
Ἔστα δὲ	Et il s'arrêta
μιχθεὶς	mêlé (éprouvant un mélange)
θάμβει	de stupeur
δυσφόρῳ	difficile-à-supporter (pénible)
τερπνῷ τε.	et agréable.
Εἶδε γὰρ	Car il vit
λῆμά τε ἐκνόμιον	et le courage extraordinaire
καὶ δύναμιν υἱοῦ·	et la force de *son* fils;
ἀθάνατοι δὲ	et les immortels
θέσαν οἱ	avaient ~~établi à~~ lui fait pour
παλίγγλωσσον	~~parlant un langage contraire~~ (faux) faux
ῥῆσιν ἀγγέλων.	le récit des messagers.
Ἐκκάλεσε δὲ	Et il appela (manda)
προφάταν ἔξοχον	le prophète distingué
ὑψίστου Διὸς	du très-haut Jupiter
γείτονα,	*le prophète qui était* voisin *de lui*,
Τειρεσίαν	Tirésias
ὀρθόμαντιν·	aux-prédictions-véridiques;
ὁ δὲ φράζεν οἱ	et celui-ci (Tirésias) dit à lui
καὶ παντὶ στρατῷ,	et à toute la foule *présente*,
ποίαις τύχαις	avec quelles fortunes (événements)
ὁμιλήσει,	il aurait-commerce (serait aux prises),
(Ἀντιστροφὴ δ'.)	(*Antistrophe IV.*)
ὅσσους μὲν θῆρας	combien de monstres
ἀϊδροδίκας	sans-notions-de-justice
κτανὼν	ayant tué (tuant)
ἐν χέρσῳ,	sur la terre-ferme,
ὅσσους δὲ πόντῳ·	et combien sur la mer;
καὶ φᾶσέ νιν	et il dit lui
δώσειν μόρῳ	devoir donner à la mort (faire périr)
τινὰ ἀνδρῶν	certain des hommes (plus d'un homme)
τὸν ἐχθρότατον	le plus odieux (très-odieux)
στείχοντα	s'avançant
σὺν κόρῳ πλαγίῳ.	avec une insolence oblique (injuste).
Καὶ γὰρ ἔνεπεν,	Et en effet il dit,
ὅταν θεοὶ	quand les dieux
ἐν πεδίῳ Φλέγρας	dans la plaine de Phlégra
ἀντιάζωσι Γιγάντεσσι	iraient-à-la-rencontre des Géants
μάχαν,	dans un combat,

ἀντιάζωσιν [1], βελέων ὑπὸ ῥιπαῖσι κείνου φαιδίμαν
γαίᾳ πεφύρσεσθαι κόμαν[2]

(Ἐπῳδὸς δ'.)

ἔνεπεν· αὐτὸν μὰν ἐν εἰράνᾳ καμάτων μεγάλων ἐν
σχερῷ
ἀσυχίαν τὸν ἅπαντα χρόνον ποινὰν λαχόντ' ἐξαίρετον
ὀλβίοις ἐν δώμασι, δεξάμενον θαλερὰν Ἥβαν ἄκοιτιν
καὶ γάμον
δαίσαντα, πὰρ Δὶ Κρονίδᾳ σεμνὸν αἰνήσειν δόμον [3].

les géants tomberaient sous ses flèches, et souilleraient dans la poussière leur brillante chevelure;

(*Épode IV.*)

qu'enfin, au sein de la paix, digne prix de ses vastes travaux, il jouirait d'un repos éternel dans les demeures fortunées; qu'il obtiendrait la florissante Hébé pour épouse, et qu'après avoir célébré son hymen, il habiterait un palais auguste près du fils de Saturne.

ὑπὸ ῥιπαῖσι	sous les jets (sous les coups)
βελέων κείνου	des traits de lui
κόμαν φαιδίμαν	la chevelure éclatante *des Géants*
πεφύρσεσθαι	devoir être mêlée (souillée)
(Ἐπῳδὸς δ'.)	(*Épode IV.*)
γαίᾳ·	à la terre (de poussière);
αὐτὸν μὰν	lui à la vérité
ἐν εἰρήνᾳ	dans (au sein de) la paix
λαχόντα	ayant obtenu
ποινὰν	*comme* récompense
ἐξαίρετον	de-choix (distinguée)
μεγάλων καμάτων	de *ses* grands travaux
ἀσυχίαν ἐν σχερῷ	le repos dans une *durée* continue
τὸν ἅπαντα χρόνον	pendant tout le temps (l'éternité)
ἐν δώμασιν ὀλβίοις,	dans les palais fortunés *des dieux*,
δεξάμενον ἄκοιτιν	ayant reçu *pour* épouse
θαλερὰν Ἥβαν	la fraîche (jeune) Hébé
καὶ δαίσαντα	et ayant célébré-par-un-festin
γάμον,	*son* hymen,
αἰνήσειν	devoir louer (se plaire à, habiter)
δόμον σεμνὸν	une demeure auguste
πὰρ Δὶ Κρονίδᾳ.	près de Jupiter fils-de-Saturne.

ΕΙΔΟΣ Β'.

ΤΙΜΟΔΗΜῼ ΑΘΗΝΑΙῼ

ΠΑΓΚΡΑΤΙΑΣΤῌ [1].

(Στροφὴ α'.)

Ὅθενπερ καὶ Ὁμηρίδαι [2]
ῥαπτῶν ἐπέων ταπόλλ' ἀοιδοὶ
ἄρχονται, Διὸς ἐκ προοιμίου [3]· καὶ ὅδ' ἀνὴρ [4]
καταβολὰν [5] ἱερῶν ἀγώνων νικαφορίας δέδεκται πρώταν Νεμεαίου
ἐν πολυυμνήτῳ Διὸς ἄλσει [6].

(Στροφὴ β'.)

Ὀφείλει δ' ἔτι [7], πατρίαν
εἴπερ καθ' ὁδόν νιν εὐθυπομπὸς [8]
αἰὼν ταῖς μεγάλαις δέδωκε κόσμον Ἀθάναις,
θαμὰ μὲν Ἰσθμιάδων δρέπεσθαι κάλλιστον ἄωτον,
ἐν Πυθίοισί τε νικᾶν
Τιμονόου παῖδ'. Ἔστι δ' ἐοικὸς

(*Strophe I.*)

Les Homérides, chanteurs de vers épiques, préludent ordinairement par les louanges de Jupiter; de même ce héros a commencé le cours de ses victoires aux jeux sacrés dans la forêt si souvent célébrée de Jupiter Néméen.

(*Strophe II.*

Mais puisque le temps qui le conduit dans la route de ses pères lui a donné d'être l'ornement de la grande Athènes, il faut encore que le fils de Timonoos cueille souvent les belles fleurs des jeux Isthmiques, que souvent il soit vainqueur aux jeux Pythiens. Ne voit-on pas

ODE II.

A TIMODÈME D'ATHÈNES

VAINQUEUR AU PANCRACE.

(Στροφὴ α'.)	(*Strophe I.*)
Ὅθενπερ	D'où (par où)
καὶ Ὁμηρίδαι	aussi les Homérides
ἀοιδοὶ ἐπέων ῥαπτῶν	chantres de vers cousus
ἄρχονται τὰ πολλά,	commencent le plus souvent,
ἐκ Διὸς	*c'est-à-dire* de (par) Jupiter
προοιμίου·	*comme* prélude;
καὶ	*par là* aussi *commençant*
ὅδε ἀνὴρ	cet homme (ce héros)
δέδεκται	a reçu (trouvé, jeté)
πρώταν καταβολὰν	le premier fondement
νικαφορίας	de la victoire
ἀγώνων ἱερῶν	des combats (jeux) sacrés
ἐν ἄλσει	dans le bois sacré
πολυυμνήτῳ	célébré-par-beaucoup-d'hymnes
Διὸς Νεμεαίου.	de Jupiter Néméen.
(Στροφὴ β.)	(*Strophe II.*)
Ὀφείλει δὲ ἔτι,	Mais il faut encore,
εἴπερ αἰὼν	si toutefois l'âge (le temps)
εὐθυπομπὸς	qui-*le*-mène-droit
κατὰ ὁδὸν πατρίαν	dans la route de-*ses*-pères
δέδωκέ νιν κόσμον	a donné lui *comme* un ornement
ταῖς μεγάλαις Ἀθάναις,	à la grande Athènes,
παῖδα Τιμονόου	*il faut* le fils de Timonoos
δρέπεσθαι μὲν θαμὰ	cueillir fréquemment
ἄωτον κάλλιστον	la fleur (couronne) très-belle
Ἰσθμιάδων,	des *jeux* Isthmiques,
νικᾶν τε	et vaincre *fréquemment*
ἐν Πυθίοισιν.	dans les *combats* Pythiques.
Ἔστι δὲ ἐοικὸς	Or il est naturel

(Στροφὴ γ'.)

ὀρειᾶν γε Πελειάδων
μὴ τηλόθεν Ὠαρίωνα νεῖσθαι [1].
Καὶ μὰν ἁ Σαλαμίς γε θρέψαι φῶτα μαχατὰν
δυνατός. Ἐν Τροΐᾳ μὲν Ἕκτωρ Αἴαντος ἄκουσεν [2]·
ὦ Τιμόδημε, σὲ δ' ἀλκὰ
παγκρατίου τλάθυμος ἀέξει.

(Στροφὴ δ'.)

Ἀχάρναι δὲ παλαίφατοι
εὐάνορες [3]· ὅσσα δ' ἀμφ' ἀέθλοις [4],
Τιμοδημίδαι ἐξοχώτατοι προλέγονται.
Παρὰ μὲν ὑψιμέδοντι Παρνασῷ [5] τέσσαρας ἐξ ἀέθλων
νίκας ἐκόμιξαν
ἀλλὰ Κορινθίων ὑπὸ φωτῶν

(Στροφὴ ε'.)

ἐν ἐσλοῦ Πέλοπος πτυχαῖς [6]
ὀκτὼ στεφάνοις ἔμιχθεν [7] ἤδη·
ἑπτὰ δ' ἐν Νεμέᾳ· τὰ δ' οἴκοι μάσσον' ἀριθμοῦ

(*Strophe III.*)

Orion suivre toujours de près les Pléiades des montagnes? Certes, Salamine peut bien nourrir un homme belliqueux. A Troie, Hector a éprouvé Ajax; et toi, Timodème, ta force et ton courage au pancrace te donnent la gloire.

(*Strophe IV.*)

Acharnes aussi est depuis longtemps renommée pour la bravoure de ses enfants. Parmi eux, on cite les Timodémides comme les plus vaillants aux combats. Quatre fois, au pied du superbe Parnasse, ils ont remporté la victoire dans les luttes; et les juges corinthiens,

(*Strophe V.*)

dans les vallées du brave Pélops, leur ont huit fois décerné la couronne; il en ont conquis sept à Némée, et d'innombrables dans

(Στροφὴ γ'.)	(*Strophe III.*)
Ὠαρίωνα	Orion
νεῖσθαι μὴ τηλόθεν γε	aller (marcher) non loin certes
Πελειάδων ὀρειᾶν.	des Pléiades des-montagnes.
Καὶ μὰν	Et assurément
ἁ Σαλαμίς γε	Salamine du moins
δυνατὸς θρέψαι	*est* capable de nourrir (produire)
φῶτα μαχατάν.	un homme vaillant
Ἐν Τρωΐᾳ μὲν	A Troie
Ἕκτωρ ἄκουσεν Αἴαντος·	Hector a entendu (éprouvé) Ajax;
ἀλκὰ δὲ τλάθυμος	et la force courageuse
παγκρατίου	du (au) pancrace
ἀέξει σέ,	augmente (honore) toi,
ὦ Τιμόδημε.	ô Timodème.
(Στροφὴ δ'.)	(*Strophe IV.*)
Ἀχάρναι δὲ	Acharnes d'un autre côté
παλαίφατοι	*est* dite (renommée)-depuis-longtemps
εὐάνορες·	*comme* féconde-en-hommes-braves;
ὅσσα δὲ	et dans toutes les *occasions*
ἀμφὶ ἀέθλοις,	autour des (dans les) luttes,
Τιμοδημίδαι	les Timodémides
προλέγονται	sont cités-de-préférence *aux autres*
ἐξοχώτατοι.	*comme* très-supérieurs.
Παρὰ μὲν Παρνάσῳ	Auprès du Parnasse
ὑψιμέδοντι	qui-règne-haut (élevé)
ἐκόμιξαν ἐξ ἀέθλων	ils ont remporté des luttes
τέσσαρας νίκας·	quatre victoires;
ἀλλὰ	mais (et de plus)
ὑπὸ	par *le jugement*
φωτῶν Κορινθίων	*d'*hommes Corinthiens
(Στροφὴ ε'.)	(*Strophe V.*)
ἐν πτυχαῖς	dans les sinuosités (vallons)
ἐσλοῦ Πέλοπος	du brave Pélops
ἔμιχθεν ἤδη	ils se sont approchés déjà
ὀκτὼ στεφάνοις·	de huit couronnes;
ἑπτὰ δὲ ἐν Νεμέᾳ·	et de sept à Némée;
τὰ δὲ	mais les *succès qu'ils ont obtenus*
οἴκοι	dans-leur-patrie
ἀγῶνι Διὸς	dans le combat de Jupiter
μάσσονα	*sont* plus grands

Διὸς ἀγῶνι [1]. Τόν, ὦ πολῖται, κωμάξατε Τιμοδήμῳ
σὺν εὐκλέϊ νόστῳ·
ἁδυμελεῖ δ' ἐξάρχετε φωνᾷ.

leur patrie, aux jeux de Jupiter. Citoyens, chantez pour Timodème les louanges du dieu, et célébrez le glorieux retour du vainqueur. Préludez de vos voix mélodieuses.

ἀριθμοῦ.	qu'un nombre (sont innombrables).
Ὦ πολῖται,	O citoyens,
κωμάξατε	célébrez-par-vos-hymnes
Τιμοδήμῳ	pour Timodème
τὸν	celui-ci (Jupiter)
σὺν νόστῳ εὐκλέϊ·	avec le retour glorieux *du vainqueur;*
ἐξάρχετε δὲ	et commencez (préludez)
φωνᾷ	avec une voix
ἁδυμελεῖ.	agréablement-mélodieuse.

ΕΙΔΟΣ Γ'.

ΑΡΙΣΤΟΚΛΕΙΔῌ ΑΙΓΙΝΗΤῌ

ΠΑΓΚΡΑΤΙΑΣΤῌ.

(Στροφὴ α'.)

Ὦ πότνια Μοῖσα, μᾶτερ ἁμετέρα [1], λίσσομαι,
τὰν πολυξέναν [2] ἐν ἱερομηνίᾳ Νεμεάδι
ἵκεο Δωρίδα νᾶσον Αἴγιναν [3]. Ὕδατι γὰρ
μένοντ' ἐπ' Ἀσωπίῳ [4] μελιγαρύων τέκτονες
κώμων [5] νεανίαι, σέθεν ὄπα μαιόμενοι.
Διψῇ δὲ πρᾶγος ἄλλο μὲν ἄλλου·
ἀεθλονικία δὲ μάλιστ' ἀοιδὰν φιλεῖ,
στεφάνων ἀρετᾶν τε δεξιωτάταν ὀπαδόν.

(Ἀντιστροφὴ α'.)

Τᾶς [6] ἀφθονίαν ὄπαζε μήτιος ἁμᾶς ἄπο·
ἄρχε δ' οὐρανοῦ πολυνεφέλα κρέοντι, θύγατερ,

(*Strophe I.*)

Auguste Muse, notre mère, je t'en supplie, viens, en ce jour où se célèbrent les fêtes de Némée, viens visiter l'île Dorienne, l'hospitalière Égine. Près des eaux de l'Asope, des chœurs de jeunes gens, prêts à chanter l'hymne harmonieux, attendent impatiemment ta voix. Chaque chose en appelle une autre; ce que la victoire remportée dans les jeux aime par-dessus tout, c'est la voix du poëte, digne accompagnement des couronnes et des vertus.

(*Antistrophe I.*)

Fais donc jaillir de mon âme des flots de poésie; commence, ô toi sa fille, un hymne agréable au souverain maître du ciel et des

ODE III.

A ARISTOCLIDE D'ÉGINE

VAINQUEUR AU PANCRACE.

(Στροφὴ α'.)	(*Strophe I.*)
Ὦ πότνια Μοῖσα,	O auguste Muse,
ἁμετέρα μᾶτερ,	notre mère
λίσσομαι,	je *t'en* prie,
ἐν ἱερομηνίᾳ Νεμεάδι	pendant la fête-mensuelle Néméenne
ἵκεο Αἴγιναν	viens à Égine
τὰν νᾶσον Δωρίδα	l'île Dorienne
πολυξέναν.	fréquentée-par-beaucoup-d'étrangers.
Ἐπὶ γὰρ ὕδατι	Car près de l'eau (du ruisseau)
Ἀσωπίῳ	de-l'Asope
νεανίαι	des jeunes gens
τέκτονες κώμων	artisans (chanteurs) d'hymnes
μελιγαρύων	à-la-voix-douce (harmonieux)
μένοντι,	attendent,
μαιόμενοι ὄπα σέθεν.	désirant-vivement la voix de toi.
Ἄλλο δὲ πρᾶγος	Or une autre chose
διψῇ μὲν ἄλλου·	a-soif d'une autre;
ἀεθλονικία δὲ	mais la victoire-aux-jeux
φιλεῖ μάλιστα ἀοιδάν,	aime le plus (désire surtout) le chant,
ὀπαδὸν	compagnon
δεξιωτάταν	le plus à droite (le plus convenable)
στεφάνων	des couronnes
ἀρετᾶν τε.	et des vertus.
(Ἀντιστροφὴ α'.)	(*Antistrophe I.*)
Ὄπαζε	Fournis (fais sortir)
ἀπὸ ἁμᾶς μήτιος	de ma pensée (de mon âme)
ἀφθονίαν τᾶς·	l'abondance de lui (du chant);
ἄρχε δὲ ὕμνον	et commence un hymne
δόκιμον	agréable
κρέοντι οὐρανοῦ	au souverain du ciel
πολυνεφέλα,	aux-nombreuses-nuées,

δόκιμον ὕμνον [1]· ἐγὼ δὲ κείνων τέ μιν ὀάροις [2]
λύρᾳ τε κοινάσομαι. Χαρίεντα δ' ἕξει πόνον,
χώρας ἄγαλμα [3], Μυρμιδόνες ἵνα πρότεροι
ᾤκησαν, ὧν παλαίφατον ἀγορὰν [4]
οὐκ ἐλεγχέεσσιν Ἀριστοκλείδας τεὰν
ἐμίανε κατ' αἶσαν ἐν περισθενεῖ μαλαχθεὶς

(Ἐπῳδὸς α'.)

παγκρατίου στόλῳ [5]· καματωδέων δὲ πλαγᾶν
ἄκος ὑγιηρὸν ἔν γε βαθυπέδῳ Νεμέᾳ τὸ καλλίνικον φέρει [6].
Εἰ δ' ἐὼν καλὸς ἔρδων τ' ἐοικότα μορφᾷ
ἀνορέαις ὑπερτάταις ἐπέβα [7] παῖς Ἀριστοφάνευς, οὐκέτι πρόσω
ἀβάταν ἅλα κιόνων ὑπὲρ Ἡρακλέος περᾶν εὐμαρές [8],

nuées; je marierai ton chant à leurs voix et à la lyre. Jupiter accueillera favorablement ces vers consacrés à la gloire d'une contrée où habitèrent autrefois les Myrmidons. Grâce à ta protection, Aristoclide n'a pas souillé l'antique honneur de leurs assemblées; il n'a pas faibli dans cet assaut

(Épode I.)

livré par de vigoureux lutteurs : il rapporte du moins des vastes plaines de Némée une palme éclatante, baume salutaire à ses plaies douloureuses. Puisque le fils d'Aristophane, par des exploits dignes de sa beauté, s'est élevé aux plus hautes vertus, il ne lui est point donné désormais de pénétrer dans des mers inabordables, au delà des colonnes qu'Hercule,

θύγατερ·	*ô toi sa* fille ;
ἐγὼ δὲ	et moi
κοινάσομαι	je communiquerai (marierai)
μιν	lui (l'hymne)
ὀάροις τε	et aux chants
κείνων	de ceux-ci (des jeunes Éginètes)
λύρᾳ τε.	et à la lyre.
Ἕξει δὲ χαρίεντα	Mais *Jupiter* aura *pour* agréable
πόνον,	ce travail (cet hymne),
ἄγαλμα	ornement (composé à la gloire)
χώρας,	de *cette* contrée,
ἵνα ᾤκησαν	où habitèrent
Μυρμιδόνες πρότεροι,	les Myrmidons précédents (anciens),
ὧν Ἀριστοκλείδας	desquels Aristoclide
οὐκ ἐμίανεν	n'a pas souillé
ἐλεγχέεσσιν	par des sujets-de-honte
ἀγορὰν	l'assemblée
παλαίφατον	depuis-longtemps-renommée
μαλαχθεὶς	*n'*ayant *pas* été amolli (abattu)
κατὰ τεὰν αἶσαν	grâce à ta providence, *ô Muse*,
ἐν στόλῳ	parmi la foule-nombreuse
περισθενεῖ	douée-de-forces-extraordinaires
(Ἐπῳδὸς α'.)	(*Épode I.*)
παγκρατίου·	du pancrace (des lutteurs) ;
φέρει δέ γε	mais il emporte (il a) du moins
τὸ καλλίνικον	la belle-victoire
ἐν Νεμέᾳ βαθυπεδίῳ	à Némée aux-vastes-plaines
ἄκος ὑγιηρὸν	*comme* remède salutaire
πλαγᾶν καματωδέων.	des coups fatigants.
Εἰ δὲ ἐὼν καλὸς	Mais si (puisque) étant beau
ἔρδων τε	et faisant *des actions*
ἐοικότα	convenables (qui répondent)
μορφᾷ,	à *sa* beauté,
παῖς Ἀριστοφάνευς	le fils d'Aristophane
ἐπέβα	est arrivé à (a atteint)
ἀνορέαις ὑπερτάταις,	les vertus-viriles les plus élevées,
οὐκέτι εὐμαρὲς	*il n'est* plus facile *pour lui*
περᾶν πρόσω	de franchir *en allant* en avant
ἅλα ἀβάταν	une mer inaccessible
ὑπὲρ κιόνων Ἡρακλέος,	au delà des colonnes d'Hercule,

(Στροφὴ β'.)

ἥρως θεὸς ἃς ἔθηκε ναυτιλίας ἐσχάτας
μάρτυρας κλυτάς· δάμασε δὲ θῆρας ἐν πελάγεσιν
ὑπερόχους, διὰ δ' αὔτ' ἐρεύνασε τεναγέων
ῥοάς [1], ὅπᾳ πόμπιμον κατέβαινε νόστου τέλος,
καὶ γᾶν φράδασσε [2]. Θυμέ, τίνα πρὸς ἀλλοδαπὰν
ἄκραν ἐμὸν πλόον παραμείβεαι [3];
Αἰακῷ σε φαμὶ γένει τε Μοῖσαν φέρειν.
Ἕπεται δὲ λόγῳ δίκας ἄωτος, ἐσλὸν αἰνεῖν [4]·

(Ἀντιστροφὴ β'.)

οὐδ' ἀλλοτρίων ἔρωτες ἀνδρὶ φέρειν κρέσσονες [5].
Οἴκοθεν μάτευε. Ποτίφορον δὲ κόσμον ἔλαβες [6]
γλυκύ τι γαρυέμεν. Παλαιαῖσι δ' ἐν ἀρεταῖς [7]

(*Strophe II.*)

ce héros dieu, posa comme d'illustres témoins de sa navigation aux extrémités du monde, lorsqu'il dompta sur les mers des monstres d'une force prodigieuse, et que, sondant les courants et les bas-fonds, il atteignit le dernier terme accessible à l'homme, et fixa les bornes de la terre. Mais, ô mon âme, vers quel promontoire lointain détournes-tu ma course? Conduis, je le veux, conduis ma muse vers Éaque et sa postérité. Quand je t'ordonne de célébrer les hommes de bien, mes paroles respirent la plus sainte justice;

(*Antistrophe II.*)

et d'ailleurs le poëte ne doit pas se laisser séduire par des noms étrangers. Cherche dans ta patrie. Tu y trouveras assez de gloire pour t'inspirer des chants mélodieux. Chez les générations courageuses

(Στροφὴ β'.)	(*Strophe II.*)
ἃς ἥρως θεὸς	que le héros dieu
ἔθηκε	a posées (établies)
μάρτυρας κλυτὰς	*comme* témoins illustres
ναυτιλίας	de *sa* navigation
ἐσχάτας·	extrême (aux extrémités du monde);
δάμασε δὲ	et il dompta
ἐν πελάγεσι	sur les mers
θῆρας	des monstres
ὑπερόχους,	d'une-force-prodigieuse,
αὖτε δὲ	et de plus
ἐξερεύνασε	découvrit-par-ses-investigations (son-
ῥοὰς τεναγέων,	les courants des bas-fonds, (da)
ὅπα κατέβαινε	par où il arriva
τέλος πόμπιμον	au terme abordable
νόστου,	de *tout* voyage,
καὶ φράδασε	et détermina (précisa)
γᾶν.	la terre (ses limites).
Θυμέ,	*O mon* âme,
πρὸς τίνα ἄκραν ἀλλοδαπὰν	vers quel promontoire étranger
παραμείβεαι	changes-tu (détournes-tu)
ἐμὸν πλόον;	ma navigation?
Φαμὶ	Je dis (j'ordonne)
σὲ φέρειν Μοῖσαν	toi porter (conduire) *ma* Muse
Αἰακῷ γένει τε.	à (vers) Éaque et *sa* race.
Ἄωτος δὲ δίκας,	Or la fleur de la justice,
αἰνεῖν ἐσλούς,	*c'est-à-dire* louer des *gens* de-bien,
ἕπεται λόγῳ·	suit (s'attache à) *ma* parole;
(Ἀντιστροφὴ β'.)	(*Antistrophe II.*)
οὐδὲ ἔρωτες	et les désirs (la passion)
ἀλλοτρίων	des choses étrangères
κρέσσονες	ne sont (n'est) pas préférable
φέρειν	à porter (à avoir)
ἀνδρί.	pour un homme.
Μάτευε	Cherche
οἴκοθεν.	de *la* maison (chez toi, dans ta patrie)
Ἔλαβες δὲ	Et tu as reçu (tu y trouves)
κόσμον ποτίφορον	une gloire commode (à ta portée)
γαρυέμεν τι ἡδύ.	pour chanter quelque chose de doux.
Ἐν δὲ ἀρεταῖς παλαιαῖσιν	Car parmi les vertus antiques

γέγαθε Πηλεὺς ἄναξ, ὑπέραλλον αἰχμὰν ταμών [1]·
ὃς καὶ Ἰωλκὸν εἷλε μόνος ἄνευ στρατιᾶς [2],
καὶ ποντίαν Θέτιν κατέμαρψεν
ἐγκονητί [3]. Λαομέδοντα δ' εὐρυσθενὴς
Τελαμὼν Ἰόλᾳ παραστάτας ἐὼν ἔπερσεν [4]·

(Ἐπῳδὸς β'.)

καί ποτε χαλκότοξον Ἀμαζόνων μετ' ἀλκὰν [5]
ἕπετό οἱ [6]· οὐδέ μίν ποτε φόβος ἀνδροδάμας ἔπαυσεν
ἀκμὰν φρενῶν.
Συγγενεῖ δέ τις εὐδοξίᾳ μέγα βρίθει [7]·
ὃς δὲ διδάκτ' ἔχει, ψεφηνὸς ἀνὴρ ἄλλοτ' ἄλλα πνέων [8]
οὔ ποτ' ἀτρεκεῖ
κατέβα ποδί, μυριᾶν δ' ἀρεταῖν ἀτελεῖ νόῳ γεύεται.

(Στροφὴ γ'.)

Ξανθὸς δ' Ἀχιλεὺς τὰ μὲν [9] μένων Φιλύρας ἐν δόμοις [10],

des anciens âges, le roi Pélée était fier de s'être taillé la plus lourde lance; Pélée qui, seul et sans armée, s'empara d'Iolcos, qui sut bientôt dompter Thétis, déesse de la mer. Après lui le robuste Télamon fit perdre la vie à Laomédon, en combattant aux côtés d'Iolas;

(*Épode II.*)

plus tard, avec ce même héros, il marcha contre l'armée des Amazones, et jamais la peur, qui abat les mortels, ne diminua l'énergie de son âme. C'est que l'homme est bien fort, quand sa valeur est née avec lui; mais, s'il doit ses qualités à l'art seul, toujours obscur, toujours agitant dans son esprit mille projets divers, il ne s'avance jamais d'un pied sûr, et entreprend sans rien achever d'innombrables travaux.

(*Strophe III.*)

Le blond Achille aussi, encore enfant, et lorsqu'il habitait la

ἄναξ Πηλεὺς	*est ceci que* le roi Pelée
γέγαθε,	s'est réjoui,
ταμὼν	ayant coupé (s'étant taillé)
αἰχμὰν ὑπέραλλον·	une lance plus-grande-que-les-autres ;
ὃς καὶ	*Pélée* qui aussi
εἷλεν Ἰωλκὸν μόνος	prit Iolcos seul
ἄνευ στρατιᾶς,	sans une armée,
καὶ κατέμαρψεν ἐγκονητὶ	et saisit (dompta) promptement
Θέτιν ποντίαν.	Thétis *déesse* de-la-mer.
Τελαμὼν δὲ	Et Télamon
εὐρυσθενής,	aux-forces-immenses,
ἐὼν παραστάτας Ἰόλα	étant aux-côtés d'Iolas,
ἔπερσε Λαομέδοντα·	détruisit Laomédon ;
(Ἐπῳδὸς β΄.)	(*Épode II.*)
καί ποτε ἕπετό οἱ	et un jour il suivit lui (Iolas)
μετὰ ἀλκὰν	vers la force (l'armée)
χαλκότοξον	aux-arcs-d'airain
Ἀμαζόνων·	des Amazones ;
οὐδέ ποτε	et jamais
φόβος ἀνδροδάμας	la peur qui-dompte-les-hommes
ἔπαυσέ μιν	n'a fait-cesser en lui
ἀκμὰν φρενῶν.	la vigueur (l'énergie) de *son* âme.
Τὶς δὲ βρίθει μέγα	Car un *homme* l'emporte grandement
εὐδοξίᾳ	par un grand-mérite
συγγενεῖ·	né-avec *lui* (inné en lui) ;
ὃς δὲ ἔχει	au contraire celui qui possède
διδακτά,	des *qualités* enseignées (apprises),
ἀνὴρ ψεφηνός	homme obscur
πνέων	respirant (agitant dans son esprit)
ἄλλοτε ἄλλα	d'autres fois d'autres *projets*
οὔ ποτε κατέβα	ne s'est jamais avancé
ποδὶ ἀτρεκεῖ,	d'un pied sûr,
γεύεται δὲ	mais goûte (tente)
νόῳ ἀτελεῖ	avec un esprit qui-n'achève-rien
ἀρετᾶν	des vertus (des hauts faits)
μυριᾶν.	au-nombre-de-dix-mille (sans nombre)
(Στροφὴ γ΄.)	(*Strophe III.*)
Ξανθὸς δὲ Ἀχιλεὺς	Le blond Achille aussi
τὰ μὲν μένων	alors demeurant
ἐν δόμοις Φιλύρας,	dans la maison de Philyre,

παῖς ἐὼν ἄθυρε μεγάλα ἔργα, χερσὶ θαμινὰ
βραχυσίδαρον ἄκοντα πάλλων, ἴσα τ' ἀνέμοις
μάχᾳ λεόντεσσιν ἀγροτέροις ἔπρασσεν φόνον,
κάπρους τ' ἔναιρε, σώματα δὲ παρὰ Κρονίδαν
Κένταυρον ἀσθμαίνοντα κόμιζεν,
ἑξέτης τοπρῶτον· ὅλον δ' ἔπειτ' ἂν χρόνον [1]
τὸν ἐθάμβεον Ἄρτεμίς τε καὶ θρασεῖ' Ἀθάνα,

(Ἀντιστροφὴ γ'.)

κτείνοντ' ἐλάφους ἄνευ κυνῶν δολίων θ' ἑρκέων·
ποσσὶ γὰρ κράτεσκε. Λεγόμενον δὲ τοῦτο προτέρων
ἔπος ἔχω [2]· βαθυμῆτα Χείρων τράφε λιθίνῳ
Ἰάσον' ἔνδον τέγει [3], καὶ ἔπειτεν Ἀσκλήπιον [4],
τὸν φαρμάκων δίδαξε μαλακόχειρα νόμον [5]·

demeure de Philyre, se faisait un jeu des plus audacieuses entreprises; souvent sa main brandissait un javelot armé d'un fer court; aussi impétueux que les vents, il triomphait dans la lutte des lions sauvages, exterminait les sangliers, et apportait aux pieds du centaure, fils de Saturne, leurs membres encore palpitants: il avait six ans lorsqu'il s'essayait ainsi; et durant toute sa vie, Diane et l'intrépide Minerve le virent avec admiration

(Antistrophe III.)

tuer les cerfs sans avoir besoin de chiens ou de toiles perfides; tant ses pieds étaient rapides! Je répète ici la tradition des anciens hommes: le sage Chiron éleva, sous son toit de pierre, Jason et ensuite Esculape, à qui il enseigna les secrets bienfaisants de la méde-

ἐὼν παῖς	étant enfant
ἄθυρε	faisait-en-se-jouant
μεγάλα ἔργα,	de grandes actions,
πάλλων θαμινὰ	brandissant fréquemment
χερσὶν	de *ses* mains
ἄκοντα βραχυσίδηρον,	un javelot au-fer-court,
ἴσα τε	et pareillement à (aussi prompt que)
ἀνέμοις	les vents
ἔπρασσε φόνον	il faisait (donnait) le carnage (la mort)
μάχᾳ	dans le combat
λεόντεσσιν ἀγροτέροις,	aux lions sauvages,
ἔναιρέ τε κάπρους,	et tuait les sangliers,
κόμιζε δὲ	et apportait
παρὰ Κένταυρον	près du Centaure
Κρονίδαν	fils-de-Saturne
σώματα ἀσθμαίνοντα,	*leurs* corps palpitants,
ἑξέτης	*étant* âgé-de-six-ans
τοπρῶτον·	*et faisant cela* dans-les-premiers-temps;
ἔπειτα δὲ	et ensuite
ὅλον ἂν χρόνον	*pendant* tout le temps *de sa vie*
Ἄρτεμίς τε	et Diane
καὶ θρασεῖα Ἀθάνα	et l'intrépide Minerve
ἐθάμβεον τὸν	voyaient-avec-admiration lui

(Ἀντιστροφὴ γ΄.) — (*Antistrophe III.*)

κτείνοντα ἐλάφους ἄνευ κυνῶν	tuant les cerfs sans chiens
ἑρκέων τε δολίων·	et sans filets trompeurs :
κράτεσκε γὰρ	car il l'emportait
ποσσίν.	par *ses* pieds (sa vitesse).
Ἔχω δὲ τοῦτο ἔπος	Or j'ai (je sais) ce récit
λεγόμενον	dit (raconté)
προτέρων·	par les premiers (anciens) *hommes* :
Χείρων βαθυμῆτα	Chiron aux-profondes-pensées (sage)
τράφεν	nourrit (éleva)
ἔνδον τέγει λιθίνῳ	dans (sous) *son* toit de-pierres
Ἰάσονα,	Jason,
καὶ ἔπειτεν Ἀσκλήπιον,	et ensuite Esculape,
τὸν δίδαξε	à qui il enseigna
νόμον	la loi (l'emploi)
μαλακόχειρα	avec-une-main-douce (qui soulage)
φαρμάκων·	des remèdes;

νύμφευσε δ' αὖτις ἀγλαόκαρπον
Νηρέος θύγατρα [1], γόνον τέ οἱ φέρτατον
ἀτίταλλεν, ἐν ἀρμένοισι πάντα θυμὸν αὔξων [2],

(Ἐπῳδὸς γ'.)

ὄφρα θαλασσίαις ἀνέμων ῥιπαῖσι πεμφθεὶς
ὑπὸ Τροΐαν, δορίκτυπον ἀλαλὰν Λυκίων τε προσμένοι καὶ Φρυγῶν
Δαρδάνων τε, καὶ ἐγχεσφόροις ἐπιμίξαις
Αἰθιόπεσσι χεῖρας, ἐν φρασὶ πάξαιθ' [3], ὅπως σφίσι μὴ κοίρανος ὀπίσω
πάλιν οἴκαδ' ἀνεψιὸς ζαμενὴς Ἑλένοιο [4] Μέμνων μόλοι.

(Στροφὴ δ'.)

Τηλαυγὲς ἄραρε φέγγος Αἰακιδᾶν αὐτόθεν [5]·
Ζεῦ, τεὸν γὰρ αἷμα, σέο δ' ἀγών [6], τὸν ὕμνος ἔβαλεν,

cine ; plus tard il unit à Pélée la belle Thétis, fille de Nérée, et donna ses soins à son noble fils, dont il forma le cœur par les plus sages préceptes,

(*Épode III.*)

afin que porté sur les flots et par le souffle des vents jusque sous les murs de Troie, il entendit sans pâlir le cri de guerre et le bruit des lances des Lyciens, des Phrygiens, des Dardaniens, et que, luttant contre les Éthiopiens armés de piques, il résolût dans son cœur de fermer à l'impétueux Memnon leur roi, cousin d'Hélénus, tout retour dans sa patrie.

(*Strophe IV.*)

De là rayonne au loin la gloire des Éacides. C'est ton sang, ô Jupiter, ce sont tes jeux que célèbre cet hymne où la voix des jeunes

αὖτις δὲ νύμφευσε	et plus tard il maria *à Pélée*
θύγατρα Νηρέος	la fille de Nérée
ἀγλαόκαρπον,	*Thétis* aux-beaux-bras,
ἀτίταλλέ τέ οἱ	et il nourrit-avec-tendresse à elle
γόνον φέρτατον,	*son* enfant très-noble
αὔξων	faisant croître (formant)
θυμὸν πάντα	*son* cœur tout-entier
ἐν ἁρμένοισιν,	dans (par) des leçons convenables,
('Επῳδὸς γ'.)	(*Épode III.*)
ὄφρα πεμφθεὶς	afin que envoyé (conduit)
ὑπὸ Τρωΐαν	sous *les murs de* Troie
ῥιπαῖσι θαλασσίαις	par les impulsions (le souffle) maritime
ἀνέμων,	des vents,
προσμένοι	il attendît-de-pied-ferme
ἀλαλὰν	le cri-de-guerre
δορίκτυπον	mêlé-au-bruit-des lances
Λυκίων τε καὶ Φρυγῶν	et des Lyciens et des Phrygiens
Δαρδάνων τε,	et des Dardaniens,
καὶ ἐπιμίξαις χεῖρας	et qu'ayant mêlé *ses* mains (combattu)
Αἰθιόπεσσιν	avec les Éthiopiens
ἐγχεσφόροις,	qui-portent-des-lances,
πάξαιτο	il se fixât *cette résolution*
ἐν φρασίν,	dans l'esprit,
ὅπως ζαμενὴς Μέμνων	que l'impétueux Memnon
κοίρανος,	*leur* roi,
ἀνεψιὸς Ἑλένοιο,	cousin d'Hélénus,
μὴ μόλοι σφίσιν	ne vînt pas à eux
ὀπίσω	en arrière
πάλιν	de nouveau (ne retournât pas)
οἴκαδε.	à-*sa*-maison (dans sa patrie).
(Στροφὴ δ'.)	(*Strophe IV.*)
Αὐτόθεν	De là
φέγγος Αἰακιδᾶν	l'éclat des Éacides
ἄραρε	s'est adapté (a découlé, est sorti)
τηλαυγές·	rayonnant-au-loin :
Ζεῦ,	*ô* Jupiter
τεὸν γὰρ αἷμα,	*c'est* ton sang en effet,
ἀγὼν δὲ	et *c'est* le combat
σέο,	de toi (qui t'est consacré),
τὸν ὕμνος ἔβαλε,	que *cet* hymne a lancé (chanté),

ὀπὶ νέων ἐπιχώριον χάρμα κελαδέων.
Βοὰ δὲ νικαφόρῳ σὺν Ἀριστοκλείδᾳ πρέπει [1],
ὃς τάνδε νᾶσον εὐκλέϊ προσέθηκε λόγῳ
καὶ σεμνὸν ἀγλααῖσι μερίμναις
Πυθίου Θεάριον [2]. Ἐν δὲ πείρᾳ τέλος [3]
διαφαίνεται, ὧν [4] τις ἐξοχώτερος γένηται,

(Ἀντιστροφὴ δ'.)

ἐν παισὶ νέοισι παῖς, ἐν ἀνδράσιν ἀνήρ, τρίτον
ἐν παλαιτέροισι μέρος [5]· ἕκαστον οἷον ἔχομεν
βρότεον ἔθνος. Ἐλᾷ δὲ καὶ τέσσαρας ἀρετὰς
ὁ μακρὸς αἰών, φρονεῖν δ' ἐνέπει τὸ παρκείμενον [6].
Τῶν οὐκ ἄπεστι. Χαῖρε, φίλος. Ἐγὼ τόδε τοι
πέμπω μεμιγμένον μέλι λευκῷ

habitants d'Égine chante un triomphe national. Oui, il est bien digne de ces chants, cet Aristoclide dont la victoire et les nobles travaux viennent de doter cette île et le sacré Théarion d'Apollon Pythien d'un renom glorieux. C'est à l'épreuve que se manifestent les vertus qui distinguent,

(*Antistrophe IV.*)

autant qu'il est donné aux mortels de les posséder, l'enfant parmi les enfants, l'homme parmi les hommes, le vieillard parmi les vieillards. La longue durée de la vie amène encore à l'homme une autre vertu, la sagesse qui se contente du présent. Aristoclide les réunit toutes. Adieu, mon ami. Je t'envoie ce mélange de miel et de lait

κελαδέων	célébrant
ὀπὶ νέων	avec la voix des jeunes-*gens*
χάρμα	un sujet-de-joie (un triomphe)
ἐπιχώριον.	national.
Βοὰ δὲ συμπρέπει	Or le cri (les chants) conviennent
Ἀριστοκλείδᾳ	à Aristoclide
νικαφόρῳ,	qui-a-remporté-la-victoire,
ὃς ἀγλααῖσι μερίμναις	*lui* qui par *ses* nobles soucis (travaux)
προσέθηκε	a approché (doté)
λόγῳ εὐκλέϊ	d'un discours (renom) très-glorieux
τάνδε νᾶσον	cette île
καὶ σεμνὸν Θεάριον	et l'auguste Théarion
Πυθίου.	d'*Apollon* Pythien.
Ἐν δὲ πείρᾳ	Mais *c'est* à l'épreuve
διαφαίνεται	*que* paraît-clairement
τέλος,	le-plus-haut-degré *des qualités*,
ὧν τις	dans lesquelles quelqu'un
γένηται	est devenu
ἐξοχώτερος,	plus éminent *que les autres*,
(Ἀντιστροφὴ δ'.)	(*Antistrophe IV.*)
παῖς	enfant
ἐν νέοισι παισίν,	parmi les jeunes enfants,
ἀνὴρ ἐν ἀνδράσι,	homme parmi les hommes, (lieu)
τρίτον μέρος	*comme* troisième part (en troisième
ἐν παλαιτέροισιν·	*vieillard* parmi les vieillards;
οἷον	*telle* que *nous*
ἔθνος βρότεον	nation (race) des-mortels
ἔχομεν ἕκαστον.	nous avons chacune.
Ὁ δὲ μακρὸς αἰὼν	Mais la longue durée *de la vie*
ἐλᾷ	pousse (amène)
καὶ τέσσαρας ἀρετάς,	même quatre vertus (une quatrième),
ἐνέπει δὲ	et *nous* commande
φρονεῖν	d'être-sages (résignés) (sent).
τὸ παρκείμενον.	quant à ce qui est-devant *nous* (le pré-
Οὐκ ἄπεστι	*Aristoclide* n'est-pas-éloigné (dépour-
τῶν.	de ces *vertus*. (vu)
Χαῖρε, φίλος.	Réjouis-toi (adieu), ami.
Ἐγὼ πέμπω τοι	J'envoie à toi
τόδε μέλι μεμιγμένον	ce miel mêlé
σὺν γάλακτι λευκῷ,	avec du lait blanc,

σὺν γάλακτι, κιρναμένα δ' ἔερσ' ἀμφέπει [1],
πόμ' ἀοίδιμον [2] Αἰολῆσιν ἐν πνοαῖσιν αὐλῶν,

(Ἐπῳδὸς δ'.)

ὀψέ περ. Ἔστι δ' αἰετὸς [3] ὠκὺς ἐν ποτανοῖς,
ὃς ἔλαβεν αἶψα, τηλόθε μεταμαιόμενος, δαφοινὸν ἄγραν
ποσίν·
κραγέται δὲ κολοιοὶ ταπεινὰ νέμονται.
Τίν γε μέν, εὐθρόνου Κλεοῦς ἐθελοίσας, ἀεθλοφόρου
λήματος ἕνεκεν,
Νεμέας Ἐπιδαυρόθεν τ' ἄπο καὶ Μεγάρων [4] δέδορκεν φάος.

blanc, que couronne l'écume, breuvage qui sera chanté aux sons des flûtes éoliennes;

(*Epode IV.*)

mon offrande est tardive, il est vrai; mais l'aigle, le plus rapide de tous les oiseaux, fond dans un moment, du haut du ciel, sur la proie qu'il saisit sanglante entre ses serres, tandis que le geai criard cherche sa pâture à la surface du sol. Pour toi, grâce à Clio au trône puissant et à ton courage victorieux, tu reçois de Némée, d'Épidaure et de Mégare, un triple lustre de gloire.

ἔρσα δὲ κιρναμένα	et une écume qui-s'y-mêle
ἀμφέπει,	l'environne,
πόμα ἀοίδιμον	breuvage à-chanter
ἐν πνοαῖσιν Αἰολῇσιν	avec les souffles éoliens
αὐλῶν,	des flûtes,
('Επῳδὸς δ'.)	(*Épode IV.*)
ὀψέ περ.	*je te l'envoie* quoique tard.
Αἰετὸς δὲ	Mais l'aigle
ἐστὶν ὠκὺς ἐν ποτανοῖς,	est prompt parmi les *êtres* ailés,
ὅς, μεταμαιόμενος τηλόθε,	*l'aigle* qui, poursuivant de loin,
ἔλαβεν αἶψα	a saisi (saisit) promptement
ποσὶν	dans *ses* pieds (ses serres)
ἄγραν δαφοινόν·	*sa* proie sanglante;
κολοιοὶ δὲ κραγέται	tandis que les geais criards
νέμονται	paissent
ταπεινά.	dans-les-lieux-bas (terre à terre).
Τίν γε μέν,	Pour toi toutefois,
Κλεοῦς εὐθρόνου	Clio au-beau-trône
ἐθελοίσας,	*le* voulant,
ἕνεκεν λήματος	à cause de *ton* courage
ἀεθλοφόρου,	qui-remporte-les-prix-des-combats,
φάος δέδορκεν	l'éclat *de la gloire* brille
ἀπὸ Νεμέας Ἐπιδαυρόθεν τε	de Némée et d'Épidaure
καὶ Μεγάρων.	et de Mégare.

ΕΙΔΟΣ Δ'.

ΤΙΜΑΣΑΡΧῼ ΑΙΓΙΝΗΤῌ

ΠΑΙΔΙ ΠΑΛΑΙΣΤῌ.

(Στροφὴ α'.)

Ἄριστος εὐφροσύνα πόνων κεκριμένων
ἰατρός [1]· αἱ δὲ σοφαὶ
Μοισᾶν θύγατρες ἀοιδαὶ θέλξαν νιν ἁπτόμεναι [2].
Οὐδὲ θερμὸν ὕδωρ τόσον γε μαλθακὰ τέγγει [3]
γυῖα, τόσσον εὐλογία φόρμιγγι συνάορος [4].
Ῥῆμα δ' ἐργμάτων χρονιώτερον βιοτεύει,
ὅ τι κε σὺν Χαρίτων τύχᾳ [5]
γλῶσσα φρενὸς ἐξέλοι βαθείας.

(Στροφὴ β'.)

Τό μοι θέμεν Κρονίδᾳ τε Δὶ καὶ Νεμέᾳ
Τιμασάρχου τε πάλᾳ

(Strophe I.)

La joie est le plus doux remède des fatigues passées; la poésie, docte fille des muses, les adoucit par ses chants. L'onde tiède délasse moins les membres de l'athlète que la louange mariée aux sons de la lyre. Elle vit plus longtemps que les actions, la parole qui s'échappe d'une grande âme par une bouche aimée des Grâces.

(Strophe II.)

Qu'il me soit permis de consacrer à Jupiter, fils de Saturne, à Némée et à la lutte de Timasarque, le prélude de cet hymne; puissent

ODE IV.

A TIMASARQUE D'ÉGINE

VAINQUEUR A LA LUTTE.

(Στροφὴ α'.)	(*Strophe I.*)
Εὐφροσύνα	La joie
ἄριστος ἰατρὸς	*est* le meilleur médecin
πόνων κεκριμένων·	des peines qui-ont-eu-issue (finies);
αἱ δὲ ἀοιδαί,	et les odes,
σοφαὶ θύγατρες Μοισᾶν,	doctes filles des muses,
θέλξαν	ont adouci (adoucissent)
νιν	eux (les travaux)
ἁπτόμεναι.	en s'attachant *à eux pour les chanter.*
Οὐδὲ ὕδωρ θερμὸν	Ni l'eau chaude (tiède)
τέγγει γυῖα	ne mouille (ne rafraîchit) les membres
μαλθακὰ	*de manière à les rendre* souples
τόσον γε,	autant du moins,
τόσσον εὐλογία	que la louange
συνάορος φόρμιγγι.	compagne (accompagnée) de la lyre.
Ῥῆμα δὲ	Et la parole (la poésie)
βιοτεύει χρονιώτερον	vit plus-de-temps
ἐργμάτων,	que les actions,
ὅ τι,	*la parole* que,
σὺν τύχᾳ	avec la fortune (la protection)
Χαρίτων,	des Grâces,
γλῶσσα κε ἐξέλοι	la langue a fait-sortir
φρενὸς βαθείας.	d'une âme profonde.
(Στροφὴ β'.)	(*Strophe II.*)
Εἴη μοι	Qu'il soit *permis* à moi
θέμεν	d'attribuer (de dédier)
Δί τε Κρονίδᾳ	et à Jupiter fils-de-Saturne
καὶ Νεμέᾳ	et à Némée
πάλᾳ τε Τιμασάρχου	et à la lutte de Timasarque
τὸ προκώμιον	ce prélude-du-chant

ὕμνου προκώμιον εἴη· δέξαιτο δ' Αἰακιδᾶν
ἠΰπυργον ἕδος [1], δίκᾳ ξεναρκέϊ κοινὸν
φέγγος [2]. Εἰ δ' ἔτι ζαμενεῖ Τιμόκριτος ἁλίῳ
σὸς πατὴρ ἐθάλπετο, ποικίλον κιθαρίζων
θαμά κε, τῷδε μέλει κλιθείς [3],
ὕμνον κελάδησε καλλίνικον

(Στροφὴ γ'.)

Κλεωναίου τ' ἀπ' ἀγῶνος ὅρμον στεφάνων
πέμψαντος καὶ λιπαρᾶν
εὐωνύμων ἀπ' Ἀθανᾶν, Θήβαις τ' ἐν ἑπταπύλοις [4],
οὕνεκ' [5] Ἀμφιτρύωνος ἀγλαὸν παρὰ τύμβον
Καδμεῖοί νιν οὐκ ἀέκοντες ἄνθεσι μίγνυον,
Αἰγίνας ἕκατι [6]. Φίλοισι γὰρ φίλος ἐλθὼν
ξένιον ἄστυ κατέδραμεν
Ἡρακλέος ὀλβίαν πρὸς αὐλάν [7].

l'accueillir favorablement les tours superbes qui protégent la demeure des Éacides, et d'où rayonne une justice également secourable à tous les étrangers. O si la douce chaleur du soleil échauffait encore Timocrite, ton père, avec quelle joie il animerait sa cithare à redire mille fois l'hymne qui célèbre la victoire,

(*Strophe III.*)

et les couronnes que tu as remportées aux jeux Cléonéens, et celles que t'a décernées l'illustre et brillante Athènes, et les fleurs que les Cadméens, joyeux d'honorer leur chère Égine, ont placées sur ton front à Thèbes aux sept portes, près du magnifique tombeau d'Amphitryon. Ami venu chez des amis, Timasarque a pénétré dans leur ville hospitalière, descendant vers la demeure fortunée d'Hercule :

ὕμνου·	de l'hymne;
ἔδος δὲ ὑψίπυργον	et que la demeure aux-belles-tours
Αἰακιδᾶν,	des Éacides,
φέγγος κοινὸν	lumière commune *à tous*
δίκᾳ	par une justice
ξεναρκέϊ	qui-protége-les-étrangers
δέξαιτο.	*l'*accueille.
Εἰ δὲ Τιμόκριτος,	Mais si Timocrite,
σὸς πατήρ,	ton père,
ἐθάλπετο ἔτι	était échauffé encore
ἁλίῳ ζαμενεῖ,	par le soleil ardent (vivifiant),
κιθαρίζων	jouant-de-la-cithare
ποικίλον,	avec-des-sons-variés,
θαμά,	fréquemment,
κλιθεὶς	penché-sur (s'appliquant à)
τῷδε μέλει,	cette poésie,
κελάδησέ κε	il aurait fait-retentir (chanté)
ὕμνον	l'hymne
καλλίνικον	qui-célèbre-la-belle-victoire
(Στροφὴ γ΄.)	(*Strophe III.*)
ἀπό τε ἀγῶνος	*rapportée* et du combat
Κλεωναίου	Cléonéen
πέμψαντος	qui a envoyé *à toi*
ὅρμον στεφάνων	un collier de couronnes
καὶ ἀπὸ Ἀθανᾶν λιπαρᾶν	et d'Athènes brillante
εὐωνύμων,	au-beau-renom,
ἔν τε Θήβαις ἑπταπύλοις,	et dans Thèbes aux-sept-portes,
οὕνεκα	puisque
παρὰ τύμβον ἀγλαὸν	près du tombeau brillant
Ἀμφιτρύωνος	d'Amphitryon
Καδμεῖοι	les descendants-de-Cadmus
μίγνυόν νιν ἄνθεσιν,	ont mêlé (couronné) lui de fleurs,
οὐκ ἀέκοντες	non malgré-eux
ἕκατι Αἰγίνας.	à cause d'Égine.
Ἐλθὼν γὰρ φίλος	Car étant venu ami
φίλοισι	à *eux* amis
κατέδραμεν	il descendit
ἄστυ ξένιον	dans la ville hospitalière
πρὸς αὐλὰν ὀλβίαν	vers la cour (demeure) fortunée
Ἡρακλέος.	d'Hercule.

(Στροφὴ δ'.)

Ξὺν ᾧ ποτε [1] Τροΐαν κραταιὸς Τελαμὼν
πόρθησε [2] καὶ Μέροπας [3]
καὶ τὸν μέγαν πολεμιστὰν ἔκπαγλον Ἀλκυονῆ [4],
οὐ τετραορίας γε πρὶν δυώδεκα πέτρῳ
ἥρωάς τ' ἐπεμβεβαῶτας ἱπποδάμους ἕλεν
δὶς τόσους [5]. Ἀπειρομάχας ἐὼν κε φανείη
λόγον ὁ μὴ ξυνιείς [6]· ἐπεὶ
ῥέζοντά τι καὶ παθεῖν ἔοικεν [7].

(Στροφὴ ε')

Τὰ μακρὰ δ' ἐξενέπειν ἐρύκει με τεθμὸς [8]
ὧραί τ' ἐπειγόμεναι·
ἴυγγι δ' ἕλκομαι ἦτορ νεομηνίᾳ θιγέμεν [9].
Ἔμπα, καίπερ [10] ἔχει βαθεῖα ποντιὰς ἅλμα

(Strophe IV.)

d'Hercule, avec qui le puissant Télamon saccagea autrefois les murs de Troie, extermina les Méropes, et tua le terrible et vaillant Alcyonée; mais avant de périr, d'une roche lancée de sa main, le géant écrasa douze chars à quatre chevaux et deux fois autant de héros dompteurs de coursiers, qui étaient montés sur ces chars. Il fera bien voir son peu d'expérience des combats, celui à qui ce récit semblera étrange; car il est naturel que celui qui frappe soit frappé à son tour.

(Strophe V.)

Mais les lois que m'impose la muse, et les heures qui s'envolent, m'interdisent de longs discours; et cependant, dans ces fêtes de la Néoménie, un charme puissant entraîne mon cœur. Résiste à la séduction, ô mon âme, bien que déjà tu vogues en pleine mer: ainsi

(Στροφὴ δ'.)	(*Strophe IV.*)
Σὺν ᾧ	Avec lequel (Hercule)
κραταιὸς Τελαμὼν	le puissant Télamon
πόρθησέ ποτε Τρωΐαν	saccagea autrefois Troie
καὶ Μέροπας	et *tua* les Méropes
καὶ τὸν μέγαν Ἀλκυονῆ	et le grand Alcyonée
πολεμιστὰν	*géant* guerrier
ἔκπαγλον,	effroyable,
οὔ γε πρὶν	non toutefois avant que
ὄλεσε	il (Alcyonée) eût détruit
πέτρῳ	avec une pierre *lancée*
δυώδεκα τετραορίας	douze chars-à-quatre-chevaux
ἥρωάς τε	et des héros
ἱπποδάμους	dompteurs-de-chevaux
δὶς τόσους	deux fois aussi-nombreux
ἐπεμβεβαῶτας.	montés-sur *les chars.*
Ὁ μὴ ξυνιεὶς	Celui qui ne comprend pas
λόγον	*ce* récit
φανείη κε	paraîtrait assurément
ἀπειρομάχας·	sans-expérience-des-combats ;
ἐπεὶ ἔοικε	puisqu'il est-naturel
ῥέζοντά τι	celui qui fait quelque *mal*
καὶ παθεῖν.	aussi *en* souffrir.
(Στροφὴ ε'.)	(*Strophe V.*)
Τεθμὸς δὲ	Mais la loi *de ce chant*
ἐρύκει με	retient (empêche) moi
ἐξενέπειν	de dire (raconter)
τὰ μακρά,	les longs *détails de ces exploits*,
ὧραί τε	et les heures *m'empêchent aussi*
ἐπειγόμεναι·	*les heures* qui se pressent (vont vite);
ἕλκομαι δὲ	pourtant je suis entraîné
ἴυγγι	par un charme
ἦτορ	dans *mon* cœur
θιγέμεν	à *les* toucher (les traiter)
νουμηνίᾳ.	dans *ce* jour-de-la-nouvelle-lune.
Καίπερ ἅλμα βαθεῖα	Bien que l'eau-salée profonde
ποντιὰς	de-la-mer
ἔχει μέσσον,	aie *toi arrivé déjà* au milieu,
ἔμπα	cependant, *ô mon âme*,
ἀντίτεινε	raidis-toi-contre (résiste à)

μέσσων, ἀντίτειν' ἐπιβουλίᾳ· σφόδρα δόξομεν
δαΐων ὑπέρτεροι ἐν φάει καταβαίνειν·
φθονερὰ δ' ἄλλος ἀνὴρ βλέπων
γνώμαν κενεὰν σκότῳ κυλίνδει [1]

(Στροφὴ ς'.)

χαμαιπετοῖσαν. Ἐμοὶ δ' ὁποίαν ἀρετὰν
ἔδωκε πότμος ἄναξ,
εὖ οἶδ' ὅτι χρόνος ἕρπων πεπρωμέναν τελέσει [2].
Ἐξύφαινε, γλυκεῖα, καὶ τόδ' αὐτίκα, φόρμιγξ,
Λυδίᾳ σὺν ἁρμονίᾳ μέλος πεφιλημένον
Οἰνώνᾳ [4] τε καὶ Κύπρῳ, ἔνθα Τεῦκρος ἀπάρχει [3]
ὁ Τελαμωνιάδας· ἀτὰρ
Αἴας Σαλαμῖν' ἔχει πατρῴαν·

(Στροφὴ ζ'.)

ἐν δ' Εὐξείνῳ πελάγει φαεννὰν Ἀχιλεὺς
νᾶσον· Θέτις δὲ κρατεῖ
Φθίᾳ [5]· Νεοπτόλεμος δ' Ἀπείρῳ διαπρυσίᾳ [6],

l'on nous verra marcher au grand jour, supérieurs à nos ennemis; ainsi celui qui nous regarde d'un œil envieux agitera en vain dans l'ombre

(Strophe VI.)

de stériles projets. Quelque soit le mérite dont m'ait doué la fortune souveraine, je n'en doute pas, le temps dans sa marche le conduira comme il plaît au destin. O ma douce lyre, hâte-toi de composer sur des accords lydiens un hymne qui plaise à Œnone, et à Chypre, où Teucer, le fils de Télamon, règne dans l'exil, tandis qu'Ajax possède Salamine, royaume de ses pères,

(Strophe VII.)

qu'Achille occupe dans le Pont-Euxin une île brillante, que Thétis commande à Phthie, et que dans la vaste Épire, Néoptolème domine

ἐπιβουλίᾳ ·	l'embûche (au charme);
δόξομεν	*en faisant ainsi* nous paraîtrons
σφόδρα	très-certainement
καταβαίνειν ἐν φάει	nous avancer à la lumière
ὑπέρτεροι δαΐων ·	supérieurs à *nos* ennemis;
ἄλλος δὲ ἀνὴρ	et un autre homme
βλέπων φθονερὰ	*nous* regardant envieusement
κυλίνδει	roule (roulera, agitera)
σκότῳ	dans l'obscurité
γνώμαν κενεὰν	une pensée (des projets) vains
(Στροφὴ ς'.	*(Strophe VI.)*
χαμαιπετοῖσαν.	tombant-à-terre (échouant).
Οἶδα δὲ εὖ ὅτι χρόνος	Et je sais bien que le temps
ἕρπων	en s'avançant (dans sa marche)
τελέσει	mènera-à-terme
πεπρωμέναν	marquée-par-le-destin (à la volonté du destin)
ἀρετὰν	la vertu (le mérite)
ὁποίαν ἔδωκεν ἐμοὶ	*tel* que *l*'a donnée à moi
πότμος ἄναξ.	la fortune reine (souveraine).
Γλυκεῖα φόρμιγξ,	*Ma* douce lyre,
ἐξύφαινε,	ourdis (fais),
καὶ τόδε αὐτίκα,	et ceci sur-l'heure,
σὺν ἁρμονίᾳ Λυδίᾳ	avec l'harmonie lydienne
μέλος πεφιλημένον	un chant cher (agréable)
Οἰνώνᾳ τε,	et à Œnone,
καὶ Κύπρῳ,	et à Chypre,
ἔνθα Τεῦκρος	où Teucer
ὁ Τελαμωνιάδας	le fils-de-Télamon
ἀπάρχει ·	règne-loin *de sa patrie;*
ἀτὰρ Αἴας	mais-au-contraire Ajax
ἔχει Σαλαμῖνα πατρῴαν ·	possède la Salamine paternelle;
(Στροφὴ ζ'.)	*(Strophe VII.)*
Ἀχιλεὺς δὲ	et Achille
νᾶσον φαεννὰν	*possède* une île brillante
ἐν πελάγει Εὐξείνῳ ·	sur la mer du-Pont-Euxin;
Θέτις δὲ	et Thétis
κρατεῖ Φθίᾳ ·	domine à Phthie;
Νεοπτόλεμος δὲ	et Néoptolème
Ἀπείρῳ	dans l'Épire
διαπρυσίᾳ,	qui pénètre (s'étend)-au-loin,

βουβόται τόθι πρῶνες ἔξοχοι κατάκεινται
Δωδώναθεν [1] ἀρχόμενοι πρὸς Ἰόνιον πόρον.
Παλίου δὲ πὰρ ποδὶ [2] λατρείαν Ἰαωλκὸν
πολεμίᾳ χερὶ προστραπὼν [3]
Πηλεὺς παρέδωκεν Αἱμόνεσσιν,

(Στροφὴ η΄.)

δάμαρτος Ἱππολύτας Ἀκάστου δολίαις
τέχναισι χρησάμενος [4].
Τᾷ δαιδάλῳ δὲ μαχαίρᾳ [5] φύτευέ οἱ θάνατον
ἐκ λόχου Πελίαο παῖς· ἄλαλκε δὲ Χείρων [6],
καὶ τὸ μόρσιμον Διόθεν πεπρωμένον ἔκφερεν [7]·
πῦρ δὲ παγκρατές, θρασυμαχάνων τε λεόντων
ὄνυχας ὀξυτάτους, ἀκμὰν
τε δεινοτάτων σχάσαις [8] ὀδόντων,

(Στροφὴ θ΄.)

ἔγαμεν ὑψιθρόνων μίαν Νηρεΐδων,
εἶδεν δ' εὔκυκλον ἕδραν [9],

sur les hautes et grasses collines qui se prolongent depuis Dodone jusqu'à la mer Ionienne. Aux pieds du mont Pélion, tournant contre Iolcos un bras ennemi, Pélée la livra esclave aux Hémoniens,

(*Strophe VIII.*)

pour se venger de la perfidie et des artifices d'Hippolyte, l'épouse d'Acaste. Armé d'un glaive perfide, le fils de Pélias avait tramé sa mort; Chiron le sauva, et accomplit l'immuable destin de Jupiter : Pélée triompha des feux dévorants, des griffes acérées des farouches lions et de leurs dents terribles,

(*Strophe IX.*)

épousa l'une des Néréides aux trônes élevés, et vit les rois du

τόθι πρῶνες ἔξοχοι	où des collines saillantes
βουβόται	qui-nourrissent-les-bœufs
κατάκεινται	sont-situées-en-descendant
ἀρχόμενοι Δωδώναθεν	commençant de (à) Dodone
πρὸς πόρον	vers le courant (jusqu'à la mer)
Ἰόνιον.	d'-Ionie.
Πὰρ δὲ ποδὶ Παλίου	Et auprès du pied du Pélion
Πηλεὺς	Pélée
προστραπὼν	s'étant-tourné (avancé)-vers *Iolcos*
χερὶ πολεμίᾳ	avec un bras ennemi
παρέδωκεν Αἱμόνεσσιν	livra aux Hémoniens
Ἰαωλκὸν	Iolcos
λατρείαν,	*comme* servitude (comme esclave),
(Στροφὴ η'.)	(*Strophe VIII.*)
χρησάμενος	ayant usé de (éprouvé)
τέχναισι δολίαις	les artifices perfides
Ἱππολύτας	d'Hippolyte
δάμαρτος Ἀκάστου.	épouse d'Acaste.
Παῖς δὲ Πελίαο	Car le fils de Pélias
φύτευέν οἱ θάνατον	avait machiné à lui la mort
ἐκ λόχου	par embûche
τῇ μαχαίρᾳ δαιδάλῳ·	avec son épée perfide ;
Χείρων δὲ	mais Chiron
ἄλαλκε,	écarta *la mort de lui,*
καὶ ἔκφερε	et mena-à-terme (accomplit)
τὸ μόρσιμον πεπρωμένον	le destin fatalement-décidé
Διόθεν·	par Jupiter :
σχάσαις δὲ	et *Pélée* ayant arrêté (fait cesser,
πῦρ	le feu [vaincu)
παγκρατές,	qui-triomphe-de-tout,
ὄνυχάς τε ὀξυτάτους	et les griffes très-pénétrantes
λεόντων	de lions
θρασυμαχάνων,	aux-attaques-féroces,
ἀκμάν τε	et la violence
ὀδόντων δεινοτάτων,	de dents très-terribles,
(Στροφὴ θ'.)	(*Strophe IX.*)
ἔγαμε μίαν Νηρείδων	épousa l'une des Néréides
ὑψιθρόνων,	au-trône-élevé,
εἶδε τε ἕδραν	et il vit un siége
εὔκυκλον,	formant-un-beau-cercle,

τᾶς οὐρανοῦ βασιλῆες πόντου τ' ἐφεζόμενοι
δῶρα καὶ κράτος ἐξέφαναν [1] ἐς γένος αὐτῷ
Γαδείρων τὸ πρὸς ζόφον οὐ περατόν [2]. Ἀπότρεπε
αὖτις Εὐρώπαν ποτὶ χέρσον ἔντεα ναός·
ἄπορα γὰρ λόγον Αἰακοῦ
παίδων τὸν ἅπαντά μοι διελθεῖν.

(Στροφὴ ι'.)

Θεανδρίδαισι δ' ἀεξιγυίων ἀέθλων
κᾶρυξ ἑτοῖμος ἔβαν
Οὐλυμπίᾳ τε καὶ Ἰσθμοῖ Νεμέᾳ τε συνθέμενος [3],
ἔνθα πεῖραν ἔχοντες [4] οἴκαδε κλυτοκάρπων
οὐ νέοντ' ἄνευ στεφάνων, πάτραν ἵν' ἀκούομεν,
Τιμάσαρχε, τεὰν ἐπινικίοισιν ἀοιδαῖς
πρόπολον ἔμμεναι [5]. Εἰ δέ τοι
μάτρῳ μ' ἔτι Καλλικλεῖ κελεύεις

ciel et de la mer, assis en un cercle brillant autour de la table du festin, lui offrir de superbes présents et une puissance qui devait passer à sa race. Mais on ne peut aller vers le couchant au delà de Gadès. Retourne ton navire vers le continent d'Europe : je ne puis redire tout entière l'histoire des enfants d'Éaque.

(*Strophe X.*)

Je suis venu pour remplir ma promesse, pour chanter les luttes vigoureuses soutenues par les Théandrides à Olympie, à l'Isthme et à Némée, où ils n'ont jamais combattu sans rapporter dans leur patrie de nombreuses couronnes; aussi l'on raconte que ta famille, Timasarque, fait les frais des chœurs qui célèbrent leur victoire. Si tu m'oidonnes d'élever encore à ton oncle Calliclès

τᾶς ἑζόμενοι	sur lequel étant assis
βασιλῆες οὐρανοῦ	les rois du ciel
πόντου τε	et de la mer
ἐξέφαναν αὐτῷ	montrèrent (offrirent) à lui
δῶρα	des présents
καὶ κράτος	et une puissance
ἐς γένος.	*qui passerait à sa* race.
Τὸ πρὸς ζόφον	Ce *qui est* au couchant
Γαδείρων	de Gadès
οὐ περατόν.	n'*est* pas praticable.
Ἀπότρεπε αὖτις	Détourne de nouveau
ἔντεα ναός	les agrès de *ton* vaisseau
ποτὶ χέρσον Εὐρώπαν·	vers le continent *de l'*Europe;
ἄπορα γάρ μοι	car *il est* impossible à moi
διελθεῖν	de parcourir (raconter)
λόγον τὸν ἅπαντα	le récit (l'histoire) tout entière
παίδων Αἰακοῦ.	des enfants d'Éaque.
(Στροφὴ ι'.)	(*Strophe* X.)
Ἔβαν δὲ	Car je suis venu
συνθέμενος	en étant convenu
κᾶρυξ ἑτοῖμος	héraut (chantre) tout-disposé
Θεανδρίδαισιν	pour les Théandrides
ἀέθλων	de combats
ἀεξιγυίων	qui-fortifient-les-membres
Οὐλυμπίᾳ τε	*combats livrés* et à Olympie
καὶ Ἰσθμοῖ Νεμέᾳ τε,	et à l'Isthme et à Némée,
ἔνθα ἔχοντες πεῖραν	où ayant une épreuve (combattant)
οὐ νέονται	ils ne reviennent pas
ἄνευ στεφάνων	sans couronnes
κλυτοκάρπων	aux-fruits-illustres
οἴκαδε,	à la maison (dans leur patrie),
ἵνα ἀκούομεν	où nous entendons *dire*
τεὰν πάτραν, Τιμάσαρχε	ta famille, *ô* Timasarque,
ἔμμεναι πρόπολον	être ministre (faire les frais)
ἀοιδαῖς	des chants (des chœurs)
ἐπινικίοισιν.	qui-célèbrent-la-victoire.
Εἰ δέ τοι	Mais si donc
κελεύεις ἔτι με	tu ordonnes encore moi
θέμεν Καλλικλεῖ	établir (élever) à Calliclès
μάτρῳ	*ton* oncle-maternel

(Στροφὴ ια'.)

στάλαν θέμεν Παρίου λίθου λευκοτέραν,
ὁ χρυσὸς ἑψόμενος
αὐγὰς ἔδειξεν ἁπάσας, ὕμνος δὲ τῶν ἀγαθῶν
ἐργμάτων βασιλεῦσιν ἰσοδαίμονα τεύχει
φῶτα· κεῖνος ἀμφ' Ἀχέροντι ναιετάων ἐμὰν
γλῶσσαν εὑρέτω κελαδῆτιν, Ὀρσοτριαίνα
ἵν' ἐν ἀγῶνι βαρυκτύπου
θάλησε Κορινθίοις σελίνοις[1]·

(Στροφὴ ιβ'.)

τὸν Εὐφάνης ἐθέλων γεραιὸς προπάτωρ
σὸς ἄεισέν ποτε, παῖ.
Ἄλλοισι δ' ἅλικες ἄλλοι· τὰ δ' αὐτός ἄν τις ἴδῃ,
ἔλπεταί τις ἕκαστος ἐξοχώτατα φάσθαι.
Οἷον αἰνέων κε Μελησίαν[2] ἔριδα στρέφοι,

(*Strophe XI.*)

un cippe plus blanc que le marbre de Paros, je sais que l'or au sortir du creuset brille de tout son éclat, et que l'hymne aussi élève l'homme dont il chante les grandes actions à l'égal des rois; qu'il entende donc, des bords de l'Achéron qu'il habite, ma voix s'élancer de ces lieux où, dans les jeux du dieu des flots bruyants, de Neptune au trident redoutable, l'ache de Corinthe a couronné sa tête;

(*Strophe XII.*)

déjà, ô jeune athlète, Euphanès, ton antique aïeul, a été fier de chanter cette victoire. Mais les générations se succèdent, et chacun espère pouvoir seul raconter dignement ce dont il a été témoin. S'il eût loué aussi Mélésias, comme il sortirait vainqueur de cette épreuve, lui qui savait si bien faire plier à son gré la parole, athlète irrésis-

(Στροφὴ ιά.)	*Strophe XI.*
στάλαν λευκοτέραν	un cippe plus blanc
λίθου Παρίου,	que la pierre (le marbre) de-Paros,
ὁ χρυσός	*comme, de même que* l'or
ἑψόμενος	cuit (passé au creuset)
ἔδειξεν	a montré (fait briller)
ἁπάσας αὐγάς,	tout l'éclat *qu'il peut avoir,*
ὕμνος δὲ	*ainsi* d'un autre côté l'hymne
τῶν ἀγαθῶν ἐργμάτων	des (qui chante les) belles actions
τεύχει φῶτα	rend l'homme
ἰσοδαίμονα	égal-en-fortune (en grandeur)
βασιλεῦσι·	aux rois, *j'y consens;*
κεῖνος	que celui-là (Calliclès)
ναιετάων ἀμφὶ Ἀχέροντι	qui habite auprès de l'Achéron
εὑρέτω ἐμὰν γλῶσσαν	trouve (entende) ma voix
κελαδῆτιν,	retentissante,
ἵνα	*dans les lieux* où
ἐν ἀγῶνι	dans le combat
Ὀρσοτριαίνα	du *dieu* qui-agite-le-trident
βαρυκτύπου	*du dieu* au-fracas-terrible
θάλησε	il a fleuri (a été couronné)
σελίνοις Κορινθίοις·	de l'ache de-Corinthe;
(Στροφὴ ιβ.)	(*Strophe XII.*)
τὸν Εὐφάνης	*Calliclès* qu'Euphanès
σὸς γεραιὸς προπάτωρ,	ton vieil aïeul,
παῖ,	ô jeune-homme,
ἄεισέ ποτε	a chanté autrefois
ἐθέλων.	*le* voulant (avec joie).
Ἄλλοι δὲ	Mais d'autres *hommes*
ἅλικες	*sont* du-même-âge-que (contempo-[rains)
ἄλλοισι·	d'autres *hommes;*
τὰ δέ τις	et *les actions* que quelqu'un
ἂν ἴδῃ αὐτός,	a vues lui-même,
ἕκαστός τις ἔλπεται	chacun espère
φάσθαι	*les* dire (les raconter)
ἐξοχώτατα.	le plus éminemment (le mieux).
Οἷον	Combien
αἰνέων Μελησίαν	louant (s'il eût loué) Mélésias
στρέφοι κε	il tournerait (manierait-avec-sou-[plesse)
ἔριδα,	la lutte (ce travail),

ῥήματα πλέκων, ἀπάλαιστος ἐν λόγῳ ἕλκειν,
μαλακὰ μὲν φρονέων ἐσλοῖς,
τραχὺς δὲ παλιγκότοις ἔφεδρος [1].

tible dans la lutte poétique, bienveillant aux bons, implacable adversaire aux méchants.

πλέκων ῥήματα,	entrelaçant *ses* mots,
ἀπάλαιστος ἕλκειν	invincible à entraîner
ἐν λόγῳ,	dans *le combat de* la parole,
φρονέων μὲν	pensant (étant disposé)
μαλακὰ	avec-bienveillance
ἐσλοῖς,	pour les bons,
ἔφεδρος δὲ τραχὺς	mais éphèdre (adversaire) rude
παλιγκότοις.	pour les rancuniers (envieux).

ΕΙΔΟΣ Ε'.

ΠΥΘΕᾼ ΑΙΓΙΝΗΤῌ.

ΠΑΙΔΙ ΠΑΓΚΡΑΤΙΑΣΤῌ.

(Στροφὴ α'.)

Οὐκ ἀνδριαντοποιός εἰμ' [1], ὥστ' ἐλινύσοντά μ' ἐργά-
ζεσθαι ἀγάλματ' ἐπ' αὐτᾶς βαθμίδος [2]
ἑσταότ'· ἀλλ' ἐπὶ πάσας ὁλκάδος ἔν τ' ἀκάτῳ [3], γλυ-
κεῖ' ἀοιδά,
στεῖχ' ἀπ' Αἰγίνας, διαγγέλλοισ', ὅτι
Λάμπωνος υἱὸς Πυθέας εὐρυσθενὴς
νίκη Νεμείοις παγκρατίου στέφανον [4],
οὔπω γένυσι φαίνων τέρειναν ματέρ' οἰνάνθας ὀπώραν [5],

(Ἀντιστροφὴ α'.)

ἐκ δὲ Κρόνου καὶ Ζηνὸς ἥρωας αἰχματὰς φυτευθέν-
τας καὶ ἀπὸ χρυσεᾶν Νηρηΐδων

(*Strophe I.*)

Je ne suis point sculpteur, et ne fais point de statues qui se dressent immobiles sur leur base. Ainsi, ô mon chant, va loin d'Egine, sur tous vaisseaux, grands ou petits, annoncer en tous lieux la victoire que vient d'obtenir au pancrace, dans les jeux de Némée, le fils de Lampon, Pythéas; ses joues ne se parent point encore de ce léger duvet, signe de la puberté,

(*Antistrophe I.*)

et déjà il vient d'honorer les héros issus de Saturne, de Jupiter,

ODE V.

A PYTHÉAS D'ÉGINE

VAINQUEUR AU PANCRACE.

(Στροφὴ α'.)	(*Strophe I.*)
Οὐκ εἰμὶ	Je ne suis pas
ἀνδριαντοποιός,	fabricant-de-statues (statuaire),
ὥστε	de sorte que
με ἐργάζεσθαι	moi confectionner (je confectionne)
ἀγάλματα	des statues
ἐλινύσοντα	devant-demeurer-immobiles
ἑσταότα	se tenant (restant)
ἐπὶ βαθμίδος αὐτᾶς·	sur *leur* base même;
ἀλλά, γλυκεῖα ἀοιδά,	mais, ô doux chant,
στεῖχε ἀπὸ Αἰγίνας	pars d'Égine [vaisseau)
ἐπὶ πάσας ὁλκάδος	sur tout vaisseau-de-transport (grand
ἔν τε ἀκάτῳ,	et sur *tout* brigantin (petit vaisseau),
διαγγέλλοισα,	annonçant-de-tous côtés,
ὅτι υἱὸς Λάμπωνος	que le fils de Lampon
Πυθέας	Pythéas
εὐρυσθενὴς	aux-vastes-forces
νίκη	a vaincu (remporté)
στέφανον παγκρατίου	la couronne du pancrace
Νεμείοις,	aux *jeux* de-Némée,
οὔπω φαίνων	ne montrant pas encore
γένυσι	sur *son* menton
τέρειναν ὀπώραν	la tendre maturité
ματέρα	mère [vet),
οἰνάνθας,	de la fleur-de-la-vigne (du premier du-
(Ἀντιστροφὴ α'.)	(*Antistrophe I.*)
ἐγέραρε δὲ	et qu'il a honoré
ἥρωας αἰχματὰς	les héros belliqueux
φυτευθέντας	engendrés (nés)
ἐκ Κρόνου καὶ Ζηνὸς	de Saturne et de Jupiter

Αἰακίδας ἐγέραρεν [1], ματρόπολίν τε, φίλαν ξένων
ἄρουραν [2]·
τάν ποτ' εὔανδρόν τε καὶ ναυσικλυτὰν
θέσσαντο [3] πὰρ βωμὸν πατέρος Ἑλλανίου
στάντες [4], πίτναν τ' εἰς αἰθέρα χεῖρας ἁμᾶ
Ἐνδαΐδος ἀρίγνωτες υἱοὶ καὶ βία Φώκου [5] κρέοντος,

(Ἐπῳδὸς α'.)

ὁ τᾶς θεοῦ, ὃν Ψαμάθεια τίκτ' ἐπὶ ῥηγμῖνι πόντου.
Αἰδέομαι [6] μέγα εἰπεῖν ἐν δίκᾳ τε μὴ κεκινδυνευμένον,
πῶς δὴ λίπον εὐκλέα νᾶσον, καὶ τίς ἄνδρας ἀλκίμους
δαίμων ἀπ' Οἰνώνας [7] ἔλασεν. Στάσομαι. Οὔ τοι ἅπασα κερδίων
φαίνοισα πρόσωπον ἀλάθει' ἀτρεκὴς [8]·
καὶ τὸ σιγᾶν πολλάκις ἐστὶ σοφώτατον ἀνθρώπῳ
νοῆσαι.

des Néréides à la blonde chevelure, et sa patrie, cette terre amie des étrangers; jadis, debout près de l'autel du dieu des Hellènes, les mains tendues vers le ciel, ces héros priaient qu'elle s'illustrât par la valeur de ses enfants et la puissance de ses flottes; c'étaient les fils illustres d'Endéis, et le vaillant roi Phocos,

(*Épode I.*)

Phocos, que la déesse Psamathée mit au jour sur le rivage de la mer. Je n'ose rappeler un audacieux attentat contraire aux lois de la justice; je ne dirai point comment ils quittèrent cette île glorieuse, et quelle vengeance divine chassa d'OEnone ces vaillants mortels. Je m'arrête. Il ne convient pas toujours de montrer à découvert la vérité même la plus sûre, et le silence est souvent pour l'homme le parti le plus sage.

καὶ ἀπὸ Νηρηΐδων	et des Néréides
χρυσεᾶν,	d'-or (aux cheveux blonds),
Αἰακίδας,	les Éacides,
ματρόπολίν τε,	et *sa* ville-mère (sa patrie),
ἄρουραν φίλαν ξένων·	terre amie des étrangers;
τάν ποτε	*sa patrie* que un jour
θέσσαντο	ils demandèrent-avec-prière
εὔανδρόν τε	*être* et féconde-en-hommes-braves
καὶ ναυσικλυτάν,	et fameuse-par-ses-vaisseaux,
στάντες	se tenant
πὰρ βωμὸν	près de l'autel
πατέρος Ἑλλανίου,	du père (de Jupiter) Hellénien,
πίτναν τε ἁμᾶ	et ils étendirent en même temps
χεῖρας εἰς αἰθέρα,	*leurs* mains vers l'éther,
υἱοὶ ἀρίγνωτες	*eux*, les fils très-connus (célèbres)
Ἐνδαΐδος	d'Endéis
καὶ βία Φώκου	et la force de Phocos (le vigoureux
κρέοντος,	puissant (roi), [Phocos)
(Ἐπῳδὸς α'.)	(*Épode I.*)
ὁ τᾶς θεοῦ,	*Phocos* le *fils* de la déesse,
ὃν Ψαμάθεια τίκτεν	que Psamathée enfanta
ἐπὶ ῥηγμῖνι πόντου.	sur le rivage de la mer.
Αἰδέομαι	Je crains de (je n'ose)
εἰπεῖν μέγα	dire un grand *attentat*
μὴ κεκινδυνευμένον τε	et non risqué (non tenté)
ἐν δίκᾳ,	avec justice,
πῶς δὴ	comment donc *ces héros*
λίπον	ont abandonné
νᾶσον εὐκλέα,	*cette* île glorieuse,
καὶ τίς δαίμων	et quelle divinité
ἔλασεν ἀπὸ Οἰνώνας	a chassé d'OEnone (d'Égine)
ἄνδρας ἀλκίμους.	*ces* hommes vaillants.
Στάσομαι.	Je m'arrêterai.
Ἅπασα ἀλάθεια	Toute vérité
οὔ τοι κερδίων	n'*est* assurément pas plus avantageuse
φαίνοισα πρόσωπον	montrant *son* visage
ἀτρεκής·	*quoique* sûre;
καὶ τὸ σιγᾶν	et le garder-le-silence
ἐστὶ πολλάκις	est souvent
σοφώτατον νοῆσαι ἀνθρώπῳ.	le plus sage à penser pour un homme.

(Στροφὴ β'.)

Εἰ δ' ὄλβον [1] ἢ χειρῶν βίαν ἢ σιδαρίταν ἐπαινῆσαι
πόλεμον δεδόκηται [2], μακρὰ δὴ
αὐτόθεν ἅλμαθ' ὑποσκάπτοι τις [3]· ἔχω γονάτων ἐλα-
φρὸν ὁρμάν·
καὶ πέραν πόντοιο πάλλοντ' αἰετοί.
Πρόρρων δὲ καὶ κείνοις [4] ἄειδ' ἐν Παλίῳ [5]
Μοισᾶν ὁ κάλλιστος χορός, ἐν δὲ μέσαις
φόρμιγγ' Ἀπόλλων ἑπτάγλωσσον χρυσέῳ πλάκτρῳ
διώκων

(Ἀντιστροφὴ β'.)

ἁγεῖτο παντοίων νόμων [6]. Αἱ δὲ πρώτιστον μὲν ὕ-
μνησαν Διὸς ἀρχόμεναι σεμνὰν Θέτιν
Πηλέα θ', ὥς τέ νιν ἁβρὰ [7] Κρηθεῒς Ἱππολύτα δόλῳ
πεδᾶσαι [8]
ἤθελε ξυνᾶνα Μαγνήτων σκοπὸν [9]

(*Strophe II.*)

Mais si je veux vanter leur bonheur, leur force, ou leurs rudes combats, qu'on me prépare un large espace; pour bondir, mes genoux sont agiles! l'aigle franchit bien les mers. C'est pour eux autrefois que le divin chœur des Muses se plut à chanter sur le Pélion; au milieu d'elles, Apollon, frappant d'un archet d'or les sept cordes de sa lyre,

(*Antistrophe II.*)

les guidait dans des tons divers. Elles consacrèrent à Jupiter le prélude de cet hymne qui célébrait Pélée et l'auguste Thétis; elles redirent comment la fille de Créthée, l'amoureuse Hippolyte, voulut faire périr ce héros dans un piége; par quelles inventions perfides elle

(Στροφὴ β'.)	*(Strophe II.)*
Εἰ δὲ δεδόκηται	Mais s'il a plu (s'il plaît) *à moi*
ἐπαινῆσαι	de louer
ὄλβον	le bonheur *des Éacides*
ἢ βίαν χειρῶν	ou la force de *leurs* mains
ἢ πόλεμον σιδαρίταν,	ou *leur* guerre-de-fer (leurs combats),
τὶς δὴ	que quelqu'un donc
αὐτόθεν	*en partant* d'ici (déjà)
ὑποσκάπτοι	marque-en-creusant *à moi*
μακρὰ ἅλματα·	de longs sauts;
ἔχω ὁρμὰν γονάτων	j'ai un élan de genoux
ἐλαφράν·	léger (rapide);
αἰετοὶ	les aigles
πάλλονται	s'élancent (volent)
καὶ πέραν πόντοιο.	même au delà de la mer.
Πρόφρων δὲ	Et bienveillant
καὶ κείνοις	aussi pour ceux-là (les Éacides)
ὁ κάλλιστος χορὸς Μοισᾶν	le très-beau chœur des Muses
ἄειδεν ἐν Παλίῳ,	chanta sur le Pélion,
ἐν δὲ μέσαις	et au milieu d'*elles*
Ἀπόλλων	Apollon
διώκων	poursuivant (frappant)
πλάκτρῳ χρυσέῳ	d'un archet d'or
φόρμιγγα	*sa* lyre
ἑπτάγλωσσον	à-sept-langues (à sept cordes)
(Ἀντιστροφὴ β'.)	*(Antistrophe II.)*
ἁγεῖτο	était-le-chef (donnait le ton)
νόμων παντοίων.	de modes de-toute-sorte.
Αἱ δὲ	Et celles-ci (les Muses)
ἀρχόμεναι μὲν πρώτιστον	commençant à la vérité tout-d'abord
ἐκ Διὸς	par Jupiter
ὕμνησαν	célébrèrent-dans-un-hymne
σεμνὰν Θέτιν	l'auguste Thétis
Πηλέα τε,	et Pélée,
ὥς τε Κρηθεῒς	et *dirent* comment la-fille-de-Créthée
ἁβρὰ Ἱππολύτα	la tendre (voluptueuse) Hippolyte
ἤθελε πεδᾶσαί νιν	voulut entraver (faire périr) lui
δόλῳ,	par la ruse,
πείσαισα	ayant persuadé
βουλεύμασι ποικίλοις	par des inventions perfides

πείσαισ' ἀκοίταν ποικίλοις βουλεύμασιν,
ψεύσταν δὲ ποιητὸν συνέπαξε λόγον [1],
ὡς ἄρα νυμφείας ἐπείρα κεῖνος ἐν λέκτροις Ἀκάστου

('Επῳδὸς β'.)

εὐνᾶς [2]· τὸ δ' ἐναντίον ἔσκεν· πολλὰ γάρ μιν παντὶ θυμῷ
παρφαμένα λιτάνευεν. Τοῦ μὲν ὀργὰν κνίζον [3] αἰπεινοὶ λόγοι·
εὐθὺς δ' ἀπανάνατο νύμφαν, ξεινίου πατρὸς χόλον
δείσαις· ὁ δ' ἐφράσθη κατένευσέν τέ οἱ ὀρσινεφὴς ἐξ οὐρανοῦ
Ζεὺς ἀθανάτων βασιλεύς, ὥστ' ἐν τάχει
ποντίαν χρυσαλακάτων τινὰ Νηρεΐδων πράξειν [4] ἄκοιτιν,

persuada le roi des Magnésiens, son époux, ami de Pélée, et, dans un récit imposteur, prétendit que l'étranger, sur le lit même d'Acasle son hôte, avait tenté

Épode II.)

de la séduire. C'était elle-même au contraire qui l'avait poussé au crime, et lui avait fait les supplications les plus ardentes. La hardiesse de ses discours avait excité l'indignation du héros; il craignait d'ailleurs le courroux du dieu vengeur de l'hospitalité. Le roi des immortels, le souverain maître des nuées, en fut instruit, et du haut du ciel il promit à Pélée de lui donner bientôt pour épouse l'une des Néréides aux fuseaux d'or,

ἀκοίταν	*son* époux
σκοπὸν	le surveillant (le roi)
Μαγνήτων	des Magnésiens
ξυνᾶνα,	compagnon (ami) de *Pélée,*
συνέπαξε δὲ	et *comment* elle assembla (arrangea)
λόγον ψεύσταν	un récit menteur
ποιητόν,	fait (inventé, faux),
ἄρα ὡς κεῖνος	à savoir *disant* que celui-là (Pélée)
ἐν λέκτροις	sur le lit
Ἀκάστου	d'Acaste
ἐπείρα	avait essayé (tenté)
εὐνᾶς	une couche (un accouplement)
(Ἐπῳδὸς β΄.)	(*Épode II.*)
νυμφείας·	de-mariage;
τὸ δὲ ἐναντίον	mais le contraire
ἔσκε·	était *vrai :*
πολλὰ γὰρ	car fréquemment
παρφαμένα	conseillant-le-mal *à Pélée*
λιτάνευέ νιν	elle suppliait lui
παντὶ θυμῷ.	de tout *son* cœur.
Λόγοι αἰπεινοὶ	*Ses* discours audacieux
κνίζον μὲν	piquaient (irritaient) à la vérité
ὀργὰν τοῦ·	le caractère de lui (de Pélée);
εὐθὺς δὲ	et aussitôt
ἀπανάνατο νύμφαν,	il refusa la jeune-femme,
δείσαις χόλον	ayant craint le courroux
πατρὸς	du père (du dieu, de Jupiter)
ξενίου·	protecteur-de-l'hospitalité;
ὁ δὲ Ζεὺς	et Jupiter
ὀρσινεφὴς	qui-met-en-mouvement les-nuages
βασιλεὺς ἀθανάτων	roi des immortels
ἐφράσθη	*en* fut informé
κατένευσέ τέ οἱ	et fit-signe à lui
ἐξ οὐρανοῦ,	du haut du ciel,
ὥστε πράξειν	de manière à devoir *lui* procurer
ἐν τάχει	en hâte (promptement)
ἄκοιτιν	*pour* épouse
τινὰ ποντίαν	une *déesse* de-la-mer
Νηρεΐδων	d'entre les Néréides
χρυσαλακάτων,	aux-fuseaux-d'or,

(Στροφὴ γ'.)

γαμβρὸν [1] Ποσειδάωνα πείσαις, ὃς Αἰγᾶθεν [2] ποτὶ
κλειτὰν θαμὰ νίσσεται Ἰσθμὸν Δωρίαν [3]·
ἔνθα μιν εὔφρονες ἶλαι σὺν καλάμοιο βοᾷ θεὸν δέκονται,
καὶ σθένει γυίων ἐρίζοντι θρασεῖ [4].
Πότμος δὲ κρίνει συγγενὴς ἔργων περὶ
πάντων [5]. Τὺ δ' Αἰγίνᾳ θεοῦ, Εὐθύμενες,
Νίκας ἐν ἀγκώνεσσι πιτνὼν [6], ποικίλων ἔψαυσας
ὕμνων.

(Ἀντιστροφὴ γ'.)

Ἦτοι μεταΐξαντα καὶ νῦν τεὸς μάτρως ἀγάλλει κείνου ὁμόσπορον ἔθνος, Πυθέα [7].
Ἁ Νεμέα μὲν ἄραρεν, μείς τ' ἐπιχώριος [8], ὃν φίλησ'
Ἀπόλλων·
ἅλικας δ' ἐλθόντας οἴκοι τ' ἐκράτει

(*Strophe III.*)

avec l'assentiment de Neptune leur allié, qui vient souvent d'Égée dans l'Isthme célèbre des Doriens où des troupes joyeuses accueillent le dieu aux sons des flûtes, et disputent le prix du courage et de la vigueur. C'est que les vertus que nous apportons en naissant décident de tous nos succès. Pour toi Euthymène, qui fus reçu à Égine dans les bras de la déesse de la Victoire, bien des hymnes ont célébré ton triomphe.

(*Antistrophe III.*)

En ce jour, Pythéas, ton oncle est fier de voir marcher sur ses traces un héros de son sang. Tout l'a favorisé, Némée, et le mois national chéri d'Apollon; il a vaincu tous les rivaux de son âge, aussi bien

(Στροφὴ γ'.)	(*Strophe III.*)
πείσαις	ayant persuadé
Ποσειδάωνα γαμβρόν,	Neptune *leur* allié,
ὃς νίσεται θαμὰ	qui vient fréquemment
Αἰγᾶθεν	d'Égée
ποτὶ Ἰσθμὸν Δωρίαν	vers l'Isthme dorien
κλυτάν·	fameux;
ἔνθα ἶλαι εὔφρονες	où des troupes joyeuses
δέκονταί μιν θεὸν	reçoivent lui le dieu
σὺν βοᾷ	avec le cri (le chant)
καλάμοιο,	du chalumeau (de la flûte),
καὶ ἐρίζοντι	et se disputent (luttent)
σθένει θρασεῖ	avec la force courageuse
γυίων.	de *leurs* membres.
Πότμος δὲ	Car le destin (le lot de puissance)
συγγενὴς	né-avec (inné en) *chaque homme*
κρίνει	juge (décide)
περὶ πάντων ἔργων.	au sujet de toutes les actions.
Τὺ δέ, Εὐθύμενες,	Mais toi, Euthymène,
πιτνὼν	étant tombé (t'étant jeté)
ἐν ἀγκώνεσσι	dans les bras
θεοῦ Νίκας	de la déesse *de la* Victoire
Αἰγίνᾳ,	à Égine,
ἔψαυσας	tu as touché (atteint, obtenu)
ὕμνων ποικίλων.	des hymnes variés.
(Ἀντιστροφὴ γ'.)	(*Antistrophe III.*)
Ἤτοι	Assurément
καὶ νῦν	aussi maintenant
τεὸς μάτρως, Πυθέα,	ton oncle-maternel, *ô* Pythéas,
ἀγάλλει	voit-avec-orgueil
ἔθνος	*toi* race (rejeton)
ὁμόσπορον κείνου	du-même-sang que lui
μεταΐξαντα.	t'étant-élancé-sur-les-traces *de lui.*
Ἁ Νεμέα μὲν	Némée d'un côté
ἄραρε,	a été adaptée (favorable) *à lui,*
μείς τε ἐπιχώριος,	et *aussi* le mois national,
ὃν Ἀπόλλων φίλησε·	qu'Apollon a aimé (aime);
ἐκράτει δὲ	et il a vaincu
ἅλικας	*ceux* du-même-âge *que lui*
ἐλθόντας,	qui étaient venus *combattre,*

Νίσου τ' ἐν εὐαγκεῖ λόφῳ [1]. Χαίρω δ', ὅτι
ἐσλοῖσι μάρναται πέρι [2] πᾶσα πόλις.
Ἴσθι, γλυκεῖάν τοι Μενάνδρου σὺν τύχᾳ μόχθων
ἀμοιβὰν

(Ἐπῳδὸς γ'.)

ἐπαύρεο [3]. Χρὴ δ' ἀπ' Ἀθανᾶν τέκτον' ἀθληταῖσιν
ἔμμεν [4].
Εἰ δὲ Θεμίστιον ἵκεις, ὥστ' ἀείδειν, μηκέτι ῥίγει [5]· δίδοι
φωνάν [6], ἀνὰ δ' ἱστία τεῖνον [7] πρὸς ζυγὸν καρχασίου,
πύκταν τέ νιν καὶ παγκρατίου φθέγξαι ἑλεῖν Ἐπι-
δαύρῳ [8] διπλόαν
νικῶντ' ἀρετάν, προθύροισιν δ' Αἰακοῦ [9]
ἀνθέων ποιᾶντα φέρειν στεφανώματα σὺν ξανθαῖς
Χάρισσιν [10].

dans sa patrie que dans les belles vallées de Nisos. Oui, je suis heureux de voir la cité tout entière rivaliser d'exploits : n'oublie pas cependant que c'est aux soins de Ménandre que tu dois la douce récompense

(*Épode III.*)

qui a payé tes peines : c'est d'Athènes qu'il faut faire venir un bon instituteur d'athlètes. Si tu veux encore, ô ma muse, célébrer Thémistios, allons, point de retard ; fais entendre ta voix, déploie la voile jusqu'au sommet du mât, et proclame que, vainqueur au pugilat, il a encore conquis une double palme au pancrace dans les jeux d'Épidaure, et qu'il est venu, au milieu du chœur des Grâces à la chevelure dorée, suspendre au vestibule d'Éaque de vertes couronnes de fleurs.

οἴκοι τε	*il les a vaincus* et à la maison (à Égine)
ἔν τε λόφῳ εὐαγκεῖ	et dans la colline aux-belles-vallées
Νίσου.	de Nisos.
Χαίρω δέ,	Et je me réjouis,
ὅτι πᾶσα πόλις	de ce que toute la ville
μάρναται	lutte (a de l'émulation)
περὶ ἐσλοῖσιν.	au sujet des belles *actions*.
Ἴσθι,	Sache-*le*,
σὺν τύχᾳ τοι	*c'est* certainement avec la fortune
Μενάνδρου	de Ménandre [(l'aide)
ἐπαύρεο	*que* tu as joui de (obtenu)
ἀμοιβὰν γλυκεῖαν	le retour (le prix) doux
(Ἐπῳδός γ'.)	(*Épode III*.)
μόχθων.	de *tes* fatigues.
Χρὴ δὲ	Car il faut
τέκτονα	un artisan (instituteur)
ἀθληταῖσιν	pour des athlètes
ἔμμεν ἀπὸ Ἀθανᾶν.	être (venir) d'Athènes.
Εἰ δὲ	Mais si, *ô ma muse*,
ἵκεις	tu es venue *aussi*
ὥστε ἀείδειν Θεμίστιον,	pour chanter Thémistios,
μηκέτι ῥίγει·	ne sois-plus-froide (ne tarde pas);
δίδοι φωνάν,	donne (fais entendre) *ta* voix,
ἀνάτεινον δὲ ἱστία	et tends *les* voiles
πρὸς ζυγὸν	jusqu'à l'antenne
καρχασίου,	de la hune (du grand mât),
φθέγξαι τέ νιν	et dis (chante) lui
πύκταν	athlète-au-pugilat
καὶ ἑλεῖν	aussi avoir pris (remporté)
Ἐπιδαύρῳ	à Épidaure
νικῶντα	en vainquant
διπλόαν ἀρετὰν	une double vertu (victoire)
παγκρατίου,	du (au) pancrace,
φέρειν δὲ	et apporter
προθύροισιν Αἰακοῦ	au vestibule d'Éaque
στεφανώματα ποιάεντα	des couronnes vertes
ἀνθέων	de fleurs
σὺν Χάρισσι	avec les Grâces (au milieu des Grâces)
ξανθαῖς.	à-la-blonde-chevelure.

ΕΙΔΟΣ ϛ'.

ΑΛΚΙΜΙΔῌ ΑΙΓΙΝΗΤῌ

ΠΑΙΔΙ ΠΑΛΑΙΣΤῌ.

(Στροφὴ α'.)

Ἓν ἀνδρῶν, ἓν θεῶν γένος [1]· ἐκ μιᾶς δὲ πνέομεν
ματρὸς [2] ἀμφότεροι· διείργει δὲ πᾶσα κεκριμένα [3]
δύναμις, ὡς τὸ μὲν οὐδέν [4], ὁ δὲ χάλκεος ἀσφαλὲς
αἰὲν ἕδος
μένει οὐρανός [5]. Ἀλλά τι προσφέρομεν ἔμπαν ἢ μέγαν
νόον ἤτοι φύσιν ἀθανάτοις [6],
καίπερ ἐφαμερίαν οὐκ εἰδότες οὐδὲ μετὰ νύκτας
ἄμμε πότμος
ἅν τιν' ἔγραψε δραμεῖν ποτὶ στάθμαν [7].

(*Strophe I.*)

Il est deux races différentes, celle des hommes et celle des dieux; pourtant, dieux et hommes, nous devons à une même mère le souffle de la vie; mais une nature bien opposée nous sépare : l'homme n'est rien, le ciel demeure éternellement inébranlable sur ses bases d'airain. Nous pouvons toutefois nous rapprocher des immortels, soit par la grandeur de notre esprit, soit par la force de notre corps, tout ignorants que nous sommes du but fatal où la volonté du destin nous pousse jour et nuit.

ODE VI.

A ALCIMIDAS D'ÉGINE

VAINQUEUR A LA LUTTE.

Στροφὴ α'.)	(*Strophe I.*)
Γένος ἀνδρῶν	La race des hommes
ἕν,	*est* une,
θεῶν ἕν·	*celle* des dieux *est* une;
ἀμφότεροι δὲ	et les uns et les autres
πνέομεν	nous respirons (tenons la vie)
ἐκ μιᾶς ματρός·	d'une seule mère :
δύναμις δὲ	mais une force (nature)
πᾶσα κεκριμένη	tout entière divisée (absolument différente)
διείργει,	*nous* sépare,
ὡς τὸ μὲν	de sorte que l'un (les hommes)
οὐδέν,	n'*est* (ne sont) rien,
ὁ δὲ οὐρανὸς χάλκεος	mais le ciel d'-airain
μένει	reste
ἕδος	*comme* une base
αἰὲν ἀσφαλές.	toujours inébranlable.
Ἀλλά τι	Mais en quelque chose
προσφέρομεν	nous nous rapprochons (ressemblons)
ἔμπαν	cependant
ἀθανάτοις	aux immortels
ἢ νόον μέγαν	soit par un esprit grand
ἤτοι	soit
φύσιν,	par la nature-physique (les qualités du corps),
καίπερ οὐκ εἰδότες	quoique ne sachant pas
ποτὶ οἵαν τινὰ στάθμαν	vers quelle ligne (quel but)
ἐφαμερίαν	pendant-le-jour
πότμος	le destin
ἔγραψεν	a écrit (décrété)
ἄμμε δραμεῖν	nous courir
οὐδὲ	ni non plus *vers quel but*
μετὰ νύκτας.	durant les nuits.

(Ἀντιστροφὴ α'.)

Τεκμαίρει καί νυν Ἀλκιμίδας τὸ συγγενὲς ἰδεῖν·
ἄγχι καρποφόροις ἀρούραισιν [1]· αἵτ' ἀμειβόμεναι
τόκα μὲν ὦν βίον ἀνδράσιν ἐπηετανὸν ἐκ πεδίων ἔδοσαν,
τόκα δ' αὖτ' ἀναπαυσάμεναι σθένος ἔμαρψαν [2]. Ἦλθέ τοι
Νεμέας ἐξ ἐρατῶν ἀέθλων
παῖς ἐναγώνιος, ὃς ταύταν μεθέπων Διόθεν αἶσαν [3]
νῦν πέφανται
οὐκ ἄμμορος ἀμφὶ πάλᾳ [4] κυναγέτας,

(Ἐπῳδὸς α'.)

ἴχνεσιν ἐν Πραξιδάμαντος ἑὸν πόδα νέμων
πατροπάτορος ὁμαιμίου [5].
Κεῖνος γὰρ Ὀλυμπιόνικος ἐὼν Αἰακίδαις
ἔρνεα πρῶτος ἀπ' Ἀλφεοῦ,

(*Antistrophe I.*)

Alcimidas aussi fait bien voir que sa race ressemble à ces terres fécondes qui tour à tour ouvrent leur sein pour donner à l'homme la nourriture de l'année, et puisent dans le repos de nouvelles forces. Il est de retour des épreuves attrayantes de Némée, ce jeune athlète, qui, poursuivant le succès qu'accorde Jupiter, ne s'est pas montré chasseur malheureux dans les exercices de la lutte;

(*Épode I.*)

il a marché sur les traces de son aïeul Praxidamas. Celui-ci, vainqueur aux jeux d'Olympie, a ceint le premier, en l'honneur des Éacides, les palmes de l'Alphée; couronné cinq fois à l'Isthme,

(Ἀντιστροφὴ α'.)	(*Antistrophe I.*)
Καὶ νῦν Ἀλκιμίδας	Aussi donc Alcimidas
τεκμαίρει ἰδεῖν	indique (montre) à voir (fait voir)
τὸ συγγενὲς	sa parenté
ἄγχι ἀρούραισι	semblablement aux champs
καρποφόροις·	qui-portent-des-fruits :
αἵτε ἀμειβόμεναι	ceux-ci alternant
τόκα μὲν ὦν	tantôt donc
ἔδωκαν ἀνδράσι	ont donné (donnent) aux hommes
βίον ἐπηετανὸν	la vie (nourriture) annuelle
ἐκ πεδίων,	des plaines (que l'on tire des plaines),
τόκα δὲ αὖτε	et tantôt derechef
ἀναπαυσάμεναι	ayant cessé (se reposant)
ἔμαρψαν	ils ont embrassé (ramassent)
σθένος.	*leurs* forces.
Παῖς	*Ce* jeune homme (Alcimidas)
ἐναγώνιος	engagé-dans-les-combats
ἦλθέ τοι	est revenu en effet
ἐξ ἀέθλων ἐρατῶν	des luttes aimables (attrayantes)
Νεμέας,	de Némée,
ὃς μεθέπων	*lui* qui poursuivant
ταύταν αἶσαν	cette heureuse-fortune
Διόθεν	de (donnée par) Jupiter
πέφανται νῦν	s'est montré maintenant
κυναγέτας οὐκ ἄμμορος	chasseur non malheureux
ἀμφὶ πάλᾳ	dans la lutte,
(Ἐπῳδὸς α')	(*Épode I.*)
νέμων	gouvernant (faisant aller)
ἑὸν πόδα	son pied
ἐν ἴχνεσι	dans (sur) les traces
Πραξιδάμαντος	de Praxidamas
πατροπάτορος	père-de-son-père
ὁμαιμίου.	du-même-sang-*que lui*.
Κεῖνος γὰρ	Car celui-là (Praxidamas)
ἐὼν Ὀλυμπιόνικος	étant vainqueur-aux-jeux-Olympiques
στεφανωσάμενος	ayant été couronné
πρῶτος	le premier *à Olympie*
Αἰακίδαις	en l'honneur des Éacides
ἔρνεα	des branches *d'olivier*
ἀπὸ Ἀλφεοῦ,	de l'Alphée,

καὶ πεντάκις Ἰσθμοῖ στεφανωσάμενος [1],
Νεμέᾳ δὲ τρίς,
ἔπαυσε λάθαν
Σωκλείδα, ὃς ὑπέρτατος
Ἀγησιμάχῳ υἱέων γένετο [2].

(Στροφὴ β'.)

Ἐπεὶ οἱ τρεῖς [3] ἀεθλοφόροι πρὸς ἄκρον ἀρετᾶς [4]
ἦλθον, οἵτε [5] πόνων ἐγεύσαντο. Σὺν θεοῦ δὲ τύχᾳ
ἕτερον οὔ τινα οἶκον ἀπεφάνατο πυγμαχία πλεόνων
ταμίαν στεφάνων μυχῷ Ἑλλάδος [6] ἁπάσας. Ἔλπομαι
μέγα εἰπὼν σκοποῦ ἄντα τυχεῖν
ὥτ' ἀπὸ τόξου ἱείς [7]· εὔθυν' ἐπὶ τοῦτον ἄγε, Μοῖσα,
οὖρον ἐπέων
εὐκλέ' [8]· ἀποιχομένων γὰρ ἀνέρων

(Ἀντιστροφὴ β'.)

ἀοιδοὶ καὶ λόγοι τὰ καλά σφιν ἔργ' ἐκόμισαν,

trois fois à Némée, il a tiré de l'oubli Soclide, l'aîné des fils d'Agésimaque.

(*Strophe II.*)

Tous trois en effet, victorieux dans les luttes, sont parvenus au faîte de la gloire : seuls de leur famille, ils avaient tenté le destin des combats. Grâce à la protection des dieux, il n'est point dans toute la Grèce de maison à qui le pugilat ait valu plus de couronnes. J'espère donc, en rappelant de grandes choses, que mon chant, aussi rapide que la flèche, ira frapper droit au but ; ainsi, pars, ô ma muse, dirige vers cette maison le souffle glorieux de ta poésie ; car ceux de ses héros qui ne sont plus

(*Antistrophe II.*)

ont trouvé dans les récits des historiens et des poëtes la consécra-

καὶ πεντάκις Ἰσθμοῖ,	et *couronné* cinq fois à l'Isthme,
τρὶς δὲ Νεμέᾳ,	et trois fois à Némée,
ἔπαυσε	a fait-cesser
λάθαν Σωκλείδα,	l'oubli de Soclide,
ὃς γένετο	qui fut
ὑπέρτατος υἱέων	le plus haut (l'aîné) des fils
Ἀγησιμάχῳ.	à Agésimaque.
(Στροφὴ β'.)	(*Strophe II.*)
Ἐπεὶ	Puisque (en effet)
οἱ τρεῖς	les trois (tous trois)
ἀεθλοφόροι	remportant-des-prix
ἦλθον	sont arrivés
πρὸς ἄκρον ἀρετᾶς,	au sommet de la vertu (à la victoire),
οἵτε ἐγεύσαντο	*eux* qui *seuls* ont goûté (essayé)
πόνων.	les travaux.
Σὺν δὲ τύχᾳ	Mais avec la fortune (la faveur)
θεοῦ	d'un dieu
πυγμαχία	le combat-des-poings (le pugilat)
οὐκ ἀπεφάνατο	n'a pas fait-voir
τινὰ ἕτερον οἶκον	quelque autre maison
ταμίαν	dépositaire
στεφάνων πλεόνων	de couronnes plus nombreuses
μυχῷ	dans l'enfoncement (l'étendue, le sein)
Ἑλλάδος ἁπάσας.	de la Grèce tout-entière.
Ἔλπομαι	J'espère
εἰπὼν μέγα	ayant parlé grandement
τυχεῖν σκοποῦ	obtenir (rencontrer, toucher) le but
ἄντα,	en face,
ὥτε ἱεὶς	comme lançant *une flèche*
ἀπὸ τόξου·	de l'arc;
ἄγε, Μοῖσα,	va, ô muse,
εὔθυνε ἐπὶ τοῦτον	dirige-droit vers cette *maison*
οὖρον	un vent-favorable
εὐκλέα	*et en même temps* glorieux
ἐπέων·	de vers (de chants);
ἀοιδοὶ γὰρ	car les chantres
καὶ λόγοι	et les récits (les historiens)
(Ἀντιστροφὴ β'.)	(*Antistrophe II.*)
ἐκόμισαν	ont soigné (conservé)
σφιν	pour elle (cette maison)

Βασσίδαισιν ἅ τ' οὐ σπανίζει[1]· παλαίφατος γενεά,
ἴδια ναυστολέοντες ἐπικώμια[2], Πιερίδων ἀρόταις[3]
δυνατοὶ παρέχειν πολὺν ὕμνον ἀγερώχων ἐργμάτων
ἕνεκεν. Καὶ γὰρ ἐν ἀγαθέᾳ
χεῖρας ἱμάντι δεθεὶς Πυθῶνι κράτησεν ἀπὸ ταύτας
αἷμα πάτρας[4]
χρυσαλακάτου ποτὲ Καλλίας ἁδὼν

(Ἐπῳδὸς β'.)

ἔρνεσι Λατοῦς[5], παρὰ Κασταλίᾳ τε Χαρίτων
ἑσπέριος ὁμάδῳ φλέγεν[6]·
πόντου τε γέφυρ' ἀκάμαντος ἐν ἀμφικτιόνων
ταυροφόνῳ τριετηρίδι Κρεοντίδαν
τίμασε Ποσειδάνιον ἂν τέμενος[7]·

tion de leurs exploits : les belles actions ne sont pas rares chez les Bassides, race d'une antique renommée, chargeant son navire de ses propres louanges, et dont les faits éclatants seraient une mine féconde pour ceux qui fouillent le champ des muses. Jadis, aux jeux de la divine Pytho, un rejeton de cette famille, les mains revêtues du ceste, mérita la victoire; c'était Callias, cher aux enfants

(*Épode II.*)

de Latone au fuseau d'or, et le soir, près de Castalie, il brilla dans l'assemblée des Grâces. A la fête triennale où les peuples voisins viennent égorger des hécatombes, l'Isthme, cette barrière des flots infatigables, décerna des honneurs à Créontidas dans l'enceinte sa-

τὰ καλὰ ἔργα	les belles actions
ἀνέρων	des hommes *de la famille*
ἀποιχομένων,	qui sont partis (morts),
ἅ τε	et *belles actions* qui
οὐ σπανίζει	ne sont-pas-rares
Βασσίδαισι·	chez les Bassides :
γενεὰ παλαίφατος,	race depuis-longtemps-renommée,
ναυστολέοντες	transportant-sur-leur-vaisseau
ἐπικώμια ἴδια,	des éloges propres *à eux*,
δυνατοὶ παρέχειν	capables de fournir
ἀρόταις	aux cultivateurs (amis)
Πιερίδων	des Piérides (foule d'hymnes)
ὕμνον πολὺν	un hymne nombreux (la matière d'une
ἕνεκεν ἐργμάτων	à cause de *leurs* actions
ἀγερώχων.	superbes (sublimes).
Καὶ γὰρ	Et en effet
Καλλίας ποτέ,	Callias un jour (autrefois),
αἷμα	sang (rejeton)
ἀπὸ ταύτας πάτρας,	de cette famille,
δεθεὶς ἱμάντι	lié d'une courroie (revêtu d'un ceste)
χεῖρας,	quant à *ses* mains,
κράτησεν	vainquit
ἐν ἀγαθέᾳ Πυθῶνι,	dans la divine Pytho,
ἁδὼν	ayant plu (étant cher)
ἔρνεσι Λατοῦς	aux rejetons (enfants) de Latone
(Ἐπῳδὸς β΄.)	*(Épode II.)*
χρυσαλακάτου,	aux-fuseaux-d'or,
ἑσπέριός τε	et le soir
φλέγε	il brilla
παρὰ Κασταλίᾳ	près de Castalie
ὁμάδῳ	dans le rassemblement (le chœur)
Χαρίτων·	des Grâces ;
γέφυρά τε	et le pont (l'isthme)
πόντου ἀκάμαντος	de la mer infatigable (invincible)
τίμασε	a honoré
Κρεοντίδαν	Créontidas
ἐν τριετηρίδι	dans la fête-triennale
ταυροφόνῳ	*et* où-l'on-immole-des-taureaux
ἀμφικτιόνων	des *peuples* voisins
ἂν τέμενος	dans le bois-sacré

βοτάνα τέ νιν
πόθ' ἁ λέοντος
νικάσαντ' ἔρεφ' ἀσκίοις
Φλιοῦντος ὑπ' ὠγυγίοις ὄρεσιν [1].

(Στροφὴ γ'.)

Πλατεῖαι πάντοθεν λογίοισιν [2] ἐντὶ πρόσοδοι
νᾶσον εὐκλέα τάνδε κοσμεῖν· ἐπεί σφιν [3] Αἰακίδαι
ἔπορον ἔξοχον αἶσαν [4] ἀρετὰς ἀποδεικνύμενοι μεγάλας.
Πέταται δ' ἐπί τε χθόνα καὶ διὰ θαλάσσας τηλόθεν
ὄνυμ' αὐτῶν [5]· καὶ ἐς Αἰθίοπας
Μέμνονος οὐκ ἀπονοστάσαντος [6] ἔπαλτο· βαρὺ δέ σφιν
ἔλκος Ἀχιλεὺς
ἔμπαισε, χαμᾶζε καβαὶς ἀφ' ἁρμάτων,

(Ἀντιστροφὴ γ'.)

φαεννᾶς υἱὸν εὖτ' ἐνάριξεν Ἀόος [7] ἀκμᾶ
ἔγχεος ζακότοιο. Καὶ ταύταν μὲν παλαιότεροι

crée de Neptune, et l'herbe du lion ceignit un jour ses tempes victorieuses près des forêts qui ombragent les antiques montagnes de Phlionte.

(*Strophe III.*)

De toutes parts de larges routes sont ouvertes au docte poëte qui vent chanter les louanges de cette île glorieuse; les Éacides, par leurs sublimes exploits, lui ont assuré une célébrité sans égale. Aussi leur nom vole au loin sur terre et sur mer; un rapide essor l'a porté jusque chez les Éthiopiens, que Memnon, leur roi, ne revit jamais; Achille les avait frappés d'un coup terrible, lorsque, s'élançant de son char,

(*Antistrophe III.*)

il perça de sa lance courroucée le fils de la brillante Aurore. Les anciens ont poussé leur char dans cette large voie; je les suis moi-

Ποσειδάνιον·	de-Neptune;
βοτάνα τε	et la plante (l'herbe)
ἁ λέοντος	celle du lion (de Némée)
ἔρεψέ ποτέ νιν	a couvert (ombragé) un jour lui
νικάσαντα	ayant vaincu
ὑπὸ ὄρεσιν	sous les montagnes
ἀσκίοις	à-l'ombre-épaisse
ὠγυγίοις	du-temps-d'Ogygès (très-antiques)
Φλιοῦντος.	de Phlionte.
(Στροφὴ γ'.)	(*Strophe III.*)
Πάντοθεν	De tous côtés
πρόσοδοι πλατεῖαι	des accès larges
ἐντὶ λογίοισι	sont aux *hommes* doctes
κοσμεῖν	pour orner (célébrer)
τάνδε νᾶσον εὐκλέα·	cette île glorieuse;
ἐπεὶ Αἰακίδαι	puisque les Éacides
ἔπορόν σφιν	ont procuré à elle
αἶσαν ἔξοχον	un lot éminent *de gloire*
ἀποδεικνύμενοι	en faisant-voir (produisant)
μεγάλας ἀρετάς.	de grandes vertus (de grands exploits).
Ὄνυμα δὲ αὐτῶν	Et le nom d'eux
πέταται τηλόθεν	vole (se répand) au loin
ἐπί τε χθόνα	et sur la terre
καὶ διὰ θαλάσσας·	et à travers la mer;
καὶ ἔπαλτο	et il a bondi (est arrivé)
ἐς Αἰθίοπας,	chez les Éthiopiens,
Μέμνονος	Memnon
οὐκ ἀπονοστάσαντος·	n'étant pas revenu;
Ἀχιλεὺς δὲ	mais Achille
ἔμπαισέ σφιν	avait appliqué à eux
βαρὺ ἕλκος,	une pesante (rude) blessure,
καβαὶς	étant descendu
ἀπὸ ἁρμάτων	de *son* char
χαμᾶζε,	à terre,
(Ἀντιστροφὴ γ'.)	(*Antistrophe III.*)
εὖτε	lorsque
ἐνάριξεν υἱὸν	il tua le fils
φαεννᾶς Ἀόος	de la brillante Aurore
ἀκμᾷ ἔγχεος	avec la pointe de *sa* lance
ζακότοιο.	pleine-de-colère.

ὁδὸν ἀμαξιτὸν [1] εὗρον· ἕπομαι δὲ καὶ αὐτὸς ἔχων μελέταν [2].
τὸ δὲ πὰρ ποδὶ ναὸς ἑλισσόμενον αἰεὶ κυμάτων
λέγεται παντὶ μάλιστα δονεῖν
θυμόν [3]. Ἑκόντι δ' ἐγὼ νώτῳ μεθέπων δίδυμον ἄχθος
ἄγγελος ἔβαν [4],
πέμπτον γ' ἐπὶ εἴκοσι τοῦτο γαρύων

(Ἐπῳδός γ'.)

εὖχος ἀγώνων ἄπο, τοὺς ἐνέποισιν ἱερούς,
Ἀλκιμίδα ὅ γ' ἐπάρκεσεν [5]
κλειτᾷ γενεᾷ· δύο μὲν Κρονίου πὰρ τεμένει,
παῖ, σέ τ' ἐνόσφισε καὶ Πολυτιμίδαν
κλᾶρος προπετὴς ἄνθε' Ὀλυμπιάδος [6].
Δελφῖνί κεν
τάχος δι' ἅλμας
ἶσον εἴποιμι Μελησίαν,
χειρῶν τε καὶ ἰσχύος ἁνίοχον [7].

même avec empressement; mais, dit-on, le flot qui vient de plus près battre la quille du navire agile toujours plus fortement le cœur du matelot. Pour moi, chargeant volontairement mes épaules d'un double fardeau, je suis venu, comme un héraut, proclamer la vingt-cinquième victoire

(Épode III.)

remportée aux jeux sacrés par l'illustre famille d'Alcimidas; et cependant, près de l'auguste enceinte du fils de Saturne, un sort fatal a ravi à Polytimidas et à toi, jeune héros, deux palmes olympiques. Enfin je pourrais comparer au dauphin qui se joue dans l'onde amère, l'agile Mélésias dirigeant les forces et les bras des jeunes athlètes.

Καὶ παλαιότεροι μὲν	Et à la vérité les anciens
εὗρον ταύταν ὁδὸν	ont trouvé cette voie
ἁμαξιτόν·	praticable-aux-voitures (large);
ἕπομαι δὲ καὶ αὐτὸς	et je *les* suis aussi moi-même
ἔχων μελέταν·	ayant (avec) empressement;
τὸ δὲ κυμάτων	mais la *partie* des flots
ἑλισσόμενον	qui se roule
πὰρ ποδὶ ναὸς	auprès du pied (à la quille) du vaisseau
λέγεται αἰεὶ	est dite toujours
δονεῖν μάλιστα θυμὸν	agiter le plus le cœur
παντί.	à tout *homme.*
Ἐγὼ δὲ	Mais moi
μεθέπων	suivant (me plaçant sous, acceptant)
δίδυμον ἄχθος	un double fardeau
νώτῳ ἑκόντι	sur *mon* dos qui-y-consent
ἔβαν ἄγγελος,	je suis venu *comme* messager,
γαρύων γε	chantant du moins
τοῦτο εὖχος πέμπτον	cette gloire (victoire) cinquième
ἐπὶ εἴκοσιν	outre vingt (la vingt-cinquième)
(Ἐπῳδὸς γ'.)	*(Épode III.)*
ἀπὸ ἀγώνων	*remportée* des combats (jeux)
τοὺς ἐνέποισιν ἱερούς,	que l'on appelle sacrés,
ὅ γε	*victoire* que assurément
γενεὰ κλειτὰ Ἀλκιμίδα	la famille illustre d'Alcimidas
ἐπάρκεσε·	a fournie :
κλᾶρος προπετὴς	un sort tombé-au-hasard
ἐνόσφισε μὲν	a éloigné (privé) il est vrai
σέ τε, παῖ,	et toi, jeune homme,
καὶ Πολυτιμίδαν	et Polytimidas
δύο ἄνθεα	de deux fleurs (couronnes)
Ὀλυμπιάδος	des-jeux-olympiques
πὰρ τεμένει	près de l'enceinte-sacrée
Κρονίου.	du fils-de-Saturne.
Εἴποιμί κε Μελησίαν	Je pourrais dire Mélésias
ἴσον τάχος δελφῖνι	*être* égal en vitesse au dauphin
διὰ ἅλμας,	dans l'eau-salée (la mer),
ἁνίοχον	*Mélésias* directeur
χειρῶν τε καὶ ἰσχύος.	et des mains (des bras) et de la force.

ΕΙΔΟΣ Ζ'.

ΣΩΓΕΝΕΙ ΑΙΓΙΝΗΤῌ

ΠΑΙΔΙ ΠΕΝΤΑΘΛῼ.

(Στροφὴ α'.)

Ἐλείθυια [1], πάρεδρε Μοιρᾶν βαθυφρόνων,
παῖ μεγαλοσθενέος, ἄκουσον, Ἥρας, γενέτειρα τέκνων· ἄνευ σέθεν
οὐ φάος, οὐ μέλαιναν δρακέντες εὐφρόναν
τεὰν ἀδελφεὰν ἐλάχομεν ἀγλαόγυιον Ἥβαν [2].
Ἀναπνέομεν [3] δ' οὐχ ἅπαντες ἐπὶ ἴσα·
εἴργει δὲ πότμῳ ζυγένθ' [4] ἕτερον ἕτερα. Σὺν δὲ τὶν
καὶ παῖς ὁ Θεαρίωνος ἀρετᾷ κριθεὶς [5]
εὔδοξος ἀείδεται Σωγένης μετὰ πενταέθλοις.

(*Strophe I.*)

Ilithye, compagne des Parques aux impénétrables pensées, fille de la toute-puissante Junon, Ilithye, toi qui donnes la vie au jeune enfant, entends ma voix : sans toi, nous ne verrions ni l'éclat du jour, ni les ténèbres de la nuit; sans toi, nous ne jouirions pas des bienfaits de la florissante Hébé, ta sœur. Nous ne vivons pas tous pour la même fortune; chacun de nous est attaché d'une manière différente au joug du destin. Grâce à toi, le fils de Théarion, Sogène, qui par sa valeur a éclipsé tous ses rivaux, est célébré aujourd'hui pour sa victoire au pentathle.

ODE VII.

A SOGÈNE D'ÉGINE

VAINQUEUR AU PENTATHLE.

(Στροφὴ α'.)	(*Strophe I.*)
Ἐλείθυια,	Ilithye,
πάρεδρε	*toi* qui-sièges-auprès (compagne)
Μοιρᾶν	des Parques
βαθυφρόνων,	aux-pensées-profondes,
καὶ Ἥρας	fille de Junon
μεγαλοσθενέος,	aux-grandes-forces,
γενέτειρα τέκνων,	mère des jeunes-enfants,
ἄκουσον·	écoute-*moi;*
ἄνευ σέθεν	sans toi
οὐ δρακέντες φάος,	n'ayant pas vu la lumière,
οὐ μέλαιναν εὐφρόναν,	ni la noire nuit,
ἐλάχομεν	nous n'avons pas obtenu (ne jouissons
τεὰν ἀδελφεὰν	ta (de ta) sœur (pas)
Ἥβαν	Hébé (la jeunesse)
ἀγλαόγυιον.	aux-membres-brillants (florissants).
Ἅπαντες δὲ	Cependant tous
οὐκ ἀναπνέομεν	nous ne respirons (vivons) pas
ἐπὶ ἴσα·	pour des *destinées* égales :
ἕτερα δὲ	mais d'autres *destinées*
εἴργει ἕτερον	retiennent un autre *homme*
ζυγέντα πότμῳ.	attaché-au-joug par le destin.
Σὺν δὲ τὶν	Mais avec toi (grâce à toi)
καὶ παῖς ὁ Θεαρίωνος	aussi le fils de Théarion,
Σωγένης,	Sogène,
κριθεὶς	ayant été choisi (jugé supérieur)
ἀρετᾷ	par *sa* vertu
ἀείδεται	est chanté
εὔδοξος	ayant-une-belle-gloire
μετὰ	parmi
πενταέθλοις.	ceux-qui-s'exercent-au-pentathle.

(Ἀντιστροφὴ α'.)

Πόλιν γὰρ [1] φιλόμολπον οἰκεῖ δορυκτύπων
Αἰακιδᾶν· μάλα δ' ἐθέλοντι σύμπειρον ἀγωνίᾳ
θυμὸν ἀμφέπειν [2].
Εἰ δὲ τύχῃ τις ἔρδων [3], μελίφρον' αἰτίαν
ῥοαῖσι Μοισᾶν ἐνέβαλεν [4] · αἱ μεγάλαι γὰρ ἀλκαὶ [5]
σκότον πολὺν ὕμνων ἔχοντι δεόμεναι·
ἔργοις δὲ καλοῖς ἔσοπτρον ἴσαμεν ἑνὶ σὺν τρόπῳ,
εἰ Μναμοσύνας ἕκατι λιπαράμπυκος
εὕρηται ἄποινα μόχθων κλυταῖς ἐπέων ἀοιδαῖς [6].

(Ἐπῳδὸς α'.)

Σοφοὶ δὲ [7] μέλλοντα τριταῖον ἄνεμον
ἔμαθον [8], οὐδ' ὑπὸ κέρδει βλάβεν [9]·
ἀφνεὸς πενιχρός τε θανάτου πέρας [10]
ἅμα νέονται. Ἐγὼ δὲ πλέον' ἔλπομαι

(Antistrophe I.)

C'est qu'il habite une ville amie des chants de triomphe, la patrie des belliqueux Éacides; là, tous les cœurs des citoyens sont possédés de l'amour des luttes. L'athlète que couronne le succès jette aux flots des muses un doux sujet d'éloges; les plus grands exploits, si le poëte ne les célèbre, restent ensevelis dans une profonde obscurité; il n'est qu'un seul miroir pour refléter les belles actions, celui que la faveur de la brillante Mnémosyne nous présente comme récompense de nos fatigues dans les chants glorieux de la poésie.

(Épode I.)

Le nautonier prudent examine quel vent soufflera le troisième jour, et ne court pas à sa perte par amour du gain; car tous, riches et pauvres, nous marchons également vers le même terme, la mort.

(Ἀντιστροφὴ α'.)	(*Antistrophe I.*)
Οἰκεῖ γὰρ πόλιν	Car il habite une ville
φιλόμολπον	amie-des-chants-*de-victoire*
Αἰακιδᾶν	*la ville* des Éacides
δορικτύπων·	qui-retentissent-avec-la-lance (belliqueux);
ἐθέλοντι δὲ	or *ses citoyens* veulent
μάλα	fortement
ἀμφέπειν θυμὸν	choyer (avoir) un cœur
σύμπειρον ἀγωνίᾳ.	qui-a-l'expérience de la lutte.
Εἰ δέ τις	Mais si quelqu'un
ἔρδων	en faisant (dans ses travaux)
τύχῃ,	a obtenu *le succès,*
ἐνέβαλε	il a jeté (il jette)
ῥοαῖσι Μοισᾶν	dans les courants (le fleuve) des Muses
αἰτίαν	un sujet *de chants*
μελίφρονα·	doux-comme-le-miel-à-leur-cœur;
αἱ γὰρ μεγάλαι ἀλκαὶ	car les grands courages (exploits)
δεόμεναι ὕμνων	manquant d'hymnes
ἔχοντι	ont (restent ensevelis dans)
σκότον πολύν·	une obscurité grande (profonde);
ἴσαμεν δὲ	et nous savons
ἔσοπτρον	un miroir *être*
καλοῖς ἔργοις	aux belles actions
σὺν ἑνὶ τρόπῳ,	avec une (d'une) seule manière,
εἰ ἕκατι Μναμοσύνας	*à savoir* si grâce à Mnémosyne
λιπαράμπυκος	au-bandeau-brillant
εὕρηται	elles ont trouvé
ἀοιδαῖς κλυταῖς ἐπέων	dans les chants illustres des vers
ἄποινα μόχθων.	la rançon (le prix) des fatigues.
(Ἐπῳδὸς α'.)	(*Épode I.*)
Σοφοὶ δὲ	Or les *navigateurs* prudents
ἔμαθον	ont appris (examinent)
ἄνεμον μέλλοντα	le vent qui doit *souffler*
τριταῖον,	le-troisième-jour,
οὐδὲ ὑποβλάβεν	et n'ont pas été endommagés (ne se perdent pas)
κέρδει·	par *amour du* gain;
ἀφνεὸς πενιχρός τε	*car* riche et pauvre
νέονται ἅμα	vont ensemble
πέρας θανάτου.	au terme de la mort.
Ἐγὼ δὲ ἔλπομαι	Mais moi je crois

λόγον Ὀδυσσέος ἢ πάθεν διὰ τὸν ἀδυεπῆ γενέσθ'
Ὅμηρον [1].

(Στροφὴ β'.)

Ἐπεὶ ψεύδεσί οἱ ποτανᾷ τε μαχανᾷ [2]
σεμνὸν ἔπεστί τι· σοφία δὲ κλέπτει παράγοισα μύ-
θοις· τυφλὸν δ' ἔχει
ἦτορ ὅμιλος ἀνδρῶν ὁ πλεῖστος. Εἰ γὰρ ἦν
ἑ τὰν ἀλάθειαν ἰδέμεν, οὔ κεν ὅπλων χολωθεὶς [3]
ὁ καρτερὸς Αἴας ἔπαξε διὰ φρενῶν
λευρὸν ξίφος [4]· ὃν κράτιστον Ἀχιλέος ἄτερ [5] μάχᾳ
ξανθῷ Μενέλᾳ δάμαρτα κομίσαι [6] θοαῖς
ἂν ναυσὶ πόρευσαν εὐθυπνόου Ζεφύροιο [7] πομπαὶ

Pour moi, je crois que les vers ravissants d'Homère ont fait à Ulysse une renommée supérieure à ses actions et à ses souffrances.

(*Strophe II.*)

Car ses fictions même, et les artifices à l'aide desquels il grandit ses héros, revêtent je ne sais quel caractère de majesté; il nous séduit et nous égare par ses fables ingénieuses. Mais aussi, chez la plupart des hommes, le cœur est bien aveugle; s'il leur était donné de voir la vérité, le vaillant Ajax, transporté de fureur par le refus d'une armure, n'eût point enfoncé dans ses entrailles son glaive étincelant; Ajax, le plus brave des Grecs après Achille, Ajax qui s'arma pour ramener l'épouse du blond Ménélas, et que le souffle heureux du zéphyre poussa sur de rapides vaisseaux

λόγον Ὀδυσσέος	l'histoire (la renommée) d'Ulysse
γενέσθαι πλέονα	avoir été plus grande
ἢ	que *les choses que*
πάθε,	il a soufferles *ou failes*,
διὰ Ὅμηρον	grâce à Homère
τὸν ἁδυεπῆ.	le *poële* aux-doux-vers.
(Στροφὴ β'.)	(*Strophe II.*)
Ἐπεὶ	Puisque (en effet)
σεμνόν τι	quelque chose d'auguste
ἔπεστίν οἱ	est-dessus (s'ajoute) à lui (à Homère)
ψεύδεσι	à *ses* mensonges
μαχανᾷ τε	et à *son* art
ποτανᾷ·	qui-a-des-ailes (qui élève ses héros);
σοφία δὲ	et *son* habileté
κλέπτει	*nous* trompe
παράγοισα	en *nous* détournant *du vrai*
μύθοις·	par des fables :
ὁ δὲ πλεῖστος ὅμιλος	or la plus grande *partie de la* foule
ἀνδρῶν	des hommes
ἔχει ἦτορ τυφλόν.	a un cœur aveugle.
Εἰ γὰρ ἦν	Car s'il était *possible*
ἑ	elle (cette foule)
ἰδέμεν τὰν ἀλάθειαν,	voir la vérité,
ὁ καρτερὸς Αἴας	le courageux Ajax
οὔ κεν ἔπαξε	n'aurait pas enfoncé
διὰ φρενῶν	à travers *ses* entrailles
ξίφος λευρὸν	*son* épée polie
χολωθεὶς	ayant été-mis-en-courroux
ὅπλων·	au sujet des armes *d'Achille*,
ὅν,	*Ajax* lequel,
κράτιστον	le plus vaillant *des Grecs*
ἄτερ Ἀχιλέος,	à l'exception d'Achille,
πομπαὶ	les impulsions
Ζεφύρου	du Zéphyre
εὐθυπνόου	qui-souffle-en-droite-ligne
πόρευσαν	envoyèrent (poussèrent)
ἐν ναυσὶ θοαῖς	sur des vaisseaux rapides
πρὸς πόλιν Ἴλου	vers la ville d'Ilos
κομίσαι	pour ramener
μάχᾳ	par le combat (la guerre)

(Ἀντιστροφὴ β'.)

πρὸς Ἴλου πόλιν [1]. Ἀλλὰ κοινὸν γὰρ ἔρχεται
κῦμ' Ἀΐδα, πέσε δ' ἀδόκητον ἐν καὶ δοκέοντα [2] · τιμὰ δὲ γίγνεται [3]
ὧν θεὸς ἁβρὸν αὔξει λόγον [4] τεθνακότων
βοαθόον [5], τοὶ παρὰ μέγαν ὀμφαλὸν εὐρυκόλπου
μόλον χθονός [6] · ἐν Πυθίοισι δὲ δαπέδοις
κεῖται [7], Πριάμου πόλιν Νεοπτόλεμος ἐπεὶ πράθεν·
τᾷ καὶ Δαναοὶ πόνησαν· ὁ δ' ἀποπλέων [8]
Σκύρου [9] μὲν ἅμαρτε, πλαγχθέντες δ' εἰς Ἐφύραν ἵκοντο [10] ·

(Ἐπῳδὸς β'.)

Μολοσσίᾳ [11] δ' ἐμβασίλευεν ὀλίγον
χρόνον· ἀτὰρ γένος αἰεὶ φέρεν
τοῦτό οἱ γέρας [12]. Ὤιχετο δὲ πρὸς θεόν,

(*Antistrophe II.*)

vers la ville d'Ilos. Le flot de l'Orcos marche également vers tous, il atteint l'homme obscur aussi bien que le mortel illustre; mais la gloire est réservée aux héros qui ont visité le centre fameux de la vaste terre, et dont le dieu fait grandir la noble renommée, cette protectrice des morts : ainsi Néoptolème repose dans les champs de Pytho, après avoir saccagé la ville de Priam, cause de tant de maux pour les Grecs. Au retour, il fut écarté de Scyros, et après avoir erré sur les mers, il aborda à Éphyre avec ses compagnons;

(*Épode II.*)

il régna peu de temps sur la Molossie, mais sa race y conserva toujours la dignité royale. Lui, il vint vers le dieu, apportant de riches

(Ἀντιστροφὴ β'.)	(*Antistrophe II.*)
δάμαρτα	*son* épouse
ξανθῷ Μενέλᾳ.	au blond Ménélas.
Ἀλλὰ γὰρ	C'est que en effet
κῦμα Ἀΐδα	le flot de Pluton (de la mort)
ἔρχεται	vient (s'avance)
κοινόν,	commun (également pour tous),
ἔμπεσε δὲ	et il est tombé (il tombe)-sur
ἀδόκητον	l'*homme* sans-réputation (obscur)
καὶ δοκέοντα·	et *celui* qui-a-de-la-réputation;
τιμὰ δὲ	mais de l'honneur
γίγνεται	a lieu (appartient) *aux mortels*
ὧν θεὸς	desquels un dieu
αὔξει ἁβρὸν λόγον	augmente la douce renommée
βοαθόων	auxiliaire
τεθνακότων,	des *guerriers* morts,
τοὶ μόλον	qui sont venus
παρὰ μέγαν ὀμφαλὸν	auprès du grand nombril
χθονὸς εὐρυκόλπου·	de la terre au-vaste-sein;
Νεοπτόλεμος δὲ	et Néoptolème
κεῖται	est couché
ἐν δαπέδοις Πυθίοισιν,	dans les plaines de-Pytho,
ἐπεὶ πράθε	après qu'il a ravagé
πόλιν Πριάμου·	la ville de Priam;
τᾷ	pour laquelle *ville*
καὶ Δαναοὶ	les Grecs aussi
πόνησαν·	éprouvèrent-des-maux;
ὁ δὲ ἀποπλέων	mais lui revenant-en-naviguant
ἅμαρτε μὲν Σκύρου,	manqua à la vérité Scyros,
πλαγχθέντες δὲ	et étant égarés
ἵκοντο εἰς Ἐφύραν·	ils arrivèrent à Éphyre;
(Ἐπῳδὸς β'.)	(*Épode II*)
ἐμβασίλευε δὲ	et il régna
Μολοσσίᾳ	dans la Molossie
ὀλίγον χρόνον·	peu de temps;
ἀτὰρ γένος οἱ	toutefois la postérité à (de) lui
φέρεν αἰεὶ	emporta (obtint, garda) toujours
τοῦτο γέρας.	cet honneur (la royauté).
Ὤχετο δὲ	Mais *lui* (Néoptolème) partit
πρὸς θεόν,	vers le dieu (à Delphes),

κτέαν' ἄγων Τρωΐαθεν ἀκροθινίων·
ἵνα κρεῶν νιν ὑπὲρ μάχας ἔλασεν ἀντιτυχόντ' ἀνὴρ μαχαίρᾳ [1].

(Στροφὴ γ'.)

Βάρυνθεν δὲ περισσὰ Δελφοὶ ξεναγέται [2].
Ἀλλὰ τὸ μόρσιμον ἀπέδωκεν· ἐχρῆν δέ τιν' ἔνδον ἄλσει παλαιτάτῳ
Αἰακιδᾶν κρεόντων τολοιπὸν ἔμμεναι
θεοῦ παρ' εὐτειχέα δόμον, ἡρωΐαις δὲ πομπαῖς [3]
θεμίσκοπον οἰκεῖν ἐόντα πολυθύτοις
εὐώνυμον ἐς δίκαν [4]. Τρία ἔπεα διαρκέσει [5]·
οὐ ψεῦδις ὁ μάρτυς ἔργμασιν [6] ἐπιστατεῖ.
Αἴγινα, τεῶν Διός τ' ἐκγόνων θρασύ μοι τόδ' εἰπεῖν

offrandes et les prémices des dépouilles de Troie, et dans une querelle pour la chair des victimes, un homme le frappa de son couteau.

(*Strophe III.*)

Delphes, la cité hospitalière, en fut vivement affligée. Mais il avait accompli la volonté du destin : il fallait qu'un des rois Eacides habitât pour toujours dans le bois antique, près de la demeure magnifique du dieu, pour surveiller les pompes et les sacrifices en l'honneur des héros, et pour y faire régner la sainte justice. Trois mots suffiront : un témoin incorruptible préside aux jeux sacrés. Egine, je me sens dans l'âme assez de confiance pour louer dignement les héros sortis de ton sein,

ἄγων	amenant *avec lui*
κτέανα	des possessions (richesses)
ἀκροθινίων	de prémices-des-dépouilles
Τρωΐαθεν·	*remportées* de Troie;
ἵνα ἀνὴρ	*à Delphes* où un homme
ἔλασε μαχαίρᾳ	frappa de *son* coutelas
νιν	lui (Néoptolème)
ἀντιτυχόντα	étant-tombé-par-hasard-dans
μάχας	un combat
ὑπὲρ κρεῶν.	au sujet de viandes.
(Στροφὴ γ'.)	*(Strophe III.)*
Δελφοὶ δὲ	Et Delphes
ξεναγέται	qui-rassemble-des-étrangers (hospitalière)
βαρυνθὲν περισσά.	fut affligée excessivement.
Ἀλλὰ ἀπέδωκε	Mais il paya (accomplit)
τὸ μόρσιμον·	la *volonté* du-destin;
ἐχρῆν δὲ	car il fallait
τινὰ κρεόντων Αἰακιδᾶν	l'un des rois Éacides
ἔμμεναι	être
τὸ λοιπὸν	le reste *du temps* (pour toujours)
ἔνδον ἄλσει	dans le bois-sacré
παλαιτάτῳ	très-antique
παρὰ δόμον	près de la demeure
εὐτειχέα θεοῦ,	aux-belles-murailles du dieu,
οἰκεῖν δὲ	et habiter là
ἐόντα θεμίσκοπον	étant surveillant-de-la-justice
πομπαῖς ἡρωΐαις	dans les pompes héroïques
πολυθύτοις	aux-nombreux-sacrifices
ἐς δίκαν	en vue de la justice
εὐώνυμον.	au-beau-nom (glorieuse).
Τρία ἔπεα διαρκέσει·	Trois paroles suffiront :
ὁ μάρτυς	le témoin (Néoptolème)
ἐπιστατεῖ ἔργμασιν	préside aux actions (aux luttes)
οὐ ψεῦδις.	non menteur (incorruptible).
Αἴγινα,	Égine,
τόδε θρασύ μοι	cette hardiesse (confiance) *est* à moi
εἰπεῖν	de dire
ὁδὸν κυρίαν	une voie (espèce) propre (digne)
λόγων	de discours (d'éloges)
οἴκοθεν	*tirés* de la maison (de leur patrie)

(Ἀντιστροφὴ γ'.)

φαενναῖς ἀρεταῖς ὁδὸν κυρίαν λόγων
οἴκοθεν [1] · ἀλλὰ γὰρ ἀνάπαυσις ἐν παντὶ γλυκεῖα ἔρ-
γῳ· κόρον δ' ἔχει
καὶ μέλι καὶ τὰ τέρπν' ἄνθε' [2] Ἀφροδίσια.
φυᾷ δ' ἕκαστος [3] διαφέρομεν βιοτὰν λαχόντες,
ὁ μὲν τά, τὰ δ' ἄλλοι [4] · τυχεῖν δ' ἕν' ἀδύνατον
εὐδαιμονίαν ἅπασαν ἀνελόμενον· οὐκ ἔχω
εἰπεῖν, τίνι τοῦτο Μοῖρα τέλος ἔμπεδον
ὤρεξε. Θεαρίων, τὶν δ' ἐοικότα καιρὸν ὄλβου [5]

(Ἐπῳδὸς γ'.)

δίδωσι, τόλμαν τε καλῶν ἀρομένῳ [6]
σύνεσιν οὐκ ἀποβλάπτει φρενῶν.
Ξεῖνός εἰμι [7] · σκοτεινὸν ἀπέχων ψόγον [8],

(Antistrophe III.)

et pour célébrer les éclatantes vertus de tes fils et des fils de Jupiter; mais en toute chose le repos est agréable; le miel même et les doux plaisirs de Vénus amènent la satiété. Nous différons tous par le caractère, et par les dons que nous avons reçus en partage avec la vie; un seul homme ne peut réunir tous les genres de bonheur, et je ne saurais citer personne que la Parque ait amené pour l'y maintenir à cette félicité suprême. Tu as reçu d'elle, ô Théarion, une mesure convenable

(Épode III.)

de richesse; tu as le courage des belles actions, et elle ne t'a rien fait perdre encore de la sûreté de ton jugement. Je suis ton hôte; repoussant loin de moi le blâme ténébreux, pour te louer je ferai

('Αντιστροφὴ γ'.)	(*Antistrophe III.*)
ἀρεταῖς φαενναῖς	pour les vertus éclatantes
ἐκγόνων τεῶν	des rejetons de-toi
Διός τε·	et de Jupiter;
ἀλλὰ γὰρ	mais assurément
ἀνάπαυσις γλυκεῖα	le repos *est* doux
ἐν παντὶ ἔργῳ·	en toute chose :
καὶ μέλι δὲ	et le miel aussi
καὶ τὰ ἄνθεα τερπνὰ	et les fleurs (plaisirs) agréables
Ἀφροδίσια	de-Vénus
ἔχει κόρον.	ont (causent) de la satiété.
Ἕκαστος δὲ φυᾷ	Et chacun par *sa* nature
διαφέρομεν	nous différons
λαχόντες	ayant obtenu-en-partage
βιοτάν,	un genre-de-vie *différent*,
ὁ μὲν τά,	celui-ci ceci,
ἄλλοι δὲ τά·	et d'autres cela;
ἀδύνατον δὲ	et *il est* impossible
ἕνα	un seul *homme*
τυχεῖν	obtenir-du-succès
ἀνελόμενον	remportant
ἅπασαν εὐδαιμονίαν·	tout *genre de* bonheur;
οὐκ ἔχω εἰπεῖν,	je n'ai pas à (je ne saurais) dire,
τίνι	à qui *d'entre les hommes*
Μοῖρα	la Parque
ὤρεξε	a tendu (présenté, offert)
τοῦτο τέλος ἔμπεδον.	ce but ferme (cette jouissance stable)
Θεαρίων,	Théarion,
δίδωσι δὲ τὶν	eh bien! elle donne à toi
καιρὸν ἐοικότα	une mesure convenable
('Επῳδὸς γ'.)	(*Épode III.*)
ὄλβου,	de richesse,
ἀρομένῳ τε	et à *toi* prenant-sur-toi (possédant)
τόλμαν καλῶν	le courage des belles *actions*
οὐκ ἀποβλάπτει	elle ne détériore pas
σύνεσιν φρενῶν.	la prudence de *ton* esprit.
Εἰμὶ ξεῖνος·	Je suis *ton* hôte;
ἀπέχων	tenant-à-distance (écartant)
ψόγον σκοτεινόν,	le blâme ténébreux,
αἰνέσω,	je *le* louerai,

ὕδατος ὥτε ῥοὰς [1] φίλον ἐς ἄνδρ' ἄγων
κλέος ἐτήτυμον αἰνέσω· ποτίφορος δ' ἀγαθοῖσι μισθὸς οὗτος.

(Στροφὴ δ'.)

Ἐὼν δ' ἐγγὺς Ἀχαιὸς οὐ μέμψεταί μ' ἀνὴρ
Ἰονίας ὑπὲρ ἁλὸς οἰκέων [2]· προξενίᾳ πέποιθ' [3]· ἔν τε δαμόταις
ὄμματι δέρκομαι λαμπρόν [4], οὐχ ὑπερβαλών [5],
βίαια πάντ' ἐκ ποδὸς ἐρύσαις, ὁ δὲ λοιπὸς εὔφρων
ποτὶ χρόνος ἕρποι. Μαθὼν [6] δέ τις ἂν ἐρεῖ,
εἰ πὰρ μέλος ἔρχομαι ψόγιον ὄαρον ἐννέπων.
Εὐξενίδα πάτραθε Σώγενες, ἀπομνύω
μὴ τέρμα προβὰς ἄκονθ' ὥτε χαλκοπάραον ὄρσαι

(Ἀντιστροφὴ δ'.)

θοὰν γλῶσσαν, ὃς ἐξέπεμψεν παλαισμάτων

couler vers toi, qui es mon ami, les sources d'une gloire véritable, comme des ruisseaux d'eau vive : la gloire est une récompense due à l'homme de bien.

(Strophe IV.)

S'il était près de moi un Achéen des bords de la mer Ionienne, il ne saurait me reprendre. J'ai confiance dans mes droits d'hospitalité ; au milieu de mes concitoyens, mon regard est toujours calme, ma muse n'a blessé personne, j'ai écarté de mon chemin toute violence : puisse le reste de mes jours s'écouler encore dans une douce joie ! Que l'on m'examine, et que l'on dise si j'enfreins les lois de la poésie pour proférer des discours injurieux. O Sogène, descendant des Euxénides, non, je le jure, mes paroles ne dépasseront point le but, comme le javelot à la pointe d'airain

(Antistrophe IV.)

qui renvoie les athlètes de la lutte avant que la sueur ait baigné

ἄγων	conduisant
ἐς ἄνδρα φίλον,	vers un homme ami,
ὥτε ῥοὰς ὕδατος,	comme des courants d'eau,
κλέος ἐτήτυμον·	une gloire véritable :
οὗτος δὲ μισθὸς	or cette récompense
ποτίφορος	*est* convenable (due)
ἀγαθοῖσιν.	aux *hommes* de-bien.
(Στροφὴ δ΄.)	(*Strophe IV.*)
Ἀνὴρ δὲ Ἀχαιὸς	Et un homme Achéen
οἰκέων	habitant
ὑπὲρ ἁλὸς	au-dessus (près) de l'eau-salée (la mer)
Ἰονίας,	Ionienne,
ἐὼν ἐγγύς,	étant (s'il était) près *de moi*,
οὐ μέμψεταί με·	ne blâmera (blâmerait) pas moi ;
πέποιθα	j'ai confiance
προξενίᾳ·	dans *mon* droit-d'hospitalité-publi-
ἔν τε δαμόταις	et parmi *mes* concitoyens [que ;
δέρκομαι ὄμματι	je regarde avec *mon* œil
λαμπρόν,	d'un-regard-clair,
οὐχ ὑπερβαλών,	n'ayant dépassé-la-mesure *envers*
ἐρύσαις	ayant tiré (écarté) [*personne*,
ἐκ ποδὸς	loin de *mon* pied (de mon chemin)
πάντα βίαια,	toutes choses violentes,
ὁ δὲ χρόνος λοιπὸς	et que le temps qui-reste *à moi à vivre*
ποτιέρποι	vienne-vers *moi*
εὔφρων.	joyeux (apportant la joie).
Τίς δὲ μαθὼν	Mais quelqu'un ayant appris (examiné)
ἂν ἐρεῖ,	pourra dire,
εἰ ἔρχομαι	si je vais
πὰρ μέλος	contre les-lois-de-la-mélodie
ἐννέπων	disant
ὄαρον ψόγιον.	un récit de-blâme.
Σώγενες	O Sogène
Εὐξενίδα πάτραθε,	Euxénide par-la-famille,
ἀπομνύω	je nie-avec-serment
μὴ προβὰς τέρμα	m'étant avancé-au-delà du terme
ὄρσαι	devoir pousser (lancer)
γλῶσσαν θοὰν	*ma* langue rapide
(Ἀντιστροφὴ δ΄.)	(*Antistrophe IV.*)
ὥτε ἄκοντα	comme un javelot

αὐχένα καὶ σθένος ἀδίαντον, αἴθωνι πρὶν ἁλίῳ γυῖον
ἐμπεσεῖν [1].
Εἰ πόνος ἦν, τὸ τερπνὸν πλέον πεδέρχεται.
Ἔα με· νικῶντί γε χάριν, εἴ τι πέραν ἀερθεὶς
ἀνέκραγον [2], οὐ τραχύς εἰμι καταθέμεν.
Εἴρειν στεφάνους ἐλαφρόν· ἀναβάλεο· Μοῖσά τοι
κολλᾷ χρυσὸν ἔν τε λευκὸν ἐλέφανθ' ἁμᾶ
καὶ λείριον ἄνθεμον [3] ποντίας ὑφελοῖσ' ἐέρσας.

(Ἐπῳδὸς δ'.)

Διὸς δὲ μεμναμένος ἀμφὶ Νεμέᾳ
πολύφατον θρόον ὕμνων δόνει
ἀσυχᾷ [4]. Βασιλῆα δὲ θεῶν πρέπει

leurs cous vigoureux, avant que le soleil ait frappé leur corps de ses rayons brûlants. Si la fatigue est grande, le plaisir n'est que plus vif ensuite. Laisse-moi; si j'élève et enfle ma voix, c'est que j'aime à payer au vainqueur mon tribut d'éloges. Il est facile de tresser des couronnes; attends, voici que ma muse assemble pour toi l'or, l'ivoire blanc, et cette fleur pareille au lys qu'on dérobe à l'écume des mers

(*Épode IV.*)

Souviens-toi de Jupiter, ô ma muse, tandis que tu célèbres Némée, et fais entendre en son honneur les accords paisibles d'hymnes glorieux. C'est dans cette contrée surtout qu'il convient de chanter

χαλκοπάραον,	à-la-pointe-d'airain,
ὃς ἐξέπεμψε	qui a renvoyé (renvoie)
παλαισμάτων	des luttes
αὐχένα καὶ σθένος	le cou et la force *des athlètes*
ἀδίαντον,	non-mouillé (sans sueur),
πρὶν γυῖον	avant que le corps
ἐμπεσεῖν	tomber-sur (rencontre, reçoive)
ἁλίῳ αἴθωνι.	le soleil brûlant.
Εἰ ἦν πόνος,	S'il y avait (s'il y a) de la fatigue,
τὸ τερπνὸν πεδέρχεται	l'agréable vient-ensuite
πλέον.	plus grand.
Ἔα με·	Laisse-moi ;
εἰ ἀνέκραγον,	si j'ai crié (si je viens à crier),
ἀερθείς τι	m'étant élevé en quelque chose
πέραν,	au delà (davantage),
οὐκ εἰμί γε	*c'est que* je ne suis certes pas
τραχὺς	rude (mal disposé)
καταθέμεν	à payer
νικῶντι	à celui qui-est vainqueur
χάριν.	l'agrément *des louanges*.
Εἴρειν στεφάνους	Tresser des couronnes
ἐλαφρόν·	*est* chose facile ;
ἀναβάλεο·	attends :
Μοῖσά τοι	*ma* Muse en effet
κολλᾷ χρυσὸν	colle (attache, réunit) l'or
ἔν τε ἁμᾶ	et avec tout-ensemble
ἐλέφαντα λευκὸν	l'ivoire blanc
καὶ ἄνθεμον λείριον	et la fleur semblable-au-lis
ὑφελοῖσα	*l*'ayant enlevée
ἐέρσας ποντίας.	à la rosée de-la-mer.
(Ἐπῳδὸς δʹ.)	(*Épode IV.*)
Μεμναμένος δὲ	Mais faisant-mention
Διὸς	de Jupiter
ἀμφὶ Νεμέᾳ,	au sujet de Némée,
δόνει	agite (fais entendre)
ἁσυχᾶ	paisiblement
θρόον	le bruit
πολύφατον	dont-on-parle-beaucoup (glorieux)
ὕμνων.	de *tes* hymnes.
Πρέπει δὲ	Il convient en effet

γάπεδον ἄν τόδε[1] γαρυέμεν ἁμέρᾳ
ὀπί· λέγοντι γὰρ Αἰακόν νιν ὑπὸ ματροδόκοις[2] γοναῖς
φυτεῦσαι,

(Στροφὴ ε'.)

ἐμᾷ μὲν πολίαρχον εὐωνύμῳ πάτρᾳ,
Ἡράκλεες, σέο δὲ προπρεῶνα μὲν ξεῖνον ἀδελφεόν τ'[3].
Εἰ δὲ γεύεται[4]
ἀνδρὸς ἀνήρ τι, φαῖμέν κε γείτον' ἔμμεναι
νόῳ φιλήσαντ' ἀτενεῖ[5] γείτονι χάρμα πάντων
ἐπάξιον· εἰ δ' αὐτὸ καὶ θεὸς ἀνέχοι,
ἐν τίν[6] κ' ἐθέλοι, Γίγαντας ὃς ἐδάμασας, εὐτυχῶς
ναίειν πατρὶ Σωγένης ἀταλὸν ἀμφέπων
θυμὸν[7] προγόνων ἐϋκτήμονα ζαθέαν ἀγυιάν[8]·

(Ἀντιστροφὴ ε'.)

ἐπεὶ τετραόροισιν ὥθ' ἁρμάτων ζυγοῖς[9]
ἐν τεμένεσσι δόμον ἔχει τεοῖς, ἀμφοτέρας ἰὼν χειρός.
Ὦ μάκαρ,

d'une voix douce le maître des dieux ; car il déposa, dit-on, dans le sein d'Égine, le germe d'où sortit Éaque,

(Strophe V.)

Éaque qui régna sur son illustre patrie, et qui fut pour toi, Hercule, le meilleur des hôtes et des frères. Si l'homme peut attendre des secours de l'homme, l'amitié dévouée d'un voisin est pour son voisin le plus précieux de tous les trésors; et si un dieu peut éprouver de tels sentiments, protégé par toi, vainqueur des géants, Sogène, dont le cœur est plein de tendresse pour son père, vivra au sein du bonheur dans l'opulent et divin quartier de ses aïeux ;

(Antistrophe V.)

car il possède une demeure assise entre tes deux temples, qui la resserrent de l'un et l'autre côté, comme les jougs d'un char à quatre

ἂν τόδε ζάπεδον	dans cette contrée
γαρυέμεν	de chanter
βασιλῆα θεῶν	le roi des dieux
ὀπὶ ἁμέρᾳ·	avec une voix douce ;
λέγοντι γάρ νιν	car on dit lui
φυτεῦσαι Αἰακὸν	avoir engendré Éaque
ὑπὸ γοναῖς	par des semences
ματροδόκοις,	reçues-par-la-mère *d'Éaque* (Égine),
(Στροφὴ ε'.)	(*Strophe V.*)
πολίαρχον μὲν	*Éaque* commandant-de-villes (roi)
ἐᾷ πάτρᾳ	dans *sa* patrie
εὐωνύμῳ,	au-nom-glorieux,
ξεῖνον δὲ μὲν	mais et hôte
ἀδελφεόν τε προπρεῶνα	et frère zélé
σέο, Ἡράκλεες.	de toi, Hercule.
Εἰ δὲ ἀνὴρ	Or si un homme
γεύεταί τι	goûte (tire profit) en quelque chose
ἀνδρός,	d'un *autre* homme,
φαῖμέν κε	nous pourrions dire
γείτονα φιλήσαντα	un voisin qui aime
νόῳ ἀτενεῖ	d'un esprit tendre (de tout son cœur)
ἔμμεναι γείτονι	être pour un voisin
χάρμα	un sujet-de-joie (un bonheur)
ἐπάξιον πάντων·	digne de (égal à) tous *les biens*;
εἰ δὲ καὶ θεὸς	et si un dieu aussi
ἂν ἔχοι αὐτό,	peut avoir cette *disposition*,
ἐν τίν,	en toi (sous ta protection),
ὃς ἐδάμασας Γίγαντας,	toi qui as dompté les Géants,
Σωγένης	Sogène
ἐθέλοι κε ναίειν εὐτυχῶς	voudrait habiter heureusement
ἀγυιὰν ἐϋκτήμονα ζαθέαν	la rue opulente *et* divine
προγόνων,	de *ses* ancêtres,
ἀμφέπων θυμὸν	*Sogène* qui choye (nourrit, a) un cœur
ἀταλὸν πατρί·	tendre envers *son* père;
(Ἀντιστροφὴ ε'.)	(*Antistrophe V.*)
ἐπεὶ ἔχει δόμον	puisque il a une demeure
ἐν	dans (entre)
τεοῖσι τεμένεσσιν	les enceintes-sacrées (temples)
ὥτε ζυγοῖς	comme entre les jougs
τετραόροις	attelés-de-quatre-chevaux

τὶν δ' ἐπέοικεν Ἥρας πόσιν τε πειθέμεν
κόραν τε γλαυκώπιδα [1]· δύνασαι δὲ βροτοῖσιν ἀλκὰν
ἀμαχανιᾶν δυσβάτων θαμὰ διδόμεν.
Εἰ γάρ σφισιν ἐμπεδοσθενέα βίοτον ἁρμόσαις
ἥβᾳ λιπαρῷ τε γήραϊ [2] διαπλέκοις
εὐδαίμον' ἐόντα, παίδων δὲ παῖδες ἔχοιεν αἰεὶ

(Ἐπῳδὸς ε'.)

γέρας τόπερ νῦν καὶ ἄρειον ὄπιθεν.
Τὸ δ' ἐμὸν οὔ ποτε φάσει κέαρ
ἀτρόποισι Νεοπτόλεμον ἑλκύσαι
ἔπεσι· ταὐτὰ δὲ τρὶς τετράκι τ' ἀμπολεῖν [3]
ἀπορία τελέθει, τέκνοισιν ἅτε μαψυλάκας, Διὸς Κόρινθος [4].

chevaux. O bienheureux Hercule, c'est à toi qu'il appartient d'appeler sur lui la protection de l'époux de Junon et de la vierge aux yeux d'azur; car souvent tu as arraché les mortels aux maux les plus terribles. Puisses-tu assurer aux Euxénides une vie pleine de force, une jeunesse brillante, une vigoureuse vieillesse! Puissent les enfants de leurs enfants conserver toujours

(*Épode V.*)

et accroître encore l'honneur dont jouit aujourd'hui leur famille. Pour moi, mon cœur ne conviendra jamais d'avoir outragé Néoptolème par des paroles impies; mais il n'y a qu'un esprit pauvre qui puisse redire trois et quatre fois la même chose, comme ce babillard qui répète sans cesse à des enfants : *Corinthos, fils de Jupiter.*

ἁρμάτων, ἰὼν	des chars, allant (lorsqu'il va)
ἀμφοτέρας χερός.	de l'une et l'autre main (à droite ou à
Ὦ μάκαρ,	O bienheureux *Hercule*, [gauche).
ἐπέοικε δὲ τὶν	il convient-en-outre à toi
πειθέμεν	de persuader *en sa faveur*
πόσιν τε Ἥρας	et l'époux de Junon
κόραν τε γλαυκώπιδα·	et la vierge aux-yeux-bleus;
δύνασαι δὲ	et tu peux
θαμὰ	*comme tu l'as fait* souvent
διδόμεν βροτοῖσιν	donner aux mortels
ἀλκὰν	le remède (secours)
ἀμαχανιᾶν	de *leurs* embarras (maux)
δυσβάτων.	difficiles-à-surmonter.
Εἰ γὰρ διαπλέκοις	Car si tu tissais (puisses-tu tisser)
σφισὶν	à eux (aux Euxénides)
ἁρμόσαις βίοτον	en l'arrangeant *ainsi* une vie
ἐμπεδοσθενέα	d'une-vigueur-stable
ἐόντα εὐδαίμονα	étant (qui soit) heureuse
ἥβᾳ γήραΐ τε	par la jeunesse et par une vieillesse
λιπαρῷ,	brillante (florissante),
παῖδες δὲ παίδων	et si (que) les enfants de *leurs* enfants
ἔχοιεν αἰεὶ	avaient (puissent avoir) toujours
(Ἐπῳδὸς ε΄.)	(*Épode V.*)
γέρας τόπερ νῦν	l'honneur qu'*ils ont* maintenant
καὶ ἄρειον	et *l'avoir* meilleur (plus grand)
ὄπιθεν.	plus tard (dans l'avenir).
Τὸ δὲ ἐμὸν κέαρ	Mais mon cœur
οὔ φάσει ποτὲ	ne dira (ne conviendra) jamais
ἑλκύσαι Νεοπτόλεμον	d'avoir outragé Néoptolème
ἔπεσιν	par des paroles
ἀτρόποισιν·	inconvenantes (impies);
ἀμπολεῖν δὲ	mais retourner (répéter)
τὰ αὐτὰ	les mêmes choses
τρὶς τετράκι τε	trois et quatre fois
τελέθει ἀπορία,	est embarras (pauvreté),
ἅτε μαψυλάκας	comme le babillard
τέκνοισι,	*qui dit toujours* aux enfants,
Κόρινθος Διός.	Corinthos *fils* de Jupiter.

ΕΙΔΟΣ Η'.

ΔΕΙΝΙΔΙ ΑΙΓΙΝΗΤῌ

ΣΤΑΔΙΕΙ.

(Στροφὴ α'.)

Ὥρα [1] πότνια, κᾶρυξ Ἀφροδίτας ἀμβροσιᾶν φιλοτάτων,
ἅτε παρθενηΐοις παίδων τ' ἐφίζοισα γλεφάροις [2],
τὸν μὲν ἁμέροις ἀνάγκας χερσὶ βαστάζεις, ἕτερον δ' ἑτέραις [3].
Ἀγαπατὰ δὲ καιροῦ μὴ πλαναθέντα πρὸς ἔργον ἕκαστον [4]
τῶν ἀρειόνων ἐρώτων ἐπικρατεῖν δύνασθαι.

(Ἀντιστροφὴ α'.)

Οἷοι καὶ Διὸς Αἰγίνας τε λέκτρον ποιμένες ἀμφεπόλησαν
Κυπρίας δώρων [5]· ἔβλαστεν δ' υἱὸς Οἰνώνας βασιλεὺς

(*Strophe I.*)

Divine puberté, avant-courrière de Vénus et de ses baisers d'ambroisie, toi qui te reposes sur les paupières des vierges et des jeunes garçons, il en est que tu berces dans les bras d'une douce violence, tandis qu'à d'autres tes approches sont cruelles. Combien il est délicieux, lorsqu'on réussit en toute chose, de pouvoir jouir d'heureuses amours!

(*Antistrophe I.*)

Tels les dispensateurs des trésors de Cypris s'empressèrent autour de la couche de Jupiter et d'Égine. De leurs caresses naquit un

ODE VIII.

A DINIS D'ÉGINE

VAINQUEUR AU STADE.

(Στροφὴ α'.)	(*Strophe I.*)
Ὥρα πότνια,	Puberté auguste,
κᾶρυξ	avant-courrière
φιλοτάτων ἀμβροσιᾶν	des tendresses (baisers) d'ambroisie
Ἀφροδίτας,	de Vénus,
ἅτε	*toi* qui
ἐφίζοισα	t'asseyant (te reposant) sur
γλεφάροις παρθενηΐοις	les paupières des-jeunes-vierges
παίδων τε,	et *celles* des jeunes garçons,
βαστάζεις τὸν μὲν	emportes l'un
χερσὶν ἁμέροις	dans les mains douces (les doux bras)
ἀνάγκας,	de la nécessité,
ἕτερον δὲ	et un autre
ἑτέραις.	dans d'autres *bras* (des bras violents).
Ἀγαπατὰ δὲ	Or *il est* aimable (agréable)
μὴ πλαναθέντα	ne s'étant pas égaré
καιροῦ	de l'occasion (l'ayant saisie, réussissant)
πρὸς ἕκαστον ἔργον	dans chaque chose
δύνασθαι	de pouvoir
ἐπικρατεῖν	se rendre-maître (jouir)
τῶν ἐρώτων ἀρειόνων.	des amours les meilleurs.
(Ἀντιστροφὴ α'.)	(*Antistrophe I.*)
Οἷοι καὶ	Tels que aussi
ποιμένες	*ces* pasteurs (dispensateurs)
δώρων Κυπρίας	des dons de Cypris
ἀμφεπόλησαν λέκτρον	s'empressèrent-autour du lit
Διὸς Αἰγίνας τε·	de Jupiter et d'Égine;
υἱὸς δὲ	et un fils
ἔβλαστε	germa (naquit)
βασιλεὺς Οἰνώνας	roi d'OEnone

χειρὶ καὶ βουλαῖς ἄριστος. Πολλά νιν πολλοὶ λιτάνευον [1] ἰδεῖν·
ἀβοατὶ [2] γὰρ ἡρώων ἄωτοι περιναιετάοντων
ἤθελον κείνου γε πείθεσθ' ἀναξίαις [3] ἑκόντες,

(Ἐπῳδὸς α'.)

οἵ τε κρανααῖς ἐν Ἀθάναισιν ἅρμοζον στρατὸν [4]
οἵ τ' ἀνὰ Σπάρταν Πελοπηϊάδαι.
Ἱκέτας Αἰακοῦ σεμνῶν γονάτων πόλιός θ' ὑπὲρ φίλας [5]
ἀστῶν θ' ὑπὲρ τῶνδ' ἅπτομαι, φέρων
Λυδίαν μίτραν [6] καναχηδὰ [7] πεποικιλμέναν,
Δείνιος δισσῶν σταδίων καὶ πατρὸς Μέγα Νεμεαῖον ἄγαλμα.
Σὺν θεῷ [8] γάρ τοι φυτευθεὶς ὄλβος ἀνθρώποισι παρμονώτερος·

fils, roi d'Œnone, aussi grand par son courage que par sa sagesse. De toutes parts une foule empressée demandait de le voir; car la fleur des héros d'alentour voulut de plein gré se soumettre à ses lois,

(*Épode I.*)

et ceux qui commandaient au peuple de la belliqueuse Athènes, et les Pélopides de Sparte. Pour moi, embrassant ses sacrés genoux, je viens supplier Éaque pour cette ville chérie et pour ses citoyens; je lui apporte en offrande un hymne sur le mode lydien, qui sera chanté au son des instruments, en l'honneur des deux victoires de Dinis et de celles de son père Mégas aux jeux Néméens. Je sais que le bonheur le plus durable, est celui qu'un dieu donne aux mortels;

ἄριστος χειρὶ	très-excellent par le bras (le courage)
καὶ βουλαῖς.	et par les pensées (la sagesse).
Πολλοὶ	Beaucoup
λιτάνευον	demandaient-avec-prière
πολλὰ	en beaucoup de *demandes*
ἰδεῖν νιν·	à voir lui ;
ἄωτοι γὰρ	car les fleurs (les plus illustres)
ἡρώων	des héros
περιναιεταόντων	qui habitaient-tout-autour
ἀβοατὶ	sans-être-appelés (spontanément)
ἑκόντες	de-leur-gré
ἤθελον πείθεσθαι	voulaient (demandaient à) obéir
ἀναξίαις	aux commandements
κείνου γε,	de lui du moins,
('Επῳδὸς α'.)	(*Épode I.*)
οἵ τε	et ceux qui
ἅρμοζον	mettaient-en-ordre (gouvernaient)
στρατὸν	l'armée (la foule, le peuple)
ἐν κρανααῖς Ἀθάναισιν,	dans la dure Athènes,
οἵ τε	et ceux *qui étaient*
ἀνὰ Σπάρταν,	dans Sparte,
Πελοπηϊάδαι.	les descendants-de-Pélops.
Ἱκέτας	Suppliant
ἅπτομαι γονάτων σεμνῶν	je touche les genoux augustes
Αἰακοῦ	d'Éaque
ὑπέρ τε πόλιος φίλας	et pour *cette* ville chérie
ὑπέρ τε τῶνδε ἀστῶν,	et pour ces citoyens,
φέρων	apportant
μίτραν Λυδίαν	un bonnet (un hymne) Lydien
πεποικιλμέναν	varié
καναχηδά,	avec-le-bruit (son) *des instruments*,
ἄγαλμα Νεμεαῖον	parure Néméenne
δισσῶν σταδίων	des doubles (des deux) stades (courses)
Δείνιος	de Dinis
καὶ πατρὸς Μέγα.	et *de celle* de *son* père Mégas.
Ὄλβος γάρ τοι	Car assurément la félicité
φυτευθεὶς	enfantée
σὺν θεῷ	avec *l'aide d'*un dieu
παρμονώτερος	*est* plus constante
ἀνθρώποισιν·	pour les hommes ;

(Στροφὴ β'.)

ὅσπερ καὶ Κινύραν ἔβρισε πλούτῳ ποντίᾳ ἔν ποτε Κύπρῳ [1].
Ἵσταμαι δὴ ποσσὶ κούφοις [2], ἀμπνέων τε πρίν τι φάμεν.
Πολλὰ γὰρ πολλᾷ λέλεκται [3]· νεαρὰ δ' ἐξευρόντα δόμεν βασάνῳ
ἐς ἔλεγχον ἅπας κίνδυνος [4]· ὄψον δὲ λόγοι φθονεροῖσιν·
ἅπτεται δ' ἐσλῶν ἀεί [5], χειρόνεσσι δ' οὐκ ἐρίζει.

(Ἀντιστροφὴ β'.)

Κεῖνος καὶ Τελαμῶνος δάψεν υἱὸν φασγάνῳ ἀμφικυλίσαις [6].
Ἦ τιν' ἄγλωσσον μέν, ἦτορ δ' ἄλκιμον, λάθα κατέχει [7]
ἐν λυγρῷ νείκει· μέγιστον δ' αἰόλῳ ψεύδει γέρας ἀντέτακται.

(*Strophe II.*)

ce fut un dieu aussi qui, dans Cypre la maritime, combla Cinyras de richesses. Mais je m'arrête un instant, et je respire avant de poursuivre. Déjà ce sujet a été traité de mille manières, et livrer des pensées nouvelles au blâme des hommes est chose bien périlleuse; les discours ne sont qu'une pâture pour l'envie; toujours elle s'attache aux bons et jamais ne s'en prend aux méchants.

(*Antistrophe II.*)

C'est elle aussi qui perdit le fils de Télamon en le précipitant sur son glaive. Certes, dans de déplorables débats, souvent l'homme sans éloquence, mais vaillant de cœur, succombe sous le poids de l'oubli, tandis que les plus hautes récompenses sont offertes au mensonge

(Στροφὴ β'.)	(*Strophe II.*)
ὅσπερ καί ποτε	lequel *dieu* aussi un jour
ἔβρισε πλούτῳ	chargea (combla) de richesses
Κινύραν	Cinyras
ἐν Κύπρῳ ποντίᾳ.	dans Chypre la maritime.
Ἵσταμαι δὲ	Mais je m'arrête
ποσσὶ κούφοις,	sur des pieds légers (un moment),
ἀμπνέων τε	et respirant
πρὶν φάμεν τι.	avant de dire quelque chose.
Πολλὰ γὰρ	Car beaucoup de choses
λέλεκται	ont été dites *sur Cinyras*
πολλᾷ·	de-beaucoup-de-manières;
ἅπας δὲ κίνδυνος	et *il y a* tout danger (danger extrême)
ἐξευρόντα	ayant découvert (trouvé)
νεαρὰ	des choses nouvelles
δόμεν βασάνῳ	à *les* donner à l'examen
ἐς ἔλεγχον·	pour l'enquête (la critique);
λόγοι δὲ	or (car) les discours
ὄψον	*sont* une pâture
φθονεροῖσιν·	pour les envieux;
ἅπτεται δὲ	et elle (l'envie) touche (attaque)
ἐσλῶν ἀεί,	les bons toujours,
οὐκ ἐρίζει δὲ	mais ne cherche-pas-querelle
χειρόνεσσι.	aux moins bons (aux mauvais).
(Ἀντιστροφὴ β'.)	(*Antistrophe II.*)
Κεῖνος καὶ	Celle-ci (l'envie) aussi
δάψεν	dévora
υἱὸν Τελαμῶνος,	le fils de Télamon,
ἀμφικυλίσαις	*l'*ayant fait-rouler (tomber)
φασγάνῳ.	par *son* glaive.
Ἦ,	Assurément,
ἐν νείκει λυγρῷ,	dans une querelle affligeante,
λάθα	l'oubli
κατέχει τινὰ	(saisit opprime) quelqu'un
ἄγλωσσον μέν,	sans-langue (sans éloquence) il est vrai,
ἄλκιμον δὲ	mais vaillant (généreux)
ἦτορ·	par le cœur;
μέγιστον δὲ γέρας	tandis que la plus grande récompense
ἀντέταται	est présentée (offerte)
ψεύδει αἰόλῳ.	au mensonge artificieux.

Κρυφίαισι [1] γὰρ ἐν ψάφοις Ὀδυσσῆ Δαναοὶ θεράπευσαν·
χρυσέων δ' Αἴας στερηθεὶς ὅπλων [2] φόνῳ πάλαισεν [3].

(Ἐπῳδὸς β'.)

Ἦ μὰν ἀνόμοιά γε δᾴοισιν ἐν θερμῷ χροῒ
ἕλκεα ῥῆξαν πελεμιζόμενοι
ὑπ' ἀλεξιμβρότῳ λόγχᾳ, τὰ μὲν ἀμφ' Ἀχιλεῖ νεοκτόνῳ [4],
ἄλλων τε μόχθων ἐν πολυφθόροις
ἁμέραις [5]. Ἐχθρὰ δ' ἄρα πάρφασις ἦν καὶ πάλαι,
αἱμύλων μύθων ὁμόφοιτος, δολοφραδής, κακοποιὸν ὄνειδος·
ἃ τὸ μὲν λαμπρὸν βιᾶται [6], τῶν δ' ἀφάντων [7] κῦδος ἀντείνει σαθρόν.

(Στροφὴ γ'.)

Εἴη μή ποτέ μοι τοιοῦτον ἦθος, Ζεῦ πάτερ, ἀλλὰ κελεύθοις

artificieux. Les suffrages secrets des Grecs donnèrent le prix à Ulysse, et Ajax, privé de l'armure d'or, fut aux prises avec le trépas.

(*Épode II.*)

Et pourtant, de quel bras différent ces deux hommes avaient percé les corps brûlants des ennemis, lorsqu'ils agitaient la lance guerrière, soit autour du cadavre d'Achille à peine expiré, soit dans d'autres journées de combats et de carnage! C'est qu'elle était déjà toute-puissante dans les temps les plus reculés, cette éloquence fausse et perfide, prodigue de paroles trompeuses, habile en fourberies, fléau malfaisant, qui étouffe l'éclat du mérite et va chercher dans les ténèbres quelque gloire menteuse à exalter.

(*Strophe III.*)

Grand Jupiter, puissé-je ne jamais connaître de tels artifices!

Δαναοὶ γὰρ	Car les Grecs
θεράπευσαν Ὀδυσσῆ	honorèrent Ulysse
ἐν ψάφοις	dans (par) des cailloux (suffrages)
κρυφίαισιν ·	secrets;
Αἴας δὲ	et Ajax
στερηθεὶς ὅπλων χρυσέων	dépouillé des armes d'or
πάλαισε φόνῳ.	lutta avec la mort.
('Επῳδὸς β'.)	(*Épode II.*)
Ἦ μὰν	Pourtant certes
ῥῆξαν δαΐοισιν	ils avaient enfoncé aux ennemis
ἐν χροῒ θερμῷ	dans *leur* corps chaud
ἕλκεα	des blessures
ἀνόμοιά γε	non-semblables certes
πελεμιζόμενοι	s'agitant
ὑπὸ λόγχᾳ	sous la lance
ἀλεξιμβρότῳ,	qui-secourt (défend)-les-mortels,
τὰ μὲν ἀμφὶ Ἀχιλλεῖ	d'un côté autour d'Achille
νεοκτόνῳ,	nouvellement-tué,
ἐν ἁμέραις τε	et dans des jours
πολυφθόροις	au-vaste-carnage
ἄλλων μόχθων.	d'autres fatigues (combats).
Ἦν δὲ ἄρα	Mais c'est qu'elle existait
καὶ πάλαι	aussi jadis
πάρφασις	*celle* éloquence-sophistique
ἐχθρά,	ennemie (funeste),
ὁμόφοιτος	compagne
μύθων αἱμύλων,	de paroles habilement-trompeuses,
δολοφραδής,	méditant-la-fourberie,
ὄνειδος κακοποιόν ·	opprobre (fléau) malfaisant;
ἃ βιᾶται μὲν	qui opprime d'un côté
τὸ λαμπρόν,	le brillant (ce qui a de l'éclat),
ἀντείνει δὲ	et de l'autre élève
κῦδος σαθρὸν	la gloire pourrie (vaine)
τῶν ἀφάντων	des *hommes* obscurs.
(Στροφὴ γ'.)	(*Strophe III.*)
Πάτερ Ζεῦ,	Père (grand) Jupiter,
μή ποτε εἴη μοι	que jamais ne soient à moi
τοιοῦτον ἦθος,	de telles mœurs,
ἀλλὰ ἐφαπτοίμαν	mais que je m'attache
κελεύθοις ἁπλόαις	aux routes simples (droites)

ἁπλόαις ζωᾶς ἐφαπτοίμαν, θανὼν ὡς παισὶ κλέος
μὴ τὸ δύσφαμον προσάψω. Χρυσὸν εὔχονται, πεδίον δ' ἕτεροι [1]
ἀπέραντον· ἐγὼ δ' ἀστοῖς ἁδὼν καὶ χθονὶ γυῖα καλύψαιμ',
αἰνέων αἰνητά, μομφὰν δ' ἐπισπείρων ἀλιτροῖς [2].

(Ἀντιστροφὴ γ'.)

Αὔξεται δ' ἀρετά, χλωραῖς ἐέρσαις ὡς ὅτε δένδρεον ᾄσσει,
ἐν σοφοῖς ἀνδρῶν ἀερθεῖσ' ἐν δικαίοις τε πρὸς ὑγρὸν
αἰθέρα [3]. Χρεῖαι δὲ παντοῖαι φίλων ἀνδρῶν· τὰ μὲν ἀμφὶ πόνοις
ὑπερώτατα [4]· μαστεύει δὲ καὶ τέρψις ἐν ὄμμασι θέσθαι
πίστιν [5]. Ὦ Μέγα, τὸ δ' αὖτις τεὰν ψυχὰν κομίξαι

Puissé-je rester toute ma vie dans les voies de l'honnêteté, et ne pas transmettre à mes enfants, après ma mort, un nom fameux par son opprobre! Les uns convoitent de l'or, d'autres des champs immenses, moi, je veux être cher à mes concitoyens, jusqu'au moment où la terre recouvrira mon corps, louant ce qui est digne d'éloge et versant le blâme sur les méchants.

(*Antistrophe III.*)

Au milieu des sages et des justes, comme on voit s'élancer l'arbre sous les vertes rosées, la gloire de la vertu grandit et monte vers l'humide éther. En combien d'occasions l'amitié ne nous vient-elle pas en aide! ses secours les plus précieux, nous les trouvons dans les luttes; mais le joyeux vainqueur désire aussi voir s'élever devant ses yeux un monument fidèle de son triomphe. O Mégas, rappeler ton âme sur cette terre

ζωᾶς,	de la vie,
ὡς θανὼν	afin qu'étant mort
μὴ προσάψω	je n'attache (ne laisse) pas
παισὶ	à *mes* enfants
τὸ κλέος δύσφαμον.	la gloire à-la-mauvaise-renommée.
Εὔχονται χρυσόν,	*Les uns* souhaitent de l'or,
ἕτεροι δὲ	et d'autres
πεδίον ἀπέραντον·	un champ sans-bornes;
ἐγὼ δὲ	mais que moi *pendant ma vie*
ἁδὼν	ayant plu (ayant été cher)
ἀστοῖς	à *mes* concitoyens
καὶ	aussi (encore chéri d'eux à ma mort)
καλύψαιμι γυῖα	je couvre *mes* membres
χθονί,	de terre,
αἰνέων αἰνητά,	louant les choses louables,
ἐπισπείρων δὲ μομφὰν	et semant le blâme
ἀλιτροῖς.	sur les choses coupables.
(Ἀντιστροφὴ γ'.)	(*Antistrophe III.*)
Ἀρετὰ δὲ αὔξεται,	Or la vertu grandit,
ὡς ὅτε δένδρεον	comme lorsque l'arbre
ᾄσσει	s'élance (croît)
χλωραῖς ἐέρσαις,	par les vertes rosées,
ἀερθεῖσα	s'élevant
ἐν σοφοῖς	parmi les sages
ἔν τε δικαίοις	et parmi les justes
ἀνδρῶν	d'entre les hommes
πρὸς αἰθέρα ὑγρόν.	vers (dans) l'air humide.
Χρεῖαι δὲ	Or les services
ἀνδρῶν φίλων	d'hommes amis
παντοῖαι·	*sont* de-toute-sorte;
τὰ μὲν	à la vérité les *services rendus*
ἀμφὶ πόνοις	dans les travaux (les luttes)
ὑπερώτατα·	*sont* les plus hauts (les plus grands);
τέρψις δὲ καὶ	mais la joie *de la victoire* aussi
μαστεύει	désire
θέσθαι ἐν ὄμμασι	se mettre devant les yeux
πίστιν.	un monument-fidèle *de son triomphe*.
Ὦ Μέγα,	O Mégas,
τὸ δὲ κομίξαι αὖτις	à la vérité ramener de nouveau *à la*
τεὰν ψυχὰν	ton âme [*vie*

(Επῳδὸς γ.)

οὔ μοι δυνατόν· κενεᾶν δ' ἐλπίδων χαῦνον τέλος·
σεῦ δὲ πάτρᾳ Χαριάδαις τε [1] λάβρον
ἐρεῖσαι λίθον Μοισαῖον ἕκατι ποδῶν εὐωνύμων
δὶς δὴ δυοῖν [2]. Χαίρω δὲ πρόσφορον
ἐν μὲν ἔργῳ κόμπον ἱείς [3], ἐπαοιδαῖς δ' ἀνὴρ
νώδυνον καί τις κάματον θῆκεν [4]. Ἦν γε μὰν ἐπικώμιος ὕμνος
δὴ πάλαι καὶ πρὶν γενέσθαι τὰν Ἀδράστου τάν τε Καδμείων ἔριν [5].

(*Épode III.*)

n'est pas en mon pouvoir; seul l'insensé nourrit de vaines espérances; mais je puis avec l'aide des Muses dresser pour toi et pour les Chariades une immense colonne, en l'honneur de vos victoires à la course. J'aime à payer d'un digne éloge un noble exploit; les chants magiques du poëte adoucissent les fatigues de l'athlète, et bien avant la querelle d'Adraste et des enfants de Cadmos, le poëte chantait déjà.

(Ἐπῳδὸς γ'.)	(*Épode III.*)
οὐ δυνατόν μοι·	n'*est* pas possible à moi;
τέλος δὲ	car l'accomplissement
ἐλπίδων κενεᾶν	d'espérances vaines
χαῦνον·	*est* fou (est folie);
ἐπερεῖσαι δὲ	mais *je puis* étayer (élever)
πάτρᾳ σοῦ	à la famille de toi
Χαριάδαις τε	et aux Chariades
λίθον λάβρον	une pierre (colonne) immense
Μοισαῖον	des-Muses
ἕκατι ποδῶν	en honneur de *vos* pieds
εὐωνύμων	au-beau-renom (glorieux)
δὶς δὴ δυοῖν.	deux fois donc deux (de vous deux).
Χαίρω δὲ	Et je me réjouis
ἱεὶς μὲν	émettant (d'émettre)
κόμπον πρόσφορον	un éloge convenable
ἐν ἔργῳ,	à propos d'une action (d'un exploit),
τὶς δὲ ἀνὴρ	et un homme
ἐπαοιδαῖς	par des chants-magiques
θῆκε νώδυνον	a établi (rend) sans-douleurs
καὶ κάματον.	même la fatigue *de l'athlète.*
Ὕμνος ἐπικώμιος	L'hymne d'-éloges
ἦν γε μὰν	existait en effet
πάλαι δὴ	assurément jadis
καὶ πρὶν τὰν ἔριν Ἀδράστου	et avant que la querelle d'Adraste
τάν τε Καδμείων	et celle des Cadméens
γενέσθαι.	avoir (eût) lieu.

ΕΙΔΟΣ Θ'.

ΧΡΟΜΙῼ ΑΙΤΝΑΙῼ

ΑΡΜΑΤΙ.

(Στροφὴ α'.)

Κωμάσομεν παρ' Ἀπόλλωνος Σικυωνόθε, Μοῖσαι,
τὰν νεοκτίσταν [1] ἐς Αἴτναν, ἔνθ' ἀναπεπταμέναι ξείνων νενίκανται θύραι [2],
ὄλβιον ἐς Χρομίου δῶμ'. Ἀλλ' ἐπέων γλυκὺν ὕμνον [3]
πράσσετε.
Τὸ κρατήσιππον γὰρ ἐς ἅρμ' ἀναβαίνων ματέρι καὶ
διδύμοις παίδεσσιν αὐδὰν μανύει
Πυθῶνος αἰπεινᾶς ὁμοκλάροις ἐπόπταις [4].

(Στροφὴ β'.)

Ἔστι δέ τις λόγος ἀνθρώπων, τετελεσμένον ἐσλὸν
μὴ χαμαὶ σιγᾷ καλύψαι [5]· θεσπεσία δ' ἐπέων καύ-
χαις [6] ἀοιδὰ πρόσφορος.

(Strophe I.)

Muses, quittons Apollon et Sicyone pour la nouvelle cité d'Etna, pour la demeure fortunée de Chromios, dont les portes toujours ouvertes sont envahies par la foule des étrangers. Allons, commencez un hymne harmonieux. Le héros monte sur son char vainqueur; c'est le signal des chants qui vont célébrer Latone, et ses deux enfants qui veillent ensemble sur la haute Pytho.

(Strophe II.)

C'est un adage parmi les hommes, qu'il ne faut pas laisser tomber à terre, et ensevelir dans le silence une action glorieuse; la voix di-

ODE IX.

A CHROMIOS D'ETNA

VAINQUEUR A LA COURSE DES CHARS.

(Στροφὴ α'.)	(*Strophe I.*)
Μοῖσαι,	Muses,
κωμάσομεν	passons-en-chantant
Σικυωνόθε	de Sicyone
παρὰ Ἀπόλλωνος	d'auprès d'Apollon
ἐς Αἴτναν	vers Etna
τὰν νεοκτίσταν,	la nouvellement-bâtie,
ἔνθα θύραι ἀναπεπταμέναι	où les portes ouvertes
νενίκανται	sont vaincues
ξείνων,	par les étrangers (leur affluence),
ἐς δῶμα ὄλβιον	dans la demeure fortunée
Χρομίου.	de Chromios.
Ἀλλὰ πράσσετε	Eh bien! faites (composez)
γλυκὺν ὕμνον ἐπέων.	un doux hymne de vers.
Ἀναβαίνων γὰρ	Car *Chromios* montant
ἐς τὸ ἅρμα	sur son char
κρατήσιππον	vainqueur-par-*ses*-chevaux
μανύει αὐδὰν	indique (donne le signal d') un chant
ματέρι	en honneur de la mère
καὶ παίδεσσι διδύμοις	et des enfants jumeaux
ἐπόπταις ὁμοκλάροις	surveillants à-part-égale (égaux)
αἰπεινᾶς Πυθῶνος.	de la haute Pytho.
(Στροφὴ β'.)	(*Strophe II.*)
Ἔστι δὲ	Or il est
λόγος τις	une certaine parole (un adage)
ἀνθρώπων,	des hommes,
μὴ καλύψαι	de ne pas couvrir (ensevelir)
σιγᾷ	dans le silence
χαμαὶ	*tombée* à terre
ἐσλὸν τετελεσμένον·	une noble *action* accomplie;
ἀοιδὰ δὲ θεσπεσία	mais le chant divin

Ἀλλ' ἀνὰ μὲν βρομίαν φόρμιγγ', ἀνὰ δ' αὐλὸν ἐπ' αὐ-
τὰν ὄρσομεν [1]
ἱππίων ἄθλων κορυφάν, ἅτε Φοίβῳ θῆκεν Ἄδραστος
ἐπ' Ἀσωποῦ ῥεέθροις [2]· ὧν ἐγὼ
μνασθεὶς ἐπασκήσω κλυταῖς ἥρωα τιμαῖς,

(Στροφὴ γ'.)

ὅς τότε μὲν βασιλεύων κεῖθι νέαισί θ' ἑορταῖς
ἰσχύος τ' ἀνδρῶν ἁμίλλαις ἅρμασί τε γλαφυροῖς [3]
ἄμφαινε κυδαίνων πόλιν.
Φεῦγε γὰρ Ἀμφιάρηόν τε θρασυμήδεα καὶ δεινὰν στάσιν
πατρώων οἴκων ἀπό τ' Ἄργεος [4]· ἀρχοὶ δ' οὐκ ἔτ' ἔσαν
Ταλαοῦ παῖδες, βιασθέντες λύᾳ.
Κρέσσων δὲ καππαύει δίκαν τὰν πρόσθεν ἀνήρ [5].

vine de la poésie est la digne compagne des exploits. Animons la lyre frémissante, animons la flûte à redire ces luttes sublimes de coursiers, que jadis Adraste établit en l'honneur d'Apollon près des eaux de l'Asope; en rappelant ces jeux, je couvrirai de gloire et d'honneur le héros

(*Strophe III.*)

qui, régnant alors à Sicyone, illustra cette ville par des fêtes nouvelles, par des luttes de vigoureux athlètes et de chars magnifiques. Il fuyait l'audacieux Amphiaraos et la sédition terrible, loin du palais de ses pères et loin d'Argos; les fils de Talaos ne commandaient plus alors, la révolte les avait vaincus. Mais le prudent Adraste apaisa ces antiques querelles.

ἐπέων	des vers
πρόσφορος	*est* bien-adapté (convient)
καύχαις.	aux sujets-de-vanité (aux exploits).
Ἀλλὰ μὲν ἀνέγρομεν	Eh bien donc animons
φόρμιγγα βρομίαν,	la lyre frémissante,
ἀνὰ δὲ αὐλὸν	animons aussi la flûte
ἐπὶ αὐτὰν κορυφὰν	en vue de cette sommité
ἄθλων ἱππίων,	des luttes de-chevaux;
ἅτε Ἄδραστος θῆκε	qu'Adraste a établies
Φοίβῳ	en l'honneur de Phébos
ἐπὶ ῥεέθροις Ἀσωποῦ·	près des courants de l'Asope;
ὧν ἐγὼ μνασθεὶς	desquelles moi faisant-mention
ἐπασκήσω	j'ornerai
τιμαῖς κλυταῖς	d'honneurs illustres
ἥρωα,	*ce* héros,
(Στροφὴ γ'.)	(*Strophe III.*)
ὃς τότε μὲν	qui alors
βασιλεύων κεῖθι	étant-roi là (à Sicyone)
ἐφαίνε πόλιν	fit-briller *cette* ville
κυδαίνων	en *l'*illustrant
ἑορταῖς τε νέαισιν	et par des fêtes nouvelles
ἁμίλλαις τε	et par des rivalités (des luttes)
ἰσχύος ἀνδρῶν	de la force des hommes
ἅρμασί τε	et par des *combats de* chars
γλαφυροῖς.	élégants.
Φεῦγε γὰρ	Car il fuyait
Ἀμφιάρηόν τε	et Amphiaraos
θρασυμήδεα	aux-desseins-audacieux
καὶ στάσιν δεινὰν	et la sédition terrible
ἀπὸ οἴκων πατρῴων	loin des demeures paternelles
Ἄργεός τε·	et d'Argos;
παῖδες δὲ Ταλαοῦ	et les fils de Talaos
οὐκ ἔσαν ἔτι ἀρχοί,	n'étaient plus chefs,
βιασθέντες	ayant été violentés (opprimés)
λύᾳ.	par la révolte.
Ἀνὴρ δὲ	Mais *cet* homme (Adraste)
κρέσσων	plus prudent
καππαύει	fait cesser (apaise)
δίκαν	le procès (le démêlé)
τὰν πρόσθεν	celui *qui existait* auparavant.

(Στροφὴ δ'.)

Ἀνδροδάμαν δ' Ἐριφύλαν [1], ὅρκιον ὡς ὅτε πιστόν [2],
δόντες Οἰκλείδᾳ γυναῖκα, ξανθοκομᾶν Δαναῶν ἔσαν
μέγιστοι. Δὴ τόθεν
καί ποτ' ἐς ἑπταπύλους Θήβας ἄγαγον στρατὸν ἀνδρῶν αἰσιᾶν
οὐ κατ' ὀρνίχων ὁδόν [3]· οὐδὲ Κρονίων ἀστεροπὰν ἐλελίξαις οἴκοθεν μαργουμένους
στείχειν ἐπώτρυν', ἀλλὰ φείσασθαι κελεύθου.

(Στροφὴ ε'.)

Φαινομέναν δ' ἄρ' ἐς ἄταν σπεῦδεν ὅμιλος ἱκέσθαι
χαλκέοις ὅπλοισιν ἱππείοις τε σὺν ἔντεσιν· Ἰσμηνοῦ
δ' ἐπ' ὄχθαισι [4] γλυκὺν
νόστον ἐρυσσάμενοι [5] λευκανθέα σώμασι πίαναν
καπνόν·

(Strophe IV.)

Pour gage de leurs serments, les enfants de Talaos donnèrent au fils d'OEclée Ériphyle qui devait dompter son époux, et devinrent dès lors les plus puissants des Danaens à la blonde chevelure. Plus tard ils conduisirent contre Thèbes aux sept portes une armée de guerriers; pourtant les augures ne favorisaient pas cette entreprise; et le fils de Saturne ne les encouragea point par les éclats de sa foudre, mais il voulut retenir dans leurs foyers ces héros en délire.

(Strophe V.)

L'armée courait à une perte certaine, avec ses armes d'airain et ses chevaux couverts de harnais brillants : sur les bords de l'Ismène, la mort brisa l'espoir du doux retour, et ils engraissèrent de leurs corps la blanche fumée. Sept bûchers consumèrent ces jeunes guerriers;

(Στροφὴ δ'.)	(*Strophe IV.*)
Δόντες δὲ γυναῖκα	Et ayant donné *pour* femme
Οἰκλείδᾳ	au fils-d'Oïclée
Ἐριφύλαν	Ériphyle
ἀνδροδάμαν,	capable-de-dompter-son-époux,
ὡς ὅτε	comme lorsqu'*on donne*
ὅρκιον πιστόν,	un gage-de-serments fidèle,
ἔσαν	*les fils de Talaos* furent
μέγιστοι Δαναῶν	les plus grands des Danaens
ξανθοκομᾶν.	à-la-blonde-chevelure.
Δὴ τόθεν	Depuis cela donc
καί ποτε	aussi un jour
ἄγαγον	ils conduisirent
στρατὸν ἀνδρῶν	une armée d'hommes
ἐς Θήβας ἑπταπύλους	contre Thèbes aux-sept-portes
οὐ κατὰ ὁδὸν	non par une route
ὀρνίχων αἰσιᾶν·	d'oiseaux (augures) favorables;
οὐδὲ Κρονίων	ni le fils-de-Saturne
ἐλελίξαις	ayant fait-tourner (lancé)
ἀστεροπὰν	l'éclair (la foudre)
ἐπώτρυνε	n'excitait *eux*
μαργουμένους	devenus-furieux
στείχειν οἴκοθεν,	à marcher (partir) de la maison,
ἀλλὰ φείσασθαι	mais à s'abstenir
κελεύθου.	du chemin (de l'expédition).
(Στροφὴ ε'.)	(*Strophe V.*)
Ἆρα δὲ	Ainsi donc
ὅμιλος σπεῦδεν	la foule (l'armée) se hâtait
ἱκέσθαι	d'arriver
ἐς ἄταν φαινομέναν	pour un malheur (désastre) manifeste
σὺν ὅπλοισι χαλκέοις	avec *ses* armes d'-airain
ἔντεσί τε ἱππείοις·	et *ses* équipements de-chevaux;
ἐπὶ ὄχθαισι δὲ Ἰσμηνοῦ	et sur les bords de l'Ismène
ἐρυσσάμενοι	ayant arrêté (perdu)
γλυκὺν νόστον	le doux retour
πίαναν σώμασι	ils engraissèrent de *leurs* corps
λευκανθέα καπνόν·	la blanche fumée;
ἑπτὰ γὰρ πυραὶ	car sept bûchers
δαίσαντο	consumèrent
φῶτας νεογυίους·	*ces* hommes aux-membres-jeunes;

ἑπτὰ γὰρ δαίσαντο πυραὶ νεογυίους φῶτας· ὁ δ' Ἀμ-
φιάρῃ σχίσσεν κεραυνῷ παμβίᾳ
Ζεὺς τὰν βαθύστερνον χθόνα, κρύψεν δ' ἅμ' ἵπποις,

(Στροφὴ ς'.)

δουρὶ Περικλυμένου [1] πρὶν νῶτα τυπέντα μαχατὰν
θυμὸν αἰσχυνθῆμεν. Ἐν γὰρ δαιμονίοισι φόβοις φεύ-
γοντι καὶ παῖδες θεῶν.
Εἰ δυνατόν, Κρονίων, πεῖραν μὲν ἀγάνορα Φοινικοστόλων
ἐγχέων ταύταν θανάτου πέρι καὶ ζωᾶς ἀναβάλλομαι
ὡς πόρσιστα [2], μοῖραν δ' εὔνομον
αἰτέω σε παισὶν δαρὸν Αἰτναίων ὀπάζειν,

(Στροφὴ ζ'.)

Ζεῦ πάτερ, ἀγλαΐαισιν δ' ἀστυνόμοις ἐπιμῖξαι
λαόν. Ἐντί τοι φίλιπποί τ' αὐτόθι καὶ κτεάνων ψυχὰς
ἔχοντες κρέσσονας

mais, de son invincible foudre, Jupiter entr'ouvrit sous les pas d'Amphiaraos le vaste sein de la terre, et l'y engloutit avec ses coursiers,

(*Strophe VI.*)

avant que la lance de Périclymène l'atteignît par derrière, et que son cœur généreux en fût rempli de honte. Car, lorsque les dieux envoient l'épouvante, on voit fuir les enfants même des dieux. Fils de Saturne, si tu peux écouter ma prière, détourne bien loin l'épreuve terrible et mortelle des lances phéniciennes; fais que longtemps les fils d'Etna trouvent le bonheur dans de sages lois,

(*Strophe VII.*)

et que par toi, puissant Jupiter, ce peuple atteigne toutes les gloires. Là vivent des mortels amis des coursiers, et dont l'âme est

ὁ δὲ Ζεὺς	mais Jupiter
κεραυνῷ	avec *sa* foudre
παμβίᾳ	dont-la-force-triomphe-de-tout
σχίσσεν	fendit (entr'ouvrit)
Ἀμφιάρῃ	pour Amphiaraos
τὰν χθόνα βαθύστερνον,	la terre au-vaste-sein,
κρύψε δὲ	et *l'y* cacha (l'y engloutit)
ἅμα ἵπποις,	avec *ses* chevaux,
(Στροφὴ ς'.)	(*Strophe VI.*)
πρὶν	avant que *lui* (Amphiaraos)
τυπέντα νῶτα	frappé au dos
δουρὶ Περικλυμένου	par la lance de Périclymène
αἰσχυνθῆμεν	avoir (eût) été-rempli-de-honte
θυμὸν μαχατάν.	quant à *son* cœur belliqueux.
Ἐν γὰρ φόβοις	Car dans les épouvantes
δαιμονίοισι	envoyées-par-les-dieux
καὶ παῖδες θεῶν	même les fils des dieux
φεύγοντι.	prennent-la-fuite.
Εἰ δυνατόν,	Si *cela est* possible,
Κρονίων,	ô fils-de-Saturne,
ἀναβάλλομαι μὲν	je rejette (je te prie de rejeter)
ὡς πόρσιστα	le plus loin possible
ταύταν πεῖραν	cette épreuve
ἀγάνορα	vaillante (terrible)
ἐγχέων Φοινικοστόλων	des piques envoyées-par-les-Phéniciens
περὶ θανάτου	*qui décide* de la mort
καὶ ζωᾶς,	et de la vie,
αἰτέω δέ σε	et je prie toi
ὀπάζειν δαρὸν	de donner longtemps
παισὶν Αἰτναίων	aux enfants des Etnéens
μοῖραν εὔνομον,	un lot de-bonnes-lois,
(Στροφὴ ζ'.)	(*Strophe VII.*)
πάτερ Ζεῦ,	père (dieu) Jupiter)
ἐπιμεῖξαι δὲ λαὸν	et mêle (dote) *ce* peuple
ἀγλαΐαισιν ἀστυνόμοις.	d'ornements (de gloires) civiles.
Ἐντί τοι αὐτόθι	Il y a assurément là
ἄνδρες	des hommes
φίλιπποί τε	et amis-des-chevaux
καὶ ἔχοντες ψυχὰς	et qui ont des âmes
κρέσσονας κτεάνων.	supérieures aux richesses.

ἄνδρες. Ἄπιστον εἶπ'· αἰδὼς γὰρ ὑπὸ κρύφα κέρδει
κλέπτεται [1],
ἃ φέρει δόξαν. Χρομίῳ κεν ὑπασπίζων [2] παρὰ πεζοβόαις [3] ἵπποις τε ναῶν τ' ἐν μάχαις
ἔκρινας ἂν κίνδυνον [4] ὀξείας ἀϋτᾶς,

(Στροφὴ η'.)

οὕνεκεν ἐν πολέμῳ κείνα θεὸς [5] ἔντυεν αὐτοῦ
θυμὸν αἰχματὰν ἀμύνειν λοιγὸν Ἐνυαλίου. Παῦροι
δὲ βουλεῦσαι φόνου
παρποδίου νεφέλαν [6] τρέψαι ποτὶ δυσμενέων ἀνδρῶν
στίχας
χερσὶ καὶ ψυχᾷ δυνατοί· λέγεται μὰν Ἕκτορι μὲν κλέος
ἀνθῆσαι Σκαμάνδρου χεύμασιν
ἀγχοῦ, βαθυκρήμνοισι δ' ἀμφ' ἀκταῖς Ἑλώρου [7],

(Στροφὴ θ'.)

ἔνθ' Ἀρέας πόρον ἄνθρωποι καλέοισι [8], δέδορκεν

au-dessus des richesses. Qui le pourra croire? car presque toujours l'honneur, l'honneur qui donne la gloire, est secrètement étouffé par l'amour du gain. Si vous eussiez porté le bouclier de Chromios au milieu des fantassins et des chevaux, et dans les combats de mer, vous auriez compris, au sein de la mêlée et de ses cris aigus,

(*Strophe VIII.*)

que dans la guerre ce dieu de l'honneur excitait son âme intrépide à repousser de sa patrie le fléau de Mars. Peu d'hommes savent trouver à la fois dans leur bras et dans leur cœur la force de détourner contre les rangs ennemis le nuage de sang qui s'avance contre eux. On dit que la gloire fleurit pour Hector près des eaux du Scamandre; c'est sur les bords escarpés de l'Hélore,

(*Strophe IX.*)

dans ce lieu que les hommes ont appelé passage d'Aréa, que son

Ἔειπα ἄπιστον·	J'ai dit une chose incroyable :
αἰδὼς γάρ,	car le sentiment-de-l'honneur,
ἃ φέρει δόξαν,	qui apporte la gloire,
ὑποκλέπτεται κρύφα	est dérobé en secret
κέρδει.	par *l'amour du* gain.
Ὑπασπίζων	Portant-le-bouclier (étant écuyer)
Χρομίῳ	à Chromios
παρὰ	près *des soldats*
πεζοβόαις	qui-poussent-le-cri-de-guerre-à-pied
ἵπποις τε	et des chevaux
ἔν τε μάχαις ναῶν	et dans les combats des vaisseaux
ἔκρινάς κεν	tu aurais jugé
ἂν κίνδυνον	dans le danger
ἀυτᾶς ὀξείας,	du cri-de-bataille aigu,
(Στροφὴ η'.)	(*Strophe VIII.*)
οὕνεκεν ἐν πολέμῳ	que dans la guerre
κείνα	ce *sentiment d'honneur*
θεὸς	*qui est* un dieu *pour lui*
ἔντυε	disposait
θυμὸν αἰχματὰν αὐτοῦ	le cœur belliqueux de lui
ἀμύνειν	à repousser *de sa patrie*
λοιγὸν Ἐνυαλίου.	le fléau de Mars.
Παῦροι δὲ	Or peu d'*hommes*
δυνατοὶ βουλεῦσαι	*sont* capables de prendre-un-parti
τρέψαι ποτὶ στίχας	pour tourner contre les rangs
ἀνδρῶν δυσμενέων	des hommes (guerriers) ennemis
χερσὶ καὶ ψυχᾷ	avec les mains (le bras) et l'âme
νεφέλαν φόνου	le nuage de carnage
παρποδίου·	situé-devant-*leurs*-pieds :
λέγεται μὰν	on dit à la vérité
κλέος μὲν ἀνθῆσαι	que la gloire avoir (a) fleuri
Ἕκτορι	pour Hector
ἀγχοῦ χεύμασι	près des courants
Σκαμάνδρου,	du Scamandre,
ἀμφὶ δὲ ἀκταῖς	mais autour des bords
βαθυκρήμνοισιν	aux-profonds-précipices
Ἑλώρου,	de l'Hélore,
(Στροφὴ θ'.)	(*Strophe IX.*)
ἔνθα ἄνθρωποι	où (dans le lieu que) les hommes
καλέοισι πόρον Ἀρέας,	appellent le passage d'Aréa,

παιδὶ τοῦτ' Ἀγησιδάμου φέγγος ἐν ἁλικίᾳ πρώτᾳ·
τὰ δ' ἄλλαις ἁμέραις
πολλὰ μὲν ἐν κονίᾳ χέρσῳ, τὰ δὲ γείτονι πόντῳ φάσομαι [1].
Ἐκ πόνων δ', οἳ σὺν νεότατι γένωνται σύν τε δίκᾳ,
τελέθει πρὸς γῆρας αἰὼν ἁμέρα.
Ἴστω [2] λαχὼν πρὸς δαιμόνων θαυμαστὸν ὄλβον.

(Στροφὴ ι'.)

Εἰ γὰρ ἅμα κτεάνοις πολλοῖς ἐπίδοξον ἄρηται
κῦδος, οὐκέτ' ἔστι πόρσω θνατὸν ἔτι σκοπιᾶς ἄλλας [3]
ἐφάψασθαι ποδοῖν.
Ἁσυχίαν δὲ φιλεῖ μὲν συμπόσιον· νεοθαλὴς δ' αὔξεται
μαλθακᾷ νικαφορία σὺν ἀοιδᾷ [4]· θαρσαλέα δὲ παρὰ
κρητῆρα φωνὰ γίγνεται.
Ἐγκιρνάτω τίς μιν [5], γλυκὺν κώμου προφάταν,

éclat a brillé pour le fils d'Agésidame encore dans le premier âge, et, j'en donne ma foi, en d'autres jours son bras a accompli nombre d'exploits, et sur la terre poudreuse et sur la mer qui baigne la Sicile. Or, les travaux de la jeunesse, quand la justice les approuve, assurent le repos du vieillard. Que Chromios le sache, les dieux lui ont accordé un bonheur digne d'envie.

(*Strophe X.*)

Car si à de grandes richesses il a joint une éclatante renommée, mortel, il ne peut atteindre plus haut. Les festins veulent un esprit tranquille; grâce au bienfait de la poésie, la victoire grandit comme une jeune plante; près du cratère la voix s'enhardit. Que le mélange se fasse; que le cratère, rempli jusqu'aux bords, nous annonce le commencement du festin;

τοῦτο φέγγος δέδορκε	cet éclat a brillé
παιδὶ Ἁγησιδάμου	pour le fils d'Agésidame
ἐν πρώτᾳ ἁλικίᾳ·	dans le premier âge;
φάσομαι δὲ	et j'affirmerai (j'affirme)
πολλὰ	de nombreux *exploits avoir été faits* [*par lui*
ἄλλαις ἁμέραις,	dans d'autres jours,
τὰ μὲν	les uns
ἐν χέρσῳ κονίᾳ,	sur la terre-ferme poudreuse,
τὰ δὲ πόντῳ γείτονι.	les autres sur la mer voisine.
Ἐκ πόνων δέ,	Or des travaux,
οἳ γένωνται	qui ont eu lieu (ont été accomplis)
σὺν νεότατι	avec (pendant) la jeunesse
σύν τε δίκᾳ,	et avec (conformément à) la justice,
τελέθει αἰὼν ἁμέρα	existe (résulte) une vie douce
πρὸς γῆρας.	pour la vieillesse.
Ἴστω	Que *Chromios* sache
λαχὼν	ayant (qu'il a) obtenu
πρὸς δαιμόνων	de la part des dieux
ὄλβον θαυμαστόν.	un bonheur admirable (merveilleux).
(Στροφὴ ί.	(*Strophe X.*)
Εἰ γὰρ	Car si
ἅμα κτεάνοις πολλοῖς	avec des biens considérables
ἄρηται	il a enlevé (acquis)
κῦδος ἐπίδοξον,	une illustration glorieuse,
οὐκέτι ἔστι	il n'est plus *possible*
θνατὸν	*lui* mortel
πόρσω	*allant* en avant
ἐφάψασθαι ἔτι ποδοῖν	toucher (atteindre) encore de *ses* pieds
ἄλλας σκοπιᾶς.	un autre sommet.
Συμπόσιον μὲν δὲ	Or le festin
φιλεῖ ἁσυχίαν·	aime la tranquillité *d'esprit;*
νικαφορία δὲ	et la victoire
νεοθαλὴς	récemment-fleurie (récente)
αὔξεται σὺν ἀοιδᾷ μαλθακᾷ·	grandit avec un chant doux;
φωνὰ δὲ γίγνεται θαρσαλέα	et la voix devient hardie
παρὰ κρατῆρα.	auprès du cratère.
Τὶς	Que quelqu'un
ἐγκιρνάτω μιν,	mélange lui (le cratère),
γλυκὺν προφάταν	le doux *cratère* qui-annonce
κώμου,	le festin,

(Στροφὴ ια'.)

ἀργυρέαισι δὲ νωμάτω φιάλαισι βιατὰν
ἀμπέλου παῖδ', ἅς ποθ' ἵπποι κτησάμεναι Χρομίῳ πέμψαν [1] θεμιπλέκτοις ἅμα
Λατοΐδα στεφάνοις ἐκ τᾶς ἱερᾶς Σικυῶνος. Ζεῦ πάτερ,
εὔχομαι ταύταν ἀρετὰν [2] κελαδῆσαι σὺν Χαρίτεσσιν,
ὑπὲρ πολλῶν [3] τε τιμαλφεῖν λόγοις
νίκαν, ἀκοντίζων σκοποῦ ἄγχιστα Μοισᾶν.

(Strophe XI.)

qu'on verse la liqueur généreuse du raisin dans les coupes d'argent que ses cavales victorieuses rapportèrent un jour à Chromios de Sicyone la sainte, avec les belles guirlandes du fils de Latone. Grand Jupiter, fais que les Grâces m'aident à célébrer les vertus de ce héros, et que, pour honorer sa victoire, supérieur à tous mes rivaux, j'atteigne le but que se propose ma Muse.

(Στροφὴ ια'.)	(*Strophe XI.*)
νωμάτω δὲ	et qu'il distribue
παῖδα βιατὰν	le fils impétueux
ἀμπέλου	de la vigne
φιάλαισιν ἀργυρέαισιν,	dans les coupes d'-argent,
ἅς ποτε	qu'un jour
ἵπποι πέμψαν	*ses* cavales envoyèrent (rapportèrent)
Χρομίῳ	à Chromios
ἐκ τᾶς ἱερᾶς Σικυῶνος,	de la sacrée Sicyone,
κτησάμεναι	*les* ayant acquises (gagnées)
ἅμα στεφάνοις	avec les couronnes
θεμιπλέκτοις	artistement-tressées
Λατοΐδα.	du fils-de-Latone.
Πάτερ Ζεῦ,	Père (dieu) Jupiter,
εὔχομαι	je souhaite
κελαδῆσαι	de faire-retentir (célébrer)
ταύταν ἀρετὰν	cette vertu (les louanges de Chromius)
σὺν Χαρίτεσσι,	avec les Grâces,
τιμαλφεῖν τε νίκαν	et d'honorer *cette* victoire
λόγοις	par *mes* discours
ὑπὲρ πολλῶν,	supérieurement à beaucoup d'*autres*,
ἀκοντίζων	lançant-le-javelot
ἄγχιστα	le plus près *possible*
σκοποῦ Μοισᾶν.	du but des Muses.

ΕΙΔΟΣ Γ'.

ΘΕΑΙῼ ΑΡΓΕΙῼ

ΠΑΛΑΙΣΤΗ.

(Στροφὴ α'.)

Δαναοῦ [1] πόλιν ἀγλαοθρόνων τε πεντήκοντα κορᾶν,
Χάριτες [2],
Ἄργος Ἥρας δῶμα θεοπρεπὲς [3] ὑμνεῖτε· φλέγεται δ'
ἀρεταῖς [4]
μυρίαις ἔργων θρασέων ἕνεκεν.
Μακρὰ μὲν τὰ Περσέος ἀμφὶ Μεδοίσας Γοργόνος [5]·
πολλὰ δ' Αἰγύπτῳ τὰ κατῴκισεν ἄστη ταῖς Ἐπάφου
παλάμαις [6]·
οὐδ' Ὑπερμνήστρα παρεπλάγχθη, μονόψαφον ἐν κο-
λεῷ κατασχοῖσα ξίφος [7].

(Ἀντιστροφὴ α'.)

Διομήδεα δ' ἄμβροτον ξανθά ποτε Γλαυκῶπις ἔθηκε
θεόν [8]·

(Strophe I.)

Grâces, chantez la ville de Danaos et de ses cinquante filles aux trônes éclatants, Argos, digne séjour de Junon; Argos, que les exploits de ses vaillants héros font resplendir de gloire. Il faut un long récit pour célébrer le triomphe de Persée sur la Gorgone Méduse; et les nombreuses cités qu'Argos fonda en Égypte par les mains d'Épaphos; et la vertueuse Hypermnestre, qui seule retint son glaive dans le fourreau.

(Antistrophe I.)

Jadis la blonde déesse aux yeux bleus fit de Diomède un immor-

ODE X.

A THÉÉOS D'ARGOS,

VAINQUEUR A LA LUTTE.

(Στροφὴ α'.)	(*Strophe I.*)
Χάριτες,	Grâces,
ὑμνεῖτε	chantez
πόλιν Δαναοῦ	la ville de Danaos
πεντήκοντά τε κορᾶν	et de *ses* cinquante filles
ἀγλαοθρόνων,	aux-trônes-éclatants,
Ἄργος,	Argos,
δῶμα Ἥρας	séjour de Junon
θεοπρεπές·	convenable-à-une-divinité;
φλέγεται δὲ	or elle (Argos) resplendit
μυρίαις	de dix mille (d'innombrables)
ἀρεταῖς	vertus (gloires)
ἕνεκεν ἔργων θρασέων.	grâce à des actions hardies.
Τὰ μὲν Περσέος	Les *exploits* de Persée
ἀμφὶ Μεδοίσας Γοργόνος	au sujet de Méduse la Gorgone
μακρά·	*sont* longs *à raconter;*
πολλὰ δὲ ἄστη	et nombreuses *sont* les villes
τὰ κατῴκισεν	qu'*Argos* a fondées
Αἰγύπτῳ	en Égypte
ταῖς παλάμαις Ἐπάφου·	par les mains d'Epaphos;
οὐδὲ Ὑπερμνήστρα	et Hypermnestre
παρεπλάγχθη,	ne fut pas égarée (ne faillit point),
κατασχοῖσα κολεῷ	ayant retenu dans le fourreau
ξίφος μονόψαφον.	*son* glaive seul.
(Ἀντιστροφὴ α'.)	(*Antistrophe I.*)
Ξανθὰ δὲ Γλαυκῶπις	Et la blonde *déesse* aux-yeux-bleus
ἔθηκέ ποτε	établit (fit devenir) un jour
Διομήδεα	Diomède
θεὸν ἄμβροτον·	dieu immortel;

γαῖα δ' ἐν Θήβαις ὑπέδεκτο κεραυνωθεῖσα Διὸς βέλεσιν
μάντιν Οἰκλείδαν, πολέμοιο νέφος [1]·
καὶ γυναιξὶν καλλικόμοισιν ἀριστεύει [2]. Πάλαι
Ζεὺς ἐπ' Ἀλκμήναν Δανάαν τε μολὼν τοῦτον κατέφανε λόγον [3]·
πατρί τ' Ἀδράστοιο Λυγκεῖ τε φρενῶν καρπὸν εὐθείᾳ συνάρμοξεν δίκᾳ [4]·

(Ἐπῳδὸς α'.)

θρέψε δ' αἰχμὰν Ἀμφιτρύωνος [5]. Ὁ δ' ὄλβῳ φέρτατος
ἵκετ' ἐς κείνου γενεάν, ἐπεὶ ἐν χαλκέοις ὅπλοις
Τηλεβόας ἔναρεν, καί οἱ ὄψιν ἐειδόμενος
ἀθανάτων βασιλεὺς αὐλὰν ἐσῆλθεν
σπέρμ' ἀδείμαντον φέρων Ἡρακλέος [6]· οὗ κατ' Ὄλυμπον
ἄλοχος Ἥβα τελείᾳ [7] παρὰ ματέρι βαίνοισ' ἔστι, καλλίστα θεῶν.

tel; le sol thébain, frappé par Jupiter, s'entr'ouvrit sous ses traits, et reçut dans ses entrailles le devin fils d'OEclée, ce foudre de guerre. Argos n'est pas moins célèbre par ses femmes à la belle chevelure : Jupiter, lorsqu'il vint près d'Alcmène et de Danaé, justifia ce renom; c'est lui qui unit dans le père d'Adraste et dans Lyncée la saine raison et la droite justice;

(Épode I.)

c'est lui qui fit grandir la valeur d'Amphitryon. Celui-ci, le plus fortuné des hommes, entra dans l'alliance du Dieu; couvert d'une armure d'airain, il exterminait les Téléboens, quand le roi des immortels emprunta ses traits, et pénétra dans son palais, apportant la semence généreuse d'où devait sortir l'intrépide Hercule; Hercule, l'époux d'Hébé, qui s'avance dans l'Olympe aux côtés de sa mère, protectrice de l'hyménée, et surpasse en beauté toutes les déesses

ἐν δὲ Θήβαις	et à Thèbes
γαῖα κεραυνωθεῖσα	la terre frappée-de-la-foudre
βέλεσι Διὸς	par les traits de Jupiter
ὑπεδέξατο μάντιν Οἰκλείδαν,	reçut le devin fils-d'Œclée,
νέφος πολέμοιο·	nuage (tempête, foudre) de guerre;
καὶ ἀριστεύει	elle (Argos) se distingue aussi
γυναιξὶ	par *ses* femmes
καλλικόμοισι.	à-la-belle-chevelure.
Πάλαι Ζεὺς	Jadis Jupiter
μολὼν ἐπὶ Ἀλκμήναν	étant venu vers Alcmène
Δανάαν τε	et *vers* Danaé
κατέφανε	a démontré (confirmé)
τοῦτον λόγον·	ce discours (renom);
συνέμιξέ τε	et il adapta (joignit)
δίκᾳ εὐθείᾳ	à une justice droite
καρπὸν φρενῶν	le fruit (la maturité) de l'esprit
πατρὶ Ἀδράστοιο	au père d'Adraste
Λυγκεῖ τε·	et à Lyncée;
(Ἐπῳδὸς α΄.)	(*Épode I.*)
θρέψε δὲ	et il nourrit (fit grandir)
αἰχμὰν Ἀμφιτρύωνος.	la lance d'Amphitryon.
Ὁ δὲ	Et lui (Amphitryon)
φέρτατος ὄλβῳ	très-distingué par *son* bonheur
ἵκετο ἐς γενεὰν	vint (entra) dans la famille
κείνου,	de celui-là (de Jupiter),
ἐπεὶ	après que
ἐν ὅπλοις χαλκέοις	dans (sous) des armes d'-airain
ἔναρε Τηλεβόας,	il eut détruit les Téléboens,
καὶ βασιλεὺς ἀθανάτων	et que le roi des immortels
εἰδόμενός οἱ	ressemblant à lui
ὄψιν	par l'aspect (le corps)
ἐσῆλθεν αὐλάν,	fut entré dans *son* palais,
φέρων σπέρμα ἀδείμαντον	apportant la semence intrépide
Ἡρακλέος·	d'Hercule;
οὗ Ἥβα	*d'Hercule*, duquel Hébé
βαίνοισα κατὰ Ὄλυμπον	marchant dans l'Olympe
παρὰ ματέρι	près de *sa* mère
τελείᾳ	qui-préside-aux-mariages
ἐστὶν ἄλοχος,	est l'épouse,
καλλίστα θεῶν.	*Hébé* la plus belle des déesses.

(Στροφὴ β'.)

Βραχύ μοι στόμα πάντ' ἀναγήσασθ', ὅσων Ἀργεῖον
ἔχει τέμενος[1]
μοῖραν ἐσλῶν· ἔστι δὲ καὶ κόρος ἀνθρώπων βαρὺς
ἀντιάσαι·
ἀλλ' ὅμως εὔχορδον ἔγειρε λύραν,
καὶ παλαισμάτων λάβε φροντίδ'· ἀγών τοι χάλκεος[2]
δᾶμον ὀτρύνει ποτὶ βουθυσίαν[3] Ἥρας ἀέθλων τε κρίσιν[4]·
Οὐλία παῖς ἔνθα νικάσαις δὶς ἔσχεν Θεαῖος εὐφόρων
λάθαν πόνων.

(Ἀντιστροφὴ β'.)

Ἐκράτησε δὲ καί ποθ' Ἕλλανα στρατὸν[5] Πυθῶνι,
τύχᾳ τε μολὼν
καὶ τὸν Ἰσθμοῖ καὶ Νεμέᾳ στέφανον, Μοίσαισί τ'
ἔδωκ' ἀρόσαι[6],
τρὶς μὲν ἐν πόντοιο πύλαισι[7] λαχών,
τρὶς δὲ καὶ σεμνοῖς δαπέδοις ἐν Ἀδραστείῳ νόμῳ[8].

(*Strophe II.*)

Ma voix manque de force pour énumérer tous les biens qui sont le partage du sol sacré d'Argos; et d'ailleurs il faut se garder de soulever l'envie des hommes en ne mesurant pas ses louanges. Courage pourtant, ô ma muse; anime les cordes sonores de ta lyre, et que les luttes occupent ta pensée; le combat dont un bouclier d'airain est le prix, appelle le peuple aux Hécatombes de Junon et à la lutte des athlètes; c'est là que deux fois le fils d'Hylias, Thééos, a trouvé dans la victoire l'oubli de fatigues légères à son courage.

(*Antistrophe II.*)

Un autre jour il vainquit à Pytho les athlètes accourus de toute la Grèce; sa fortune le suivit encore à l'Isthme et à Némée, où il remporta la couronne; et trois fois triomphant aux portes de la mer, trois fois dans les plaines augustes où règnent les lois d'Adraste, il a ouvert un vaste champ aux travaux des Muses. Puissant Jupiter, sa

(Στροφὴ β'.)	(*Strophe II.*)
Στόμα βραχὺ	Une bouche petite (faible)
μοὶ	*est* à moi
ἀναγήσασθαι	pour raconter
πάντα,	toutes *les choses avantageuses,*
ὅσων ἐσλῶν	desquelles choses avantageuses
τέμενος Ἀργεῖον	l'enceinte (ville)-sacrée d'-Argos
ἔχει μοῖραν·	a le lot (qu'elle a en partage);
καὶ κόρος δὲ ἀνθρώπων	et aussi le dégoût des hommes
ἐστὶ βαρὺς ἀντιάσαι·	est lourd à rencontrer (encourir);
ἀλλὰ ὅμως ἔγειρε	mais cependant éveille (anime)
λύραν εὔχορδον,	la lyre aux-belles-cordes,
καὶ λάβε φροντίδα	et prends souci (occupe-toi)
παλαισμάτων·	des luttes;
ἀγών τοι	or le combat
χάλκεος	d'-airain (pour un bouclier d'airain)
ὀτρύνει δᾶμον	pousse le peuple
ποτὶ βουθυσίαν	vers le sacrifice-de-bœufs
Ἥρας	de Junon
κρίσιν τε ἀέθλων·	et le combat des luttes
ἔνθα παῖς Οὐλία	où le fils d'Hylias
Θεαῖος νικάσαις δὶς	Thééos ayant vaincu deux fois
ἔσχε λάθαν	a eu (trouvé) l'oubli
πόνων εὐφόρων.	de peines faciles-à-supporter.
(Ἀντιστροφὴ β'.)	(*Antistrophe II.*)
Καί ποτε δὲ	Et un jour encore
ἐκράτησε Πυθῶνι	il vainquit à Pytho
στρατὸν Ἑλλάνων,	l'armée (la réunion) grecque,
μολών τε	et étant venu
τύχᾳ	avec une heureuse-fortune
καὶ τὸν στέφανον	*il vainquit* (remporta) aussi la couronne
Ἰσθμοῖ καὶ Νεμέᾳ,	à l'Isthme et à Némée,
ἔδωκέ τε Μοίσαισιν	et donna aux Muses
ἀρόσαι,	à labourer (des sujets de travail),
λαχὼν	ayant obtenu *la couronne*
τρὶς μὲν ἐν πύλαισι πόντου,	trois fois aux portes de la mer,
τρὶς δὲ καὶ	et trois fois aussi
δαπέδοις σεμνοῖς	dans les plaines augustes *de Némée*
ἐν νόμῳ	dans (conformément à) la loi
Ἀδραστείῳ.	d'-Adraste.

Ζεῦ πάτερ, τῶν μὰν ἔραται φρενὶ σιγᾷ οἱ στόμα· πᾶν δὲ τέλος
ἐν τὶν ἔργων· οὐδ' ἀμόχθῳ καρδίᾳ προσφέρων τόλμαν παραιτεῖται χάριν[1]·

(Ἐπῳδὸς β'.)

γνωτὰ Θειαίῳ τε καὶ ὅστις ἁμιλλᾶται περὶ
ἐσχάτων ἀέθλων κορυφαῖς. Ὕπατον δ' ἔσχεν Πίσα[2]
Ἡρακλέος τεθμόν· ἀδεῖαί γε μὲν ἀμβολάδαν[3]
ἐν τελεταῖς δὶς Ἀθαναίων νιν ὀμφαὶ
κώμασαν· γαίᾳ δὲ καυθείσᾳ πυρὶ καρπὸς ἐλαίας
ἔμολεν Ἥρας τὸν εὐάνορα λαὸν ἐν ἀγγέων ἕρκεσιν παμποικίλοις[4].

(Στροφὴ γ'.)

Ἕπεται δέ, Θεαῖε, ματρώων πολύγνωτον γένος ὑμετέρων

bouche n'ose avouer ce que son cœur désire; mais de toi dépendent tous les succès : il a fait preuve de bravoure, et son âme n'est pas assez lâche pour repousser la gloire.

(*Épode II.*)

La gloire, elle est connue de lui et de tous ceux qui disputent le prix des luttes sublimes. Mais Pise possède seule les pompes suprêmes dont Hercule fixa les lois. Deux fois du moins, dans les fêtes d'Athènes, de douces voix l'ont célébré dans leurs préludes, et l'argile durcie au feu, dans les flancs de ses vases aux mille couleurs, a rapporté chez le peuple belliqueux de Junon le fruit de l'olivier.

(*Strophe III.*)

O Thééos, d'heureux combats ont souvent attaché la gloire au nom

Πάτερ Ζεῦ,	Père (grand) Jupiter,
στόμα μὰν σιγᾷ οἱ	à la vérité la bouche se tait à lui
τῶν ἔραται	sur ce qu'il désire
φρενί·	dans *son* cœur;
πᾶν δὲ τέλος ἔργων	mais tout accomplissement de travaux
ἐν τίν·	*est* en toi (dépend de toi);
οὐδὲ προσφέρων τόλμαν	et *lui* qui-apporte (montre) de l'audace
παραιτεῖται	n'écarte-pas-par-ses-prières
χάριν	*cette* faveur (la gloire)
καρδίᾳ ἀμόχθῳ·	par un cœur ennemi-du-travail :
(Ἐπῳδὸς β'.)	(*Épode II.*)
γνωτὰ	*elle est* connue
Θεαίῳ τε	et de Thééos
καὶ ὅστις ἁμιλλᾶται	et de quiconque rivalise
περὶ κορυφαῖς	au sujet du faîte (de la couronne)
ἀέθλων ἐσχάτων.	des luttes les plus hautes.
Πίσα δὲ ἔσχε	Or Pise a eu (possède)
τεθμὸν ὕπατον	la loi (l'institution) très-haute
Ἡρακλέος·	d'Hercule;
δίς γε μὲν	deux fois cependant
ἐν τελεταῖς Ἀθαναίων	dans les fêtes des Athéniens
ὀμφαὶ ἀδεῖαι	des voix agréables
ἀμβολάδαν	en préludant
κώμασάν νιν·	ont chanté lui;
γαίᾳ δὲ	et dans la terre
καυθείσᾳ πυρὶ	brûlée (cuite) par le feu
καρπὸς ἐλαίας	le fruit de l'olivier
ἔμολε	est venu (a été apporté)
τὸν λαὸν Ἥρας	chez le peuple de Junon
εὐάνορα	fécond-en-hommes-braves
ἐν ἕρκεσι	dans les cloisons
παμποικίλοις	peintes-de-diverses-couleurs
ἀγγέων.	de vases *qui le renfermaient.*
(Στροφὴ γ'.)	(*Strophe III.*)
Τιμὰ δὲ	Mais l'honneur
εὐάγων	qui-résulte-d'heureux-combats
ἕπεται θαμάκις,	suit (accompagne) souvent,
Θεαῖε,	ô Thééos,
γένος πολύγνωτον	la race bien-connue (fameuse)
ὑμετέρων ματρώων	de vos aïeuls-maternels

εὐάγων τιμὰ Χαρίτεσσί τε καὶ σὺν Τυνδαρίδαις θαμάκις [1].
Ἀξιωθείην κεν, ἐὼν Θρασύκλου
Ἀντία τε ξύγγονος, Ἄργεϊ μὴ κρύπτειν φάος
ὀμμάτων [2]. Νικαφορίαις γὰρ ὅσαις Προίτοιο τόδ' ἱπποτρόφον
ἄστυ θάλησεν Κορίνθου τ' ἐν μυχοῖς καὶ Κλεωναίων πρὸς ἀνδρῶν τετράκις [3]·

(Ἀντιστροφὴ γ'.)

Σικυωνόθε δ' ἀργυρωθέντες σὺν οἰνηραῖς φιάλαις ἐπέβαν [4],
ἐκ δὲ Πελλάνας [5] ἐπιεσσάμενοι νῶτον μαλακαῖσι κρόκαις·
ἀλλὰ χαλκὸν μυρίον οὐ δυνατὸν
ἐξελέγχειν [6]· μακροτέρας γὰρ ἀριθμῆσαι σχολᾶς·
ὅντε Κλείτωρ καὶ Τεγέα καὶ Ἀχαιῶν ὑψίβατοι πόλιες
καὶ Λύκαιον πὰρ Διὸς [7] θῆκε δρόμῳ σὺν ποδῶν χειρῶν τε νικᾶσαι σθένει [8].

de ses ancêtres, que protégeaient les Grâces et les deux petits-fils de Tyndare. Si j'étais du sang de Thrasyclos et d'Antias, certes Argos ne me verrait point baisser les yeux. Combien de fois la cité de Prétoe, féconde en coursiers, n'a-t-elle point cueilli les fleurs de la victoire, et dans les vallées de Corinthe, et dans l'arène où les juges de Cléonée l'ont couronnée quatre fois!

(Antistrophe III.)

Ils ont rapporté de Sicyone de riches coupes d'argent; ils sont revenus de Pellène les épaules couvertes de moëlleux tissus. Mais qui pourrait trouver assez de loisir pour compter tous ces prix d'airain que Clitor, et Tégée, et les villes superbes des Achéens, et le Lycée, ont exposés dans l'enceinte sacrée de Jupiter pour devenir la conquête ou du coureur agile ou du lutteur vigoureux

σὺν Χαρίτεσσί τε	avec *la faveur* et *des* Grâces
καὶ Τυνδαρίδαις.	et *des* Tyndarides.
Ἀξιωθείην κεν,	Je me-croirais-digne,
ἐὼν ξύγγονος	étant de-la-même-famille
Θρασύκλου	de (que) Thrasyclos
Ἀντία τε,	et Antias,
μὴ κρύπτειν Ἄργεϊ	de ne pas cacher (voiler) dans Argos
φάος ὀμμάτων.	l'éclat de *mes* yeux.
Ὅσσαις γὰρ	Car par combien
νικαφορίαις	de victoires-remportées
τόδε ἄστυ Προίτοιο	cette ville de Prétos
ἱπποτρόφον	qui-nourrit-des-chevaux
θάλησεν	a-t-elle-fleuri (été illustrée)
ἔν τε μυχοῖς	et dans les enfoncements (vallées)
Κορίνθου	de Corinthe
καὶ τετράκις	et quatre fois
πρὸς ἀνδρῶν Κλεωναίων·	de la part des hommes Cléonéens;
(Ἀντιστροφὴ γ'.)	*(Antistrophe III.)*
ἐπέβαν δὲ	et ils sont revenus *ici*
Σικυωνόθε	de Sicyone
ἀργυρωθέντες	ayant été récompensés-par-de-l'argent
σὺν φιάλαις	avec des coupes
οἰνηραῖς,	servant-à-renfermer-le-vin,
ἐκ δὲ Πελλάνας	et de Pellène
ἐπιεσσάμενοι νῶτον	s'étant revêtu le dos
κρόκαις μαλακαῖσιν·	de trames (d'étoffes) moelleuses;
ἀλλὰ οὐ δυνατὸν	mais *il n'est* pas possible
ἐξελέγχειν	d'apprécier-exactement
χαλκὸν μυρίον·	l'airain innombrable;
ἀριθμῆσαι γὰρ	car *le* compter (dénombrer)
σχολᾶς	*serait le fait* d'un loisir
μακροτέρας·	plus long *que le mien;*
ὅντε Κλείτωρ καὶ Τεγέα	*l'airain* que Clitor et Tégée
καὶ πόλιες ὑψίβατοι Ἀχαιῶν	et les villes hautes des Achéens
καὶ Λύκαιον	et le Lycée
θῆκε	ont déposé
πὰρ Διὸς	près de (dans) *l'enceinte* de Jupiter
νικᾶσαι	pour vaincre (être conquis)
σὺν δρόμῳ ποδῶν	avec (par) la course des pieds
σθένει τε χειρῶν.	et la force des mains.

('Επῳδὸς γ'.)

Κάστορος δ' ἐλθόντος ἐπὶ ξενίαν πὰρ Παμφάη [1]
καὶ κασιγνήτου Πολυδεύκεος, οὐ θαῦμα σφίσιν
ἐγγενὲς ἔμμεν ἀεθληταῖς ἀγαθοῖσιν· ἐπεὶ
εὐρυχόρου ταμίαι Σπάρτας ἀγώνων
μοῖραν Ἑρμᾷ καὶ σὺν Ἡρακλεῖ διέποντι θάλειαν,
μάλα μὲν ἀνδρῶν δικαίων περικαδόμενοι. Καὶ μὰν
θεῶν πιστὸν γένος [2].

(Στροφὴ δ'.)

Μεταμειβόμενοι δ' ἐναλλὰξ [3] ἁμέραν τὰν μὲν παρὰ πατρὶ φίλῳ
Δὶ νέμονται, τὰν δ' ὑπὸ κεύθεσι γαίας ἐν γυάλοις Θεράπνας [4],
πότμον ἀμπιπλάντες ὁμοῖον· ἐπεὶ
τοῦτον ἢ πάμπαν θεὸς ἔμμεναι οἰκεῖν τ' οὐρανῷ
εἵλετ' αἰῶνα φθιμένου Πολυδεύκης Κάστορος ἐν πολέμῳ.

(Épode III.)

Castor était venu avec son frère Pollux réclamer l'hospitalité de Pamphaès : faut-il s'étonner que dans cette famille on naisse excellent athlète ? Ces deux héros, gardiens des vastes murs de Sparte, règlent avec Mercure et Hercule, le brillant destin des luttes, et, pour le juste, leur cœur est rempli du plus tendre intérêt. Or, le sang des dieux est fidèle.

(Strophe IV.)

Tour à tour ils passent un jour près de Jupiter leur père, et un autre jour au sein de la terre, dans les tombeaux de Thérapné ; ils accomplissent le même destin : Pollux aima mieux vivre ainsi que d'être tout à fait dieu et d'habiter dans le ciel, après le combat où pé-

(Ἐπῳδὸς γ'.)	(*Épode III.*)
Κάστορος δὲ	Or Castor
ἐλθόντος πὰρ Παμφάη	étant venu chez Pamphaès
ἐπὶ ξενίαν	pour hospitalité
καὶ Πολυδεύκεος,	et *aussi* Pollux
κασιγνήτου,	frère *de Castor*,
οὐ θαῦμα	ce n'*est* pas chose-étonnante
ἐγγενὲς σφίσιν	*qu'il soit* inné-en eux
ἔμμεν ἀγαθοῖσιν ἀεθληταῖς·	d'être bons athlètes;
ἐπεὶ ταμίαι	puisque administrateurs (gardiens)
Σπάρτας	de Sparte
εὐρυχόρου	aux-vastes-danses (vaste)
διέποντι	*les Dioscures* gouvernent
σὺν Ἑρμᾷ καὶ Ἡρακλεῖ	avec Mercure et Hercule
μοῖραν θάλειαν	la destinée florissante
ἀγώνων,	des combats (luttes),
περικαδόμενοι μὲν μάλα	s'intéressant fortement
ἀνδρῶν δικαίων.	aux hommes justes.
Καὶ μὰν	Et assurément
γένος θεῶν πιστόν.	la race des dieux *est* fidèle.
(Στροφὴ δ'.)	(*Strophe IV.*)
Μεταμειβόμενοι δὲ	Mais changeant
ἐναλλὰξ	alternativement
νέμονται ἁμέραν	ils passent un jour
τὰν μὲν παρὰ Δὶ	l'un près de Jupiter
πατρὶ φίλῳ,	*leur* père chéri,
τὰν δὲ	et l'autre
ὑπὸ κεύθεσι	sous les cachettes (profondeurs)
γαίας	de la terre
ἐν γυάλοις	dans les cavités (tombeaux)
Θεράπνας,	de Thérapné,
πιμπλάντες	remplissant (accomplissant)
πότμον ὁμοῖον·	un destin semblable;
ἐπεὶ Πολυδεύκης	puisque Pollux
εἵλετο τοῦτον αἰῶνα	aima mieux cette vie
ἢ ἔμμεναι θεὸς	que d'être dieu
πάμπαν	tout à fait
οἰκεῖν τε οὐρανῷ,	et d'habiter dans le ciel,
Κάστορος φθιμένου	Castor ayant été tué
ἐν πολέμῳ.	dans un combat.

Τὸν γὰρ Ἴδας ἀμφὶ βουσίν πως χολωθεὶς [1] ἔτρωσεν χαλκέας λόγχας ἀκμᾷ.

(Ἀντιστροφὴ δ'.)

Ἀπὸ Ταϋγέτου πεδαυγάζων ἴδεν Λυγκεὺς δρυὸς ἐν στελέχει
ἡμένους [2]. Κείνου γὰρ ἐπιχθονίων πάντων γένετ' ὀξύτατον
ὄμμα. Λαιψηροῖς δὲ πόδεσσιν ἄφαρ
ἐξικέσθαν, καὶ μέγα ἔργον ἐμήσαντ' ὠκέως.
Καὶ πάθον δεινὸν παλάμαις Ἀφαρητίδαι Διός· αὐτίκα γὰρ
ἦλθε Λήδας παῖς διώκων· τοὶ δ' ἔναντα στάθεν τύμβῳ σχεδὸν πατρωΐῳ·

(Ἐπῳδὸς δ'.)

ἔνθεν ἁρπάξαντες ἄγαλμ' Ἀΐδα [3], ξεστὸν πέτρον,
ἔμβαλον στέρνῳ Πολυδεύκεος· ἀλλ' οὔ νιν φλάσαν,
οὐδ' ἀνέχασσαν [4]· ἐφορμαθεὶς δ' ἄρ' ἄκοντι θοῷ
ἤλασε Λυγκέος ἐν πλευραῖσι χαλκόν.

rit Castor. Transporté de courroux pour quelques bœufs, Idas avait frappé Castor d'un coup de sa lance d'airain.

(Antistrophe IV.)

Du haut du Taygète, Lyncée découvrit les Tyndarides cachés dans le tronc d'un chêne; car de tous les mortels aucun n'avait une vue plus perçante; soudain les fils d'Apharée s'élancent d'un pas rapide, et leur âme a bientôt conçu un audacieux dessein; mais la main de Jupiter s'appesantit cruellement sur eux. Le fils de Léda courut aussitôt à leur poursuite; eux, ils s'arrêtèrent pour lui faire face, auprès du tombeau de leur père;

(Épode IV.)

là, ils arrachèrent une pierre polie, ornement funéraire, et la lancèrent contre la poitrine de Pollux. Loin d'en être écrasé, le héros ne ralentit même pas sa course; il se précipite sur eux armé d'un javelot rapide, et plonge le fer dans les flancs de Lyncée. En même temps,

Ἴδας γάρ,	Car Idas,
χολωθείς πως	s'étant irrité en quelque sorte
ἀμφὶ βουσίν,	au sujet de bœufs,
ἔτρωσε τὸν	perça (avait percé) celui-ci (Castor)
ἀκμᾷ λόγχας χαλκέας.	de la pointe de *sa* lance d'-airain.
(Ἀντιστροφὴ δ'.)	(*Antistrophe IV.*)
Ἀπὸ Ταϋγέτου	Depuis le Taygète
Λυγκεὺς πεδαυγάζων	Lyncée examinant
ἴδεν	vit *eux* (Castor et Pollux)
ἡμένους	assis (cachés)
ἐν στελέχει δρυός.	dans le tronc d'un chêne.
Ὄμμα γὰρ κείνου	Car l'œil de lui (de Lyncée)
γένετο ὀξύτατον	était le plus perçant
πάντων ἐπιχθονίων.	de tous ceux sur-la-terre (de tous les mortels).
Ἄφαρ δὲ	Et soudain
ἐξικέσθαν	*les fils d'Apharée* partirent
πόδεσσι λαιψηροῖς,	avec des pieds agiles,
καὶ ὠκέως	et promptement
ἐμήσαντο μέγα ἔργον.	méditèrent une grande (hardie) action
Καὶ Ἀφαρητίδαι	Et les fils-d'Apharée
πάθον δεινὸν	éprouvèrent une chose terrible
παλάμαις Διός·	par les mains de Jupiter :
παῖς γὰρ Λήδας	car le fils de Léda
ἦλθεν αὐτίκα	vint aussitôt
διώκων·	*les* poursuivant ;
τοὶ δὲ στᾶθεν ἔναντα	et eux s'arrêtèrent en face *de lui*
σχεδὸν τύμβῳ πατρωΐῳ·	près du tombeau paternel ;
(Ἐπῳδὸς δ'.)	(*Épode IV.*)
ἔνθεν	de là
ἁρπάξαντες	ayant saisi
ἄγαλμα Ἀΐδα,	un ornement de Pluton (un cippe),
πέτρον ξεστόν,	pierre polie,
ἔμβαλον	ils *le* jetèrent
στέρνῳ Πολυδεύκεος·	contre la poitrine de Pollux ;
ἀλλὰ οὐ φλάσαν νιν,	mais ils ne broyèrent pas lui,
οὐδὲ ἀνέχασσαν·	ni ne *le* firent reculer ;
ἐφορμαθεὶς δὲ ἄρα	mais donc s'étant élancé-contre *eux*
ἄκοντι θοῷ	avec un javelot rapide
ἤλασε χαλκὸν	il poussa (enfonça) l'airain
ἐν πλευραῖσι Λ	dans les flancs de Lyncée.

Ζεὺς δ' ἐπ' Ἴδᾳ πυρφόρον πλᾶξε ψολόεντα κεραυνόν·
ἅμα δ' ἐκαίοντ' ἔρημοι. Χαλεπὰ δ' ἔρις ἀνθρώποις
ὁμιλεῖν κρεσσόνων [1].

(Στροφὴ ε'.)

Ταχέως δ' ἐπ' ἀδελφεοῦ βίαν πάλιν χώρησεν ὁ Τυνδαρίδας,
καί μιν οὔπω τεθναότ', ἄσθματι δὲ φρίσσοντα πνοὰς ἔκιχεν.
Θερμὰ δὴ τέγγων δάκρυα στοναχαῖς
ὄρθιον φώνασε· Πάτερ Κρονίων, τίς δὴ λύσις
ἔσσεται πενθέων [2]; καὶ ἐμοὶ θάνατον σὺν τῷδ' ἐπίτειλον, ἄναξ.
Οἴχεται τιμὰ φίλων τατωμένῳ φωτί [3]· παῦροι δ' ἐν πόνῳ πιστοὶ βροτῶν

(Ἀντιστροφὴ ε'.)

καμάτου μεταλαμβάνειν. Ὣς ἔννεπε· Ζεὺς δ' ἀντίος ἤλυθέ οἱ

Jupiter écrasait Idas de sa foudre fumante : les deux frères, abandonnés, furent consumés ensemble. Il est dangereux pour l'homme d'engager la lutte avec un plus fort.

(Strophe V.)

Bientôt le petit-fils de Tyndare retourne vers son frère ; il le retrouve vivant encore, mais sa respiration haletante n'était plus qu'un râle pénible. Il se prit à verser des larmes brûlantes, et au milieu de ses sanglots, il s'écriait : fils de Saturne, mon père, quel sera donc le terme de mes souffrances ? fais que la mort m'enlève avec lui, Dieu tout puissant ! Il n'est plus d'honneur pour l'homme qui perd ses amis ; ils sont si rares, ceux qui restent fidèles à l'infortune

(Antistrophe V.)

et qui prennent leur part de ses peines ! Ainsi parla Pollux ; Jupiter

Ζεὺς δὲ	Et Jupiter
πλᾶξεν ἐπὶ Ἴδᾳ	frappa (lança) sur Idas
κεραυνὸν πυρφόρον	*sa* foudre qui-porte-le-feu
ψολόεντα·	fumante ;
ἐρῆμοι δὲ	et abandonnés
καίοντο ἅμα.	ils furent brûlés ensemble.
Ἔρις δὲ	En effet la querelle (lutte)
κρεσσόνων	de (avec) de plus forts
ἀνθρώποις	*est* pour les hommes
χαλεπὰ ὁμιλεῖν.	fâcheuse (funeste) à aborder.
(Στροφὴ ε'.)	(*Strophe V.*)
Ταχέως δὲ ὁ Τυνδαρίδας	Et promptement le Tyndaride
χώρησε πάλιν	vint de nouveau (revint)
πρὸς βίαν	vers la force (le corps vigoureux)
ἀδελφεοῦ,	de *son* frère,
καὶ ἔκιχέ νιν	et il trouva lui
οὔπω τεθναότα,	pas encore mort,
φρίσσοντα δὲ	et étant-frissonnant (râlant)
πνοὰς	quant aux souffles
ἄσθματι.	par une-respiration-pénible.
Τέγγων δὴ	Mouillant (versant) donc
δάκρυα θερμὰ	des larmes chaudes
στοναχαῖς	avec des gémissements
φώνασεν ὄρθιον·	il dit à-haute-voix :
Κρονίων πάτερ,	Fils-de-Saturne *mon* père,
τίς δὴ λύσις	quelle délivrance donc
ἔσσεται πενθέων ;	sera de *mes* souffrances?
ἐπίτειλον θάνατον	enjoins (envoie) la mort
καὶ ἐμοὶ σὺν τῷδε,	aussi à moi avec celui-ci,
ἄναξ.	prince (roi des dieux).
Τιμὰ οἴχεται	L'honneur s'en va (est perdu)
φωτὶ	pour le mortel
τατωμένῳ φίλων·	*qui est* privé d'amis ;
παῦροι δὲ βροτῶν	or peu des hommes
πιστοὶ ἐν πόνῳ	*sont* fidèles dans la souffrance
(Ἀντιστροφὴ ε'.)	(*Antistrophe V.*)
μεταλαμβάνειν	*de manière à* prendre-une-part
καμάτου.	de la fatigue *de leur ami*.
Ἔννεπεν ὥς·	Il parla ainsi ;
Ζεὺς δὲ	et Jupiter

καὶ τόδ' ἐξαύδασ' ἔπος· Ἐσσί μοι υἱός· τόνδε δ' ἔπειτα πόσις
σπέρμα θνατὸν [1] ματρὶ τεᾷ πελάσαις
στάξεν ἥρως. Ἀλλ' ἄγε τῶνδέ τοι ἔμπαν αἵρεσιν
παρδίδωμ'· εἰ μὲν θάνατόν τε φυγὼν καὶ γῆρας ἀπεχθόμενον
αὐτὸς Οὔλυμπον ἐθέλεις σύν τ' Ἀθαναίᾳ κελαινεγχεῖ τ' Ἄρει·

(Ἐπῳδὸς ε'.)

ἔστι σοὶ μὲν τῶν λάχος· εἰ δὲ κασιγνήτου πέρι
μάρνασαι, πάντων δὲ νοεῖς ἀποδάσσασθαι [2] ἴσον,
ἥμισυ μέν κε πνέοις γαίας ὑπένερθεν ἐών,
ἥμισυ δ' οὐρανοῦ ἐν χρυσέοις δόμοισιν.
Ὣς ἄρ' αὐδάσαντος οὐ γνώμᾳ διπλόαν θέτο βουλάν.
Ἀνὰ δ' ἔλυσεν [3] μὲν ὀφθαλμόν, ἔπειτα δὲ φωνὰν χαλκομίτρα Κάστορος.

se présente à lui, et lui dit : C'est toi qui es mon fils; pour lui, il doit le jour à un héros qui, plus tard, s'unit à ta mère et versa dans son sein une semence mortelle. Eh bien, je te laisse pourtant le choix : veux-tu, hors des atteintes de la mort et de l'odieuse vieillesse, habiter l'Olympe avec Minerve et Mars à la sombre lance?

(Épode V.)

Tu peux jouir de ce bonheur; mais si tu aimes mieux te dévouer pour ton frère, si tu es résolu à partager tout également avec lui, tu vivras la moitié du temps sous la terre, l'autre moitié dans les palais d'or du ciel. Jupiter dit : et une double pensée ne partagea point le cœur de Pollux. Alors le dieu rendit la lumière et la voix à Castor au baudrier d'airain.

ἤλυθεν οἱ ἀντίος	vint à lui à-la-rencontre
καὶ ἐξαύδασε τόδε ἔπος·	et dit cette parole :
Ἐσσί μοι υἱός·	Tu es à moi un fils ;
ἔπειτα δὲ	mais ensuite (plus tard)
ἥρως πόσις,	un héros époux
πελάσαις τεᾷ ματρὶ	s'étant approché de *ta* mère
στάξε τόνδε	épancha (engendra) celui-ci
σπέρμα θνατόν.	semence mortelle.
Ἀλλὰ ἄγε	Eh bien voyons
παρδίδωμί τοι ἔμπαν	je remets à toi cependant
αἵρεσιν τῶνδε·	le choix de ces *deux partis :*
εἰ μὲν ἐθέλεις αὐτὸς	si d'un côté tu veux toi-même
φυγὼν θάνατόν τε	ayant échappé et à la mort
καὶ γῆρας ἀπεχθόμενον	et à la vieillesse haïe (odieuse)
Οὔλυμπον	*habiter* l'Olympe
σύν τε Ἀθαναίᾳ	et avec Minerve
Ἄρει τε κελαινεγχεῖ·	et *avec* Mars à-la-lance-noire ;
(Ἐπῳδὸς ε'.)	(*Épode V.*)
λάχος μὲν τῶν	le sort (l'obtention) de ces choses
ἐστὶ σοί·	est *possible* à toi ;
εἰ δὲ μάρνασαι	mais si tu combats
περὶ κασιγνήτου,	pour *ton* frère,
νοεῖς δὲ	et *si* tu as-la-volonté
ἀποδάσσασθαι πάντων	de *lui* faire-part de tous *ces biens*
ἴσον,	également *avec toi*,
πνέοις κε	tu respirerais (tu vivras)
ἐὼν μὲν ἥμισυ	étant la moitié *du temps*
ὑπένερθεν γαίας,	sous la terre,
ἥμισυ δὲ	et la moitié
ἐν δόμοισι χρυσέοις οὐρανοῦ.	dans les demeures d'or du ciel.
Αὐδάσαντος ὣς ἄρα,	*Jupiter* ayant donc dit ainsi,
οὐ θέτο γνώμᾳ	*Pollux* ne mit pas dans *son* esprit
διπλόαν βουλάν.	une double pensée.
Ἀνέλυσε δὲ μὲν ὀφθαλμόν,	Et *Jupiter* délia d'abord l'œil,
ἔπειτα δὲ φωνὰν	et ensuite la voix
Κάστορος χαλκομίτρα.	de Castor au-baudrier-d'airain.

ΕΙΔΟΣ ΙΑ'.

ΑΡΙΣΤΑΓΟΡᾼ ΤΕΝΕΔΙῼ

ΠΡΥΤΑΝΕΙ.

(Στροφὴ α'.)

Παῖ Ῥέας, ἅ τε πρυτανεῖα λέλογχας [1], Ἑστία,
Ζηνὸς ὑψίστου κασιγνήτα καὶ ὁμοθρόνου Ἥρας,
εὖ μὲν Ἀρισταγόραν δέξαι τεὸν ἐς θάλαμον,
εὖ δ' ἑταίρους [2] ἀγλαῷ σκάπτῳ πέλας,
οἵ σε γεραίροντες ὀρθὰν φυλάσσοισιν Τένεδον [3],

(Ἀντιστροφὴ α'.)

πολλὰ μὲν λοιβαῖσιν ἀγαζόμενοι πρώταν θεῶν [4],
πολλὰ δὲ κνίσᾳ· λύρα δέ σφι βρέμεται καὶ ἀοιδά·
καὶ ξενίου Διὸς ἀσκεῖται Θέμις ἀενάοις

(Strophe I.)

Fille de Rhéa, Vesta, protectrice des Prytanées, sœur du très-haut Jupiter et de Junon qui partage son trône, accueille favorablement Aristagore dans ton sanctuaire, admets avec bonté près de ton sceptre brillant ses compagnons qui, voués à ton culte, maintiennent les heureuses destinées de Ténédos,

(Antistrophe I.)

et qui honorent en toi la première des divinités par des libations et des sacrifices sans nombre; ils font résonner la lyre qui se marie à leurs chants; et, dans des banquets éternels, ils rendent hommage aux lois de Jupiter hospitalier. Puisse Aristagore, protégé par

ODE XI.

A ARISTAGORE DE TÉNÉDOS,

PRYTANE.

(Στροφὴ α'.)	(*Strophe I.*)
Παῖ Ῥέας,	*Toi qui es* fille de Rhéa,
ἅ τε λέλογχας	et qui as obtenu-en-partage
πρυτανεῖα,	les prytanées,
Ἑστία,	Vesta,
κασιγνήτα Ζηνὸς ὑψίστου	frère de Jupiter très-haut
καὶ Ἥρας	et de Junon
ὁμοθρόνου,	qui partage-son-trône,
δέξαι μὲν εὖ	reçois bien (avec bienveillance)
Ἀρισταγόραν	Aristagore
ἐς τεὸν θάλαμον,	dans ton appartement (ta demeure),
εὖ δὲ	et *reçois* bien (avec bienveillance)
ἑταίρους	*ses* compagnons
πέλας σκάπτῳ ἀγλαῷ,	près de *ton* sceptre brillant,
οἵ γεραίροντές σε	*ses compagnons* qui honorant toi
φυλάσσοισι Τένεδον	conservent (maintiennent Ténédos
ὀρθάν,	droite (debout, prospère),
(Ἀντιστροφὴ α'.)	(*Antistrophe I.*)
ἀγαζόμενοι μὲν	*te* vénérant
πρώταν θεῶν	la première des dieux
πολλὰ μὲν λοιβαῖσι,	fréquemment avec des libations,
πολλὰ δὲ	et fréquemment
κνίσᾳ·	avec la graisse *des victimes* :
λύρα δὲ καὶ ἀοιδὰ	et la lyre et le chant
βρέμεταί σφι·	résonne à-eux ;
καὶ Θέμις Διὸς ξενίου	et la loi de Jupiter hospitalier
ἀσκεῖται	est exercée *par eux*
ἐν τραπέζαις ἀενάοις.	à des tables perpétuelles.

ἐν τραπέζαις [1]. Ἀλλὰ σὺν δόξᾳ τέλος
δωδεκάμηνον περάσαι σὺν ἀτρώτῳ κραδίᾳ [2].

(Ἐπῳδὸς α'.)

Ἄνδρα δ' ἐγὼ μακαρίζω μὲν πατέρ' Ἀρκεσίλαν,
καὶ τὸ θαητὸν δέμας ἀτρεμίαν τε ξύγγονον.
Εἰ δέ τις [3] ὄλβον ἔχων μορφᾷ παραμεύσεται ἄλλων,
ἔν τ' ἀέθλοισιν ἀριστεύων ἐπέδειξεν βίαν·
θνατὰ μεμνάσθω περιστέλλων μέλη,
καὶ τελευτὰν ἁπάντων γᾶν ἐπιεσσόμενος [4].

(Στροφὴ β'.)

Ἐν λόγοις δ' ἀστῶν ἀγαθοῖσί μιν αἰνεῖσθαι χρεών,
καὶ μελιγδούποισι δαιδαλθέντα μελιζέμεν ἀοιδαῖς.
Ἐκ δὲ περικτιόνων ἑκκαίδεκ' Ἀρισταγόραν
ἀγλααὶ νῖκαι [5] πάτραν τ' εὐώνυμον
ἐστεφάνωσαν πάλᾳ καὶ μεγαυχεῖ παγκρατίῳ.

toi, achever avec gloire et sans amertume les douze mois de sa magistrature!

(*Épode I.*)

Pour moi, je proclame heureux entre les hommes Arcésilas son père, pour sa merveilleuse stature et sa bravoure naturelle. Mais si un homme qui possède déjà la richesse se distingue encore des autres par sa beauté, s'il a fait briller dans les combats une force supérieure, qu'il se souvienne qu'il a revêtu des membres mortels, et qu'il aura la terre pour dernier manteau.

(*Strophe II.*)

Cependant que les citoyens le louent dans leurs discours flatteurs, que le poëte lui consacre des chants harmonieux. Chez les peuples d'alentour, seize victoires éclatantes à la lutte et au pancrace glorieux ont couronné Aristagore et son illustre famille.

Ἀλλὰ	Eh bien *donne-lui*
περᾶσαι	de franchir (accomplir)
τέλος δωδεκάμηνον	*sa* magistrature de-douze-mois
σὺν δόξᾳ	avec gloire
σὺν κραδίᾳ ἀτρώτῳ.	avec un cœur non blessé (sans chagrin).
(Ἐπῳδὸς α'.)	(*Épode I.*)
Ἐγὼ δὲ μὲν	Et moi à la vérité
μακαρίζω	je juge-heureux
ἄνδρα	un homme *entre tous*,
πατέρα Ἀρκεσίλαν,	*son* père Arcésilas,
καὶ τὸ δέμας θαητὸν	et pour *son* corps admirable
ἀτρεμίαν τε σύγγονον.	et pour *son* intrépidité innée.
Εἰ δέ τις	Mais si quelqu'un
ἔχων ὄλβον	ayant l'opulence
παραμεύσεται ἄλλων	dépasse (l'emporte sur) les autres
μορφᾷ,	par *sa* forme (beauté),
ἀριστεύων τε	et étant-supérieur
ἐπέδειξε βίαν	a fait-voir *sa* force
ἐν ἀέθλοισι·	dans les combats ;
μεμνάσθω	qu'il se souvienne
περιστέλλων	mettant-autour-de *lui* (qu'il revêt)
μέλη θνατά,	des membres mortels,
καὶ ἐπιεσσόμενος	et devant revêtir (qu'il revêtira)
γᾶν	la terre
τελευτὰν ἁπάντων.	*comme* fin de toutes choses.
(Στροφὴ β'.)	(*Strophe II.*)
Χρεὼν δέ μιν	Mais il faut lui
αἰνεῖσθαι	être loué
ἐν λόγοις ἀγαθοῖσιν	dans les discours bons (bienveillants)
ἀστῶν,	des citoyens,
καὶ μελιζέμεν	et *il faut* chanter *lui*
δαιδαλθέντα ἀοιδαῖς	orné par des chants
μελιγδούποισιν.	qui-rendent-un-son-doux.
Ἑκκαίδεκα δὲ νῖκαι	Mais seize victoires
ἀγλααὶ	brillantes
ἐκ περικτιόνων	*rapportées* de chez peuples-voisins
πάλᾳ	à la lutte
καὶ παγκρατίῳ μεγαυχεῖ	et au pancrace fier (glorieux)
ἐστεφάνωσαν Ἀρισταγόραν	ont couronné Aristagore
πάτραν τε εὐώνυμον.	et *sa* famille au-beau-nom

(Ἀντιστροφὴ β'.)

Ἐλπίδες δ' ὀκνηρότεραι γονέων παιδὸς βίαν
ἔσχον ἐν Πυθῶνι πειρᾶσθαι καὶ Ὀλυμπίᾳ ἄθλων [1].
Ναὶ μὰ γὰρ ὅρκον, ἐμὰν δόξαν παρὰ Κασταλίᾳ
καὶ παρ' εὐδένδρῳ μολὼν ὄχθῳ Κρόνου
κάλλιον ἂν δηριώντων ἐνόστησ' ἀντιπάλων,

(Ἐπῳδὸς β'.)

πενταετηρίδ' ἑορτὰν Ἡρακλέος τέθμιον [2]
κωμάσαις, ἀνδησάμενός τε κόμαν ἐν πορφυρέοις
ἔρνεσιν. Ἀλλὰ βροτῶν τὸν μὲν κενεόφρονες αὖχαι
ἐξ ἀγαθῶν ἔβαλον· τὸν δ' αὖ καταμεμφθέντ' ἄγαν
ἰσχὺν οἰκείων παρέσφαλεν καλῶν [3]
χειρὸς ἕλκων ὀπίσσω θυμὸς ἄτολμος ἐών.

(*Antistrophe II.*)

Les espérances craintives de ses parents ont empêché ce héros d'essayer ses forces aux luttes de Pytho et d'Olympie. Oui, j'en fais le serment, pour moi point de doute : s'il eût paru près de Castalie et de la colline ombragée de Saturne, il en serait revenu couvert de plus de gloire que les rivaux qui lui auraient disputé le prix,

(*Épode II.*)

après avoir célébré la fête quinquennale et les pompes solennelles d'Hercule, et couronné sa chevelure d'un feuillage éclatant. Ainsi, parmi les mortels, une folle présomption prive les uns du succès; les autres ont trop douté de leur force, et perdent des triomphes certains, tandis que la timidité les retient par la main et les tire en arrière.

(Ἀντιστροφὴ β΄.)	(*Antistrophe II.*)
Ἐλπίδες δὲ	Mais les espérances
ὀκνηρότεραι	trop timides
γονέων	de *ses* parents
ἔσχον	ont retenu (empêché)
βίαν παιδὸς·	la force du jeune homme
πειρᾶσθαι ἀέθλων	de tenter les combats
ἐν Πυθῶνι	à Pytho
καὶ Ὀλυμπίᾳ.	et à Olympie.
Ναὶ μὰ γὰρ ὅρκον,	Car oui par le serment (j'en fais ser-
ἐμὰν δόξαν	à mon avis ment),
μολὼν	étant (s'il était) venu
παρὰ Κασταλίᾳ	près de Castalie
καὶ παρὰ ὄχθῳ εὐδένδρῳ	et près la colline aux-beaux-arbres
Κρόνου	de Saturne
ἐνόστησεν ἂν	il serait revenu
κάλλιον	mieux (plus glorieusement)
ἀντιπάλων	que *ses* adversaires
δηριώντων,	disputant *pour la victoire,*
(Ἐπῳδὸς β΄.)	(*Épode II.*)
κωμάσαις	ayant célébré-par-un-festin
ἑορτὰν πενταετηρίδα	la fête quinquennale
τέθμιον	conforme-aux-lois (solennelle)
Ἡρακλέος,	d'Hercule,
ἀνδησάμενός τε κόμαν	et ayant attaché *sa* chevelure
ἐν ἔρνεσι πορφυρέοις.	avec des rameaux pourprés.
Ἀλλὰ βροτῶν	Mais d'entre les mortels
αὖχαι μὲν κενεόφρονες	la présomption à-l'esprit-vain
ἔβαλον τὸν	a rejeté (écarté) l'un
ἐξ ἀγαθῶν·	des biens ;
θυμὸς δὲ αὖ	et d'un autre côté *son* cœur
ἰὼν ἄτολμος	étant sans-hardiesse
ἕλκων ὀπίσσω	*l*'entraînant en arrière
χειρὸς	par la main
παρέσφαλε	a écarté-en-le-faisant-échouer
καλῶν	de succès
οἰκείων	*qui auraient été* propres *à lui*
τὸν	celui-là
καταμεμφθέντα ἄγαν	qui a accusé trop (s'est trop défié de)
ἰσχύν.	*sa* force.

(Στροφὴ γ'.)

Συμβαλεῖν μὰν εὐμαρὲς ἦν [1] τό τε Πεισάνδρου πάλαι
αἷμ' ἀπὸ Σπάρτας. Ἀμύκλαθεν γὰρ ἔβα σὺν Ὀρέστᾳ
Αἰολέων στρατιὰν χαλκεντέα δεῦρ' ἀνάγων·
καὶ παρ' Ἰσμηνοῦ ῥοὰν κεκραμένον
ἐκ Μελανίπποιο μάτρωος. Ἀρχαῖαι δ' ἀρεταὶ [2]

(Ἀντιστροφὴ γ'.)

ἀμφέροντ' ἀλλασσόμεναι γενεαῖς ἀνδρῶν σθένος·
ἐν σχερῷ δ' οὔτ' ὦν μέλαιναι καρπὸν ἔδωκαν ἄρουραι,
δένδρεά τ' οὐκ ἐθέλει πάσαις ἐτέων περόδοις
ἄνθος εὐῶδες φέρειν πλούτῳ ἴσον,
ἀλλ' ἐν ἀμείβοντι. Καὶ θνατὸν οὕτως ἔθνος ἄγει

(Ἐπῳδὸς γ'.)

μοῖρα. Τὸ δ' ἐκ Διὸς [3] ἀνθρώποις σαφὲς οὐχ ἕπεται

(Strophe III.)

Certes, il était facile de reconnaître dans Aristagore le sang de l'antique Pisandre, Pisandre le Spartiate, qui vint d'Amycles avec Oreste, conduisant sur ces bords une troupe d'Étoliens armés de fer, et le sang de Mélanippe son aïeul maternel, qui se mêla à celui de Pisandre près des courants de l'Ismène. Les anciennes vertus

(Antistrophe III.)

ne viennent que par intervalles renouveler la vigueur chez les générations des hommes : la noire terre ne donne pas toujours des fruits; on ne voit pas l'arbre apporter à chaque révolution des ans une égale richesse de fleurs embaumées; la nature veut du repos. C'est ainsi que le destin gouverne

(Épode III.)

la race des hommes. Jupiter n'envoie point aux mortels de présa-

(Στροφὴ γ'.)	(*Strophe III.*)
Ἦν μὰν εὐμαθὲς	Assurément il était facile
συμβαλεῖν	de conjecturer (reconnaître) *en lui*
τό τε αἷμα	et le sang
Πεισάνδρου πάλαι	de Pisandre d'autrefois (l'antique Pisandre)
ἀπὸ Σπάρτας·	de Sparte ;
ἔβα γὰρ Ἀμύκλαθεν	car il vint d'Amycles
σὺν Ὀρέστᾳ	avec Oreste
ἀνάγων δεῦρο	amenant ici (à Ténédos)
στρατιὰν χαλκεντέα	une armée aux-armures-d'airain
Αἰολέων·	d'Éoliens ;
καὶ ἐκ Μελανίπποιο	et *le sang venant* de Mélanippe
μάτρωος	*son* aïeul-maternel
κεκραμένον	*sang* qui se mêla *à celui de Pisandre*
παρὰ ῥοὰν Ἰσμηνοῦ.	près du courant de l'Ismène.
Ἀρεταὶ δὲ ἀρχαῖαι	Or les vertus antiques
(Ἀντιστροφὴ γ'.)	(*Antistrophe III.*)
ἀλλασσόμεναι	alternant
ἀμφέροντο σθένος	ont ramené (ramènent) la force
γενεαῖς ἀνδρῶν·	aux générations des hommes ;
οὔτε δὲ ὦν	mais ni donc
ἄρουραι μέλαιναι	les champs noirs
ἔδωκαν καρπὸν	n'ont donné (ne donnent) du fruit
ἐν σχερῷ,	d'une manière continue,
δένδρεά τε	et les arbres
οὐκ ἐθέλει	ne veulent pas (n'ont pas coutume de)
φέρειν	porter (produire)
πάσαις περόδοις ἐτέων	à toutes révolutions d'années
ἄνθος εὐῶδες	une fleur aux-douces-odeurs
ἴσον πλούτῳ,	égale en richesse (en revenu),
ἀλλὰ	mais *ils le font*
ἐν ἀμείβοντι.	dans un *temps* qui-alterne.
Μοῖρα ἄγει οὕτω	Le destin conduit ainsi
καὶ ἔθνος	aussi la race
(Ἐπῳδὸς γ'.)	(*Épode III.*)
θνατόν.	des-mortels.
Τὸ δὲ ἐκ Διὸς	Mais quant à ce qui *vient* de Jupiter
τέκμαρ σαφὲς	un indice manifeste
οὐχ ἕπεται	ne s'attache pas (n'est pas donné)
ἀνθρώποις·	aux hommes ;

τέκμαρ· ἀλλ' ἔμπαν μεγαλανορίαις ἐμβαίνομεν [1],
ἔργα τε πολλὰ μενοινῶντες· δέδεται γὰρ ἀναιδεῖ
ἐλπίδι γυῖα· προμαθείας δ' ἀπόκεινται ῥοαί [2].
Κερδέων δὲ χρὴ μέτρον θηρευέμεν·
ἀπροσίκτων δ' ἐρώτων ὀξύτεραι μανίαι [3].

ges certains; et pourtant nous aspirons à de hautes vertus, nous roulons dans notre esprit mille projets, car un espoir que rien n'effraye est enchaîné à notre corps; mais l'issue des événements est étrangère à notre prévoyance. Il faut poursuivre les biens, mais avec mesure; desirer ce qu'on ne peut atteindre, c'est le comble de la démence.

ἀλλὰ ἔμπαν	mais cependant
ἐμβαίνομεν	nous marchons-dans (recherchons)
μεγαλανορίαις,	de hautes-vertus,
μενοινῶντές τε	méditant aussi
πολλὰ ἔργα ·	de nombreuses actions ;
γυῖα γὰρ δέδεται	car *nos* membres sont enchaînés
ἐλπίδι ἀναιδεῖ ·	à un espoir sans-pudeur (immense) ;
ῥοαὶ δὲ	mais le cours *de nos entreprises*
ἀπόκεινται προμαθείας.	est-hors de *notre* prévoyance.
Χρὴ δὲ θηρευέμεν	Il faut donc chasser (poursuivre)
μέτρον	une somme-modérée
κερδέων ·	de gains (de biens) ;
μανίαι δὲ	mais *ce sont* folies
ὀξύτεραι	trop aiguës (trop grandes)
ἐρώτων	*que celles* des désirs (que de désirer
ἀπροσίκτων.	inabordables. (des choses)

NOTES.

La plus grande et la meilleure partie des notes qui terminent ce livre, sont empruntées à l'excellent commentaire de Dissen, qui suit l'édition de Bœckh. J'ai cherché, autant que possible, à donner la substance de ce remarquable travail, que sa rareté et son prix élevé mettent à la portée de peu de personnes. J'ai eu très-rarement à m'en écarter; cependant je n'ai pas consulté sans fruit Heyne et quelques autres commentateurs. Ces notes ne sont donc souvent qu'une simple traduction; j'y ai mis peu du mien, quelques réflexions, quelques rapprochements.

Page 6. — 1. *Ἄμπνευμα σεμνὸν Ἀλφεοῦ.* Le poëte fait allusion à la fable du fleuve Alphée, qui partant de l'Élide poursuivit une nymphe de Diane, Aréthuse, à travers la Méditerranée, et l'atteignit enfin en Sicile, où ses eaux se confondirent avec celle de la fontaine appelée depuis Aréthuse, du nom de son amante. L'Alphée avait un autel avec les grands dieux à Olympie, d'où son culte fut transporté à Ortygie, en Sicile, par des colons de l'Élide. De là évidemment l'origine de la fable. Virgile en parle aussi, *Énéide*, livre III, vers 694 :

> Alpheum fama est huc Elidis amnem
> Occultas egisse vias subter mare, qui nunc
> Ore, Arethusa, tuo siculis confunditur undis.

Pausanias discute cette tradition (livre V, chap. VII) avec assez de détails.

— 2. *Συρακοσσᾶν θάλος Ὀρτυγία.* Ortygie, petite île voisine de Syracuse, dont elle formait environ le cinquième, était la partie la plus ancienne de la ville, ce qui a fait croire à un ou deux traducteurs que θάλος avait ici un sens qui lui est assez ordinaire, lorsqu'il est appliqué soit à des villes soit à des familles; cependant, de l'avis de tous les commentateurs et du scholiaste, θάλος ne signifie dans ce passage ni *tige*, ni *rejeton*, mais simplement *rameau*, *branche*; c'est-à-dire que Syracuse est comparée à un tronc dont Ortygie serait une branche, et par conséquent une partie.

— 3. Δέμνιον Ἀρτέμιδος. Il ne faut pas entendre par δέμνιον, *couche*, c'est-à-dire *lieu de naissance* de Diane, comme l'ont fait quelques traducteurs. Le sens est ici le même que celui d'εὐνή, *séjour aimé*, dans le vers suivant d'Homère (*Iliade*, XXIV, 615) :

> Ἐν Σιπύλῳ, ὅθι φασὶ θεάων ἔμμεναι εὐνὰς
> Νυμφάων.

— 4. Δάλου κασιγνήτα, ne veut pas dire non plus qu'Ortygie était sœur de Délos, parce qu'elle avait vu naître Diane, de même que Délos avait vu naître Apollon. Il s'agit d'une simple communauté de nom. Délos s'appelait anciennement Ortygie, comme on le voit d'après ce passage d'Athénée, livre IX : Ὡς κατεῖδεν Ἐρυσίχθων Δῆλον τὴν νῆσον, τὴν ὑπὸ τῶν ἀρχαίων καλουμένην Ὀρτυγίαν, κ. τ. λ.

— 5. Θέμεν αἶνον.... Ζηνὸς Αἰτναίου χάριν. On a expliqué quelquefois αἶνον par le mot *victoire*, et l'on traduit alors : La victoire des coursiers, chère à Jupiter Etnéen. Tel ne peut pas être le sens de αἶνος, qui n'est nullement synonyme de νίκη, et qui veut dire ici proprement *éloge*, *louange*. Quant à χάριν, il faut l'entendre dans son sens le plus vulgaire, et presque comme synonyme de ἕκατι, pour plaire à, pour faire plaisir à. De même Homère, *Iliade*, XV, 743 :

> Ὅστις δὲ Τρώων κοίλῃς ἐπὶ νηυσὶ φέροιτο
> σὺν πυρὶ κηλείῳ, χάριν Ἕκτορος ὀτρύναντος.

— 6. Ἅρμα δ' ὀτρύνει Χρομίου. Chromios n'était pas présent aux jeux, ou du moins il n'avait pas dirigé lui-même son char, car le poëte n'eût pas manqué de vanter son adresse, comme il l'a fait pour Hérodote dans sa première Isthmique.

Page 8. — 1. Ἀρχαὶ δὲ βέβληνται θεῶν. Le scholiaste donne ἐγκωμίου comme complément sous-entendu à ἀρχαί ; mais cette explication : « C'est par les dieux que j'ai commencé cet hymne, » n'offre pas un rapport satisfaisant avec le reste de la strophe, et la seconde partie de la phrase, κείνου σὺν ἀνδρὸς κ. τ. λ. se rattacherait difficilement à la première. Il faut sous-entendre ὑπό devant θεῶν, ce qui n'est pas sans exemple, et entendre que Chromios est redevable de son succès à la fois aux dieux et à ses propres vertus, qui en ont jeté comme les bases.

— 2. Σπεῖρέ νυν ἀγλαΐαν. Image hardie, et qui est tout à fait dans le génie de Pindare. Plusieurs manuscrits donnent ἔγειρε, qui est contraire aux exigences du mètre. Nous trouverons d'ailleurs plus bas, *Néméennes*, VIII, 39, une expression à peu près semblable : Μομφὰν δ' ἐπισπείρων ἀλιτροῖς.

— 3. Ζεὺς ἔδωκεν Φερσεφόνᾳ. Voyez sur ce don de la Sicile, fait par Jupiter à Proserpine, Diodore de Sicile, V, 2.

— 4. Ὀρθώσειν κορυφαῖς πολίων ἀφνεαῖς. Les uns rapportent le verbe ὀρθώσειν à Jupiter, les autres à Proserpine. Il nous paraît mieux de l'entendre de Jupiter, surtout si l'on fait attention aux mots qui suivent : Ὤπασε δὲ Κρονίων. Jupiter promet de donner à la Sicile des villes opulentes, et de plus il lui donne un peuple belliqueux etc. C'est donc Jupiter qui est le sujet de l'action exprimée par les deux verbes ὀρθώσειν et ὤπασε. — Κορυφαὶ πολίων, peut se comparer avec l'expression employée plus bas, vers 34, κορυφαὶ ἀρετᾶν, et ne signifie pas autre chose que : *Eximiæ urbes*.

— 5. Πολέμου μναστῆρα, rappelle l'expression Homérique, μνᾶσθαι ἀλκῆς, χάρμης.

— 6. Πολλῶν ἐπέβαν καιρόν, οὐ ψεύδει βαλών. Cette petite phrase a été construite et interprétée de plusieurs manières. Sans parler des autres constructions, Dissen indique ainsi l'ordre des mots : Ἐπέβαν καιρὸν πολλῶν, entendant par καιρός, *id quod res aliqua habet laudandum*. Il y a peut-être dans cette interprétation quelque chose d'un peu forcé, et l'explication proposée par Heyne, qui consiste à sous-entendre κατά devant καιρόν, et à faire de πολλῶν le complément d'ἐπέβαν, nous paraît préférable. Πολλῶν a rapport aux titres de gloire de la Sicile, que Pindare vient d'énumérer : De tant de titres de gloire que j'éaumère, aucun n'est mensonger.—Βαλών, comme s'il y avait σκοπόν pour régime. Devant ψεύδει, sous-entendez σύν. Nous disons de même en français, à peu près dans le même sens : *frapper à faux*. Οὐ ψεύδει βαλών, est donc l'équivalent de : *non locutus mendacia*. De même Βάλλειν χερμαδίοις, Homère, *Odyssée*, X, 121. Quant à l'omission de κατά, on en trouve un exemple analogue dans Pindare même, *Pythiques*, I, 81 :

Καιρὸν εἰ φθέγξαιο, πολλῶν πείρατα συντανύσαις
ἐν βραχεῖ. . . . . . .

Page 10. — 1. Ἔσταν δ' ἐπ' αὐλείαις θύραις. La porte appelée αὔλειος était la porte extérieure de la maison. C'est donc là que se tenait le poëte, ou selon d'autres le chœur. De même, *Isthmiques*, VII, 3 :

. . . . Τελεσάρχου παρὰ πρόθυρον ἰὼν ἀνεγειρέτω
κῶμον . . . .

— 2. Θαμὰ δ' ἀλλοδαπῶν οὐκ ἀπείρατοι δόμοι ἐντί. Il ne faut pas se tromper sur la valeur de θαμά ; nous ne pensons pas qu'on puisse l'entendre avec Bœckh comme ἅμα (voy. Bœckh, notes critiques, Olymp. VII, 11). Οὐκ ἀπείρατοι ἐντί, revient parfaitement à la phrase positive πειρῶνται, et de cette manière θαμά s'explique dans son véritable sens, *fréquemment*, *souvent*, le seul qui soit possible.

— 3. Λέλογχε δὲ μεμφομένοις ... ἀντίον. Cette phrase a été bien tourmentée. Nous nous sommes arrêtés à la construction de Dissen : Λέλογχε ἐσλοὺς φέρειν μεμφομένοις ὕδωρ ἀντίον καπνῷ : *nactus autem est hospitii liberalitate viros probos, qui adversus obtrectatores aquam fumo restinguendo obviam ferant.* La fumée est mise ici pour le feu. Cette comparaison de l'envie avec le feu ou la fumée était assez fréquente chez les anciens. On le voit par le passage suivant de Plutarque, *Fragments*, XXIII, 2 : Τὸν φθόνον ἔνιοι τῷ καπνῷ εἰκάζουσι· πολὺς γὰρ ἐν τοῖς ἀρχομένοις ὤν, ὅταν ἐκλάμψωσιν, ἀφανίζεται· ἥκιστα γοῦν τοῖς πρεσβυτέροις φθονοῦσιν.

— 4. Τέχναι δ' ἑτέρων ἕτεραι. Le poëte entend évidemment par ces mots les qualités du corps et celles de l'esprit, comme le montre assez le développement qui suit. Les uns ont la force, les autres la sagesse ; heureux Chromios, tu possèdes l'une et l'autre.

— 5. Χρὴ ... μάρνασθαι φυᾷ, bien expliqué par Heyne : *Allaborandum est pro cujusque ingenio et natura*. Φυᾷ a encore le même sens, *Pythiques*, VIII, 44 :

Φυᾷ τὸ γενναῖον ἐπιπρέπει
ἐκ πατέρων παισὶ λῆμα. . . . . .

— 6. Οὐκ ἔραμαι κ. τ. λ. Les vers qui suivent ne sont pas, comme le pense le scholiaste, une sorte d'avertissement ou de leçon adressée par le poëte au héros qu'il célèbre. Pindare a déjà en effet suffisamment vanté la générosité de Chromios, pour qu'il ne soit pas besoin de l'inviter à se faire des amis par ses libéralités plutôt que d'enfouir ses richesses. Ce n'est pas là non plus l'expression des sentiments particuliers du poëte. Pindare continue l'éloge de Chromios, et ne parle ici en son nom que par un artifice de style qui, en rendant la louange plus détournée, la rend aussi plus délicate.

Page 12. — 1. Ἀλλ' ἐόντων... ἐξαρκέων. Ἐόντων peut se construire de deux façons, ou comme génitif absolu, en sous-entendant χρημάτων, ou comme complément de ἐξαρκέων : ce serait alors une imitation de l'expression homérique : χαριζομένη παρεόντων. — Εὖ παθεῖν ne doit s'entendre ni de la satisfaction intérieure de l'homme qui a fait le bien, ni, ce qui serait un sens trop restreint, des victoires que l'homme libéral peut se préparer par ses générosités. Pindare veut dire que les libéralités du riche lui font des amis qui l'aideront au besoin (voyez le vers suivant), en même temps qu'il s'assurera une bonne renommée par sa générosité.

— 2. Κοιναὶ γὰρ ἔρχοντ' ἐλπίδες. Ἐλπίς a ici le sens qui lui est commun avec le *spes* des Latins, *attente*, *incertitude*, et même *crainte*. Ainsi : Ἐπειδὴ καὶ τιμωρίας ἐλπὶς οὐ προσῆγαγε τῷ δικαίῳ τὸν ἄνθρωπον. Virgile, *Énéide*, VIII, 580 :

> Dum curæ ambiguæ, dum spes incerta futuri.

Tous les hommes, dit Pindare, sont exposés aux coups du sort ; Chromios, en se créant des ressources contre l'adversité par ses bienfaits, est donc un homme prudent, il est de ceux, ἐσσόμενον προϊδεῖν συγγενὲς οἷς ἕπεται.

— 3. Ἐγὼ δ' Ἡρακλέος, κ. τ. λ. Toute la fin de l'ode est consacrée aux louanges d'Hercule. On a souvent reproché à Pindare d'avoir placé ici sans préparation, sans transition, ce morceau, qui est d'ailleurs l'une de ses plus belles inspirations. En effet, dans les odes où Pindare célèbre Hercule (*Olympiques*, III et X, *Isthmiques*, V), l'éloge du demi-dieu est toujours justifié soit par les traditions de la patrie du vainqueur que chante le poëte, soit par un rapprochement entre la force ou les exploits de ce même vainqueur et les hauts-faits d'Hercule. Ici le lien est moins apparent, mais il n'est pas pour cela nul. Pindare reconnaît dans Chromios deux vertus : Σθένος et Φρήν. Il a dit tout ce qu'il avait à dire de la dernière, et n'a pas parlé encore du courage de son héros. Au lieu d'un éloge vulgaire, il fait entre Chromios et Hercule un rapprochement dont un des termes seuls est développé, et même exprimé. Comme Hercule, tu t'es signalé dès ton enfance (au combat d'Hélore, etc. Voy. *Néméennes*, IX) ; comme lui, tu tiens les promesses de tes premiers exploits ; tu es, comme lui, réservé à de grandes actions encore ; comme lui, tu jouiras d'une vieillesse heureuse et honorée, juste fruit de tes travaux (voy. encore *Néméennes*, IX).

— 4. Ἀντέχομαι… ἐν κορυφαῖς ἀρετᾶν. Ἀντέχεσθαι, *studiose tenere, amplecti, colere*. Ἐν κορυφαῖς ἀρετᾶν, voyez vers 15, et la note.

— 5. Ἀρχαῖον ὀτρύνων λόγον. Ὀτρύνειν et ἐγείρειν, deux verbes qui s'emploient quelquefois en poésie, lorsqu'on parle des récits, des traditions que l'on va rechercher dans l'antiquité, où ils sont pour ainsi dire endormis.

— 6. Ὡς ἐπεὶ σπλάγχνων.... σὺν κασιγνήτῳ μόλεν. — Ἐπεὶ αὐτίκα, *quam primum*. — Ὑπό a ici la valeur de ἐκ. Comparez *Olympiques*, VI, 43 :

> Ἦλθεν δ' ὑπὸ σπλάγχνων ὑπ' ὠδῖνός τ' ἐρατᾶς Ἴαμος
> ἐς φάος αὐτίκα.

— Διδύμῳ σὺν κασιγνήτῳ. D'autres disent qu'Iphiclès ne vint au monde qu'une nuit après Hercule. Théocrite, XXIV, 2 :

. . . καὶ νυκτὶ νεώτερον Ἰφικλῆα.

Voyez aussi Apollodore, II, 9, 8.

— 7. Ce second ὡς est explétif.

Page 14. — 1. Ἀγχομένοις δὲ χρόνος ... ἀφάτων. Χρόνος, c'est à dire qu'Hercule, en les serrant longtemps de ses deux mains les force à rendre la vie. — Ἀφάτων, *inexprimables*, c'est-à-dire *immenses*, *énormes*.

— 2. Βέλος, mot-à-mot *trait*, c'est-à-dire, *douleur vive*. De même, Iliade, XI, 269 :

Ὡς δ' ὅτ' ἂν ὠδίνουσαν ἔχῃ βέλος ὀξὺ γυναῖκα.

— 3. Ποσσὶν ἄπεπλος ὀρούσαισα. Il faut joindre ποσσὶν à ὀρούσαισα, et non à ἄπεπλος. Ἄπεπλος est ici synonyme de μονοχίτων, et veut dire non pas qu'Alcmène était absolument nue, mais qu'elle n'avait d'autre vêtement que le vêtement de dessous, « dans le simple appareil ».

— 4. Τὸ γὰρ οἰκεῖον πιέζει πάνθ' ὁμῶς. Cette phrase ne se rapporte qu'à Amphitryon seul, et non pas aux officiers venus avec lui et aux femmes qui entouraient le lit d'Alcmène. Au vers suivant, il faut donner pour complément à ἀπήμων les mots κᾶδος ἀμφ' ἀλλότριον.

Page 16. — 1. Θάμβει δυσφόρῳ τερπνῷ τε μιχθείς. Le double sentiment exprimé par ces deux épithètes s'explique fort bien. L'effroi qui saisit Amphitryon à la vue de ces deux énormes serpents enlacés autour du berceau de son fils n'est pas encore dissipé, que déjà la victoire d'Hercule, qui donne tant d'espérances, le remplit d'une douce joie.

— 2. Ἀγγέλων ῥῆσιν. Il s'agit des messagers qui avaient été annoncer à Amphitryon le danger et peut-être même la mort de ses deux fils.

— 3. Γείτονα δ' ἐκκάλεσεν... Τειρεσίαν. Amphitryon, selon Pausanias, habitait à Thèbes, près des portes Électres. — Διὸς ὑψίστου. On adorait à Thèbes Jupiter Ὕψιστος. Pausanias, IX, 8, 5 : Πρὸς δὲ ταῖς Ὑψίσταις (πύλαις) Διὸς ἱερὸν ἐπίκλησίν ἐστιν Ὑψίστου.

— 4. Στρατός est pris ici dans un sens assez fréquent en poésie, *foule, multitude assemblée*.

— 5. Καί τινα σὺν πλαγίῳ ... δώσειν μόρῳ. On lisait autrefois μόρον, que l'on joignait à τὸν ἐχθρότατον, mais sans obtenir de sens plausible. Hermann a proposé μόρῳ, que Bœckh et Dissen ont adopté, mais il construit καὶ φασί τινα ἀνδρῶν στείχοντα ... δώσειν νιν μόρῳ, faisant allusion à la mort d'Hercule tué par Nessus. Il semble que cette prédiction serait assez mal placée au milieu de toutes celles qui concernent les exploits d'Hercule. Comment d'ailleurs expliquer καὶ γάρ, qui se trouve au commencement de la phrase suivante, et qui semble relier les deux phrases comme exprimant une idée à peu près analogue? Il faut donc, avec Dissen, entendre τινά dans un sens général, comme s'il y avait partout le pluriel, et construire : καὶ φασί νιν ζώσειν μόρῳ τινὰ ἀνδρῶν τὸν ἐχθρότατον στείχοντα (c'est-à-dire ἄνδρας ἐχθροτάτους στείχοντας) σὺν πλαγίῳ κόρῳ. La phrase, ainsi construite, n'offre plus de difficulté sérieuse. — Πλάγιος, *obliquus*, *iniquus*.— Μόρῳ δεδόναι, comme, *Pythiques*, V, 60 : Ἔλωχ' Ἀπόλλων θῆρας αἰνῷ φόβῳ.

— 6. Phlégra ou Pallène, dans l'isthme de Thrace.

Page 18.— 1. Ἀντιάζωσιν. Bien que la phrase soit régie par ἕνεκεν, le poëte emploie le subjonctif au lieu de l'optatif, parce qu'il est question d'une chose future et réelle.

— 2. Γαίᾳ πεφύρσεσθαι κόμαν. De même Homère, *Iliade*, XXII, 427 : Ὣς τοῦ μὲν κεκόνιστο κάρη. Et Horace, XV, 1, 19 : *Serus adulteros Crines pulvere collines.*

—3. Σεμνὸν αἰνήσειν δόμον. Le verbe αἰνεῖν a ici un sens particulier, mais cependant très-clair : on loue un lieu que l'on aime à habiter, et l'on habite le lieu que l'on aime. En passant par ces nuances, on arrive de la notion de *louer* à celle d'*occuper*, *habiter*.

Page 20. — 1. Le pancrace se composait de la lutte et du pugilat.

— 2. Ὁμηρίδαι. On appela d'abord Homérides les descendants d'Homère, puis ce nom passa aux rhapsodes qui récitaient en public les poésies d'Homère, et s'appliqua aussi, par extension, à ceux qui récitaient tantôt les vers d'Homère, tantôt leurs propres vers. Il ne faut donc pas trop presser le sens du mot, qui désigne peut-être aussi bien des poëtes originaux que les rhapsodes qui déclamaient des lambeaux de l'Iliade et de l'Odyssée (voir la note suivante).

—3. Ῥαπτῶν ἐπέων ... ἀοιδοί. La plupart des commentateurs voient dans ces mots une allusion aux rhapsodes (de ῥάβδος, *baguette*, parce que les rhapsodes portaient à la main une baguette ou une verge, comme l'indique un fragment de Callimaque, ou de ῥάπτω, *coudre*, parce qu'ils rassemblaient les passages épars d'Homère, ou réunissaient plusieurs morceaux en un seul pour en faire un tout); mais le sens de *composer*, que prend quelquefois le verbe ῥάπτειν, peut être l'occasion d'un doute. On lit en effet dans Hésiode (*Fragments*, CLXVIII), les vers suivants :

> Ἐν Δήλῳ τότε πρῶτον ἐγὼ καὶ Ὅμηρος ἀοιδοὶ
> μέλπομεν, ἐν νεαροῖς ὕμνοις ῥάψαντες ἀοιδήν,
> Φοῖβον Ἀπόλλωνα χρυσάορον, ὃν τέκε Λητώ.

Peut-être donc ne faut-il pas appliquer rigoureusement aux rhapsodes l'expression de Pindare. Dissen croit même que l'on pourrait voir ici, ce qui rendrait la comparaison mieux choisie encore, une allusion aux combats de poésie d'Athènes, de Sicyone ou d'Épidaure. Là, avant d'aborder son sujet, le poëte récitait ordinairement quelques vers en l'honneur de Jupiter, d'autrefois aussi en l'honneur des Muses (ce qui explique le τὰ πολλά de Pindare); mais comme la coutume des rhapsodes était aussi de chanter Jupiter ou les Muses avant de déclamer les vers d'Homère, l'hypothèse que hasarde Dissen n'est pas suffisamment appuyée pour pouvoir être admise.

— 4. Καὶ ὅδ' ἀνήρ. On s'attendrait ici à trouver ἔνθεν, correspondant à ὅθενπερ. Mais, outre que souvent un seul adverbe comparatif est employé par les poëtes, Pindare n'a sans doute pas voulu appuyer trop fortement sur une comparaison qui n'est pas rigoureusement exacte, puisque dans le premier terme il est question de poésies récitées, dans le second, de luttes soutenues; Jupiter rattache seul, et par un lien bien faible, les deux termes de la comparaison.

— 5. Καταβολάν, métaphore empruntée à l'ouvrier qui jette les fondements d'un édifice.

— 6. Ἐν πολυυμνήτῳ Διὸς ἄλσει. Il y avait en effet à Némée un bois de cyprès, non loin du temple de Jupiter.

— 7. Ὀφείλει δ' ἔτι. Il faut remarquer ici la construction très-rare du verbe ὀφείλει comme impersonnel, *il faut, il est nécessaire*, comme ὀφειλόμενόν ἐστι.

— 8. Εἴπερ καθ' ὁδόν νιν εὐθυπομπός. Νιν est le complément à la fois de δέδωκε et à la fois de πέμπω compris dans l'adjectif composé εὐθυπομπός.

Page 22. — 1. Ἔστι δ' ἐοικός... Ὠαρίωνα νεῖσθαι. Les Pléiades étaient filles du géant Atlas, qui fut métamorphosé en montagne par la tête de Méduse. Elles étaient poursuivies par le chasseur Orion, qui fut comme elles placé au ciel. Le scholiaste nous donne dans des vers d'un poëte inconnu les noms des sept Pléiades :

Τηϋγέτη δ' ἐρόεσσα καὶ Ἠλέκτρη κυανῶπις,
Ἀλκυόνη τε καὶ Ἀστερόπη, δίη τε Κελαινώ,
Μαῖά τε καὶ Μερόπη, τὰς γείνατο φαίδιμος Ἄτλας.

Cette comparaison a été expliquée de deux manières différentes par les commentateurs : « Il faut que Timodème suive les traces de ses pères, comme Orion suit les Pléiades; » ou bien : « Il faut que les victoires de Timodème aux jeux Isthmiques et Pythiques suivent de près sa victoire aux jeux Néméens, comme il faut qu'Orion suive de près les Pléiades. » C'est cette dernière interprétation que nous avons adoptée.

— 2. Ἕκτωρ Αἴαντος ἄκουσεν. Ἀκούω est ici synonyme d'αἰσθάνομαι. On peut comparer Homère, *Iliade*, XI, 532 :

Τοὶ δὲ πληγῆς ἀΐοντες
ῥίμφ' ἔφερον θοὸν ἅρμα μετὰ Τρῶας καὶ Ἀχαιούς.

Peut-être, ce qui serait moins bien, pourrait-on aussi expliquer plus simplement : Hector l'a bien appris d'Ajax.

— 3. Ἀχαρναὶ ... εὐάνορες. Le dème d'Acharnes était célèbre pour la vigueur de ses habitants. Aristophane en fait un assez bel éloge, *Acharnenses*, 179 :

... Οἱ δ' ὠσφροντο πρεσβῦταί τινες
Ἀχαρνικοί, στιπτοὶ γέροντες, πρίνινοι,
ἀτεράμονες, Μαραθωνομάχαι, σφενδάμνινοι.

— 4. Ὅσσα δ' ἀμφ' ἀέθλοις. Ὅσσα, comme τὸ δέ, τὰ δέ, ὅσοι δέ. — Ἀμφί, comme ἐν. *In certaminibus autem*.

— 5. Παρὰ ... Παρνασῷ. Le Parnasse était voisin de Delphes, où se célébraient les jeux Pythiques.

— 6. Ἐν ἐσλοῦ Πέλοπος πτυχαῖς. Les vallées de Pélops, c'est-à-dire, l'isthme de Corinthe. Les Corinthiens étaient juges aux jeux Isthmiques.

— 7. Ἔμιχθεν. Voyez *Néméennes*, I, 17 et 18.

Page 24. — 1. Τὰ δ' οἴκοι... Διὸς ἀγῶνι. Il n'est pas question ici des grands jeux olympiques, mais de jeux que l'on célébrait au printemps à Athènes (οἴκοι), en l'honneur de Jupiter. — Μάσσον' ἀριθμοῦ. On lisait autrefois ἀριθμῷ, ce qui signifiait : *sont encore plus nombreuses*, tandis que μάσσων ἀριθμοῦ veut dire *plus grand que tout nombre*, c'est-à-dire *innombrable*.

Page 26. — 1. Μᾶτερ ἁμετέρα, la Muse est appelée mère du poëte, parce que c'est à elle qu'il doit ses inspirations.

— 2. Τὰν πολυξέναν. Remarquez la forme assez rare πολυξέναν pour πολύξενον. On en trouve un exemple à peu près semblable : Φιλοξένη βία Αἰγίσθου, Eschyle, *Choéphores*, 654. L'épithète de πολύξενος est d'ailleurs fort bien appliquée à Égine, île très-commerçante.

— 3. Égine, île de la mer Égée, située entre l'Attique et l'Argolide, dans le golfe saronique.

— 4. Ὕδατι γὰρ μένοντ' ἐπ' Ἀσωπίῳ, κτλ. Heyne a pensé qu'il s'agit ici de l'Asope, fleuve célèbre qui coulait près de Sicyone; il suppose donc que le cortége du vainqueur, revenant de Némée à Égine, commence son chant près de Némée encore, et à peu de distance de l'Asope. Mais nous savons (voy. l'Argument) que cette ode fut composée très-longtemps après la victoire d'Aristoclide, ὀψέ, comme dit Pindare lui-même au vers 80. Il faut donc entendre par cet Asope un ruisseau ou une rivière de l'île Égine.

— 5. Pindare appelle les chanteurs τέκτονες κώμων, artisans de chants, de même qu'il appelle les poëtes artisans de vers, ἐπέων τέκτονες, *Pythiques*, III, 113.

— 6. Τᾶς, c.-à-d. ἀοιδᾶς. — Ἀφθονίαν ἀοιδᾶς, comme s'il y avait ἄφθονον ἀοιδάν, un chant, un hymne de longue haleine.

Page 28. — 1. Ἄρχε ... ὕμνον. Remarquez le verbe ἄρχειν, *commencer*, régissant l'accusatif. On trouve aussi dans Euripide, *Troyennes*, 148 : Ἐξάρχω μολπάν. Dans Homère, *Iliade*, II, 273 : Ἐξάρχων βουλάς. Enfin, on lit dans Platon, *Euthydème*, κατάρχειν λόγον.

— 2. Κείνων ὀάροις, désigne évidemment les chœurs des jeunes Éginètes; μέν, l'hymne que Pindare demande à sa Muse.

— 3. Χαρίεντα δ' ἕξει πόνον, χώρας ἄγαλμα. Quelques éditeurs ne ponctuent pas après πόνον, et donnent pour sujet à ἕξει le chœur, désigné selon eux par les mots χώρας ἄγαλμα. Cette explication est bien forcée; il nous paraît meilleur de réunir ἕξει χαρίεντα, il (Jupiter, nommé dans la phrase précédente) aura pour agréable, πόνον, ce travail, cet hymne, ἄγαλμα χώρας (en forme d'apposition), destiné à glorifier un pays où ont habité autrefois les Myrmidons, etc. Jupiter devait en effet entendre avec plaisir l'éloge des Myrmidons et des Éacides, qui avaient transporté son culte à Égine, et avaient placé l'île sous sa protection.

— 4. Ἀγορά doit sans doute se prendre ici dans le sens de *réunion où l'on combat*, et c'est ainsi peut-être qu'il faudrait l'expliquer aussi dans Homère, *Odyssée*, VIII, 109.

— 5. Οὐκ ἐλεγχέεσσιν ... στόλῳ. La négation retombe à la fois sur le verbe ἐμίανε et sur le participe μαλαχθείς. — Ἐλεγχέεσσιν ἐμίανε, périphrase pour le verbe simple καταισχύνειν. — Τεὰν κατ' αἶσαν, se rapporte à la Muse, *par ton bienfait, grâce à ta protection*. De même, *Olymp.* IX, 30 : Κατὰ δαίμονα, et 45 : Διὸς αἴσᾳ. Cette muse, c'est Clio, que le poëte nomme à la fin de l'ode, et dont le nom se retrouve dans celui d'Aristoclide. — Ἐν παγκρατίου στόλῳ, c'est-à-dire, dans son combat contre la foule, l'armée des lutteurs.

—6. Φέρει, pour ἔχει. De même, *Néméennes*, VII, 39. On lit au contraire, *Olympiques*, XIII, 36 : Πυθοῖ τ' ἔχει σταδίου τιμὰν διαύλου τε

— 7. Ἀνορέαις ὑπερτάταις ἐπέβα. Celle expression revient aux deux suivantes : *Isthmiques*, III, 50 : Τέλος ἄκρον ἱκέσθαι, et *Néméennes*, VI, 4, Πρὸς ἄκρον ἀρετᾶς ἦλθον.

— 8. Οὐκέτι πρόσω... εὐμαρές. Le poëte emploie ici une métaphore assez hardie, pour exprimer qu'Aristoclide est arrivé au comble de la gloire; il a pour ainsi dire atteint les colonnes d'Hercule, il ne peut donc pas aller plus loin, puisque ce sont là les limites infranchissables opposées à l'homme.

Page 30. — 1. Δάμασε δέ ... τεναγέων ῥοάς. Il ne s'agit pas ici du monstre auquel on avait donné Hésione à dévorer, mais de tous les monstres dont Hercule purgea les mers, pour rendre la navigation plus sûre. Comparez *Isthmiques*, III, 75 : Ναυτιλίαισί τε πορθμὸν ἁμερώσαις. — Διά τ' ἐξερεύνασε τεναγέων ῥοάς. Réunissez la tmèse, διεξερεύνασε. Τέναγος, répond bien au latin *vadum*.

— 2. Ὅπα πόμπιμον κατέβαινε νόστου τέλος, καὶ γᾶν φράδασσε. C'est-à-dire, Hercule sonda les bas-fonds et visita les mers, jusqu'à ce qu'il fût arrivé au terme abordable (πόμπιμον) de son voyage. Je ne comprends pas bien, en effet, comment on a pu expliquer cette phrase par les mots suivants : jusqu'à ce qu'il arrivât aux lieux qui prescrivent le retour. Νόστος a ici le sens qu'il prend quelquefois en poésie, *route*, *voyage*. Sophocle, *Philoctète*, 43 :

> Ἀλλ' ἢ 'πὶ φορβῆς νόστον ἐξελήλυθεν,
> ἢ φύλλον εἴ τι νώδυνον κάτοιδέ που.

Il est impossible, dans cet exemple, d'expliquer νόστον, par *retour*. Et de même dans celui-ci, Euripide, *Rhésos*, 427 :

> Μέλλοντι νόστον τὸν πρὸς Ἴλιον περᾶν
> ξυνῆψε πόλεμον.

— Φραδάω, s'explique fort bien ici par le latin *termino*.

— 3. Θυμέ, τίνα πρὸς ἀλλοδαπάν ... παραμείβεαι ; O mon âme, vers quel promontoire lointain détournes-tu ma course? — Les louanges d'Hercule ne sont ici qu'une digression ; le poëte le sent bien, aussi se hâte-t-il de revenir à son sujet, c'est-à-dire à l'éloge des héros qu'a produits Égine. Toutefois, Hercule n'était pas complétement étranger aux Éacides ; il avait reçu chez eux l'hospitalité, voy. *Isthmiques*, V, Antistr. II ; il avait fait avec Télamon des expéditions nombreuses, et avait plusieurs chapelles dans l'île d'Égine, voy. *Néméennes*, VII, 93.

— 4. Λόγῳ se rapporte au vers précédent. Ἐσλὸς (pour ἐσθλός) αἰνεῖν, apposition qui explique δίκας ἄωτος. Expliquez : *Convenit huic sermoni, quem dicendum esse profiteor, flos justitiæ, id est summum jus, quod viros bonos laudari postulat.* La même pensée se retrouve, *Pythiques*, IX, 93; *Néméennes*, IX, 6; *Isthmiques*, III, 7.

— 5. Οὐδ' ἀλλοτρίων... κρέσσονες. Joignez κρέσσονες à φέρειν, qui est encore ici pour ἔχειν. Ces locutions sont très-fréquentes chez Pindare. Ainsi, *Néméennes*, V, 18 : Καιρὸς νοῆσαι ἄριστος; IV, 94 : Ἀμάχος παλαῖσαι. *Olympiques*, XIII, 13 : Βαρὺς ἀντιάσαι, etc. Pour la pensée, comparez *Pythiques*, III, 21 et suiv.

— 6. Ἔλαβες, l'aoriste 2 ayant presque la valeur d'un futur.

— 7. Παλαιαῖσι δ' ἐν ἀρεταῖς. Il faut se garder d'entendre, avec quelques-uns : Pélée fut dans la joie de ses vertus antiques, etc. Ἐν ἀρεταῖς παλαιαῖσι est indépendant, et veut dire : Parmi les traditions des vertus antiques on raconte ceci, que Pélée, etc. On peut voir au commencement d'un des chœurs de l'Électre d'Euripide une tournure semblable.

Page 32. — 1. Ὑπέρφαλλον αἰχμὰν ταμών. D'après Homère, cette lance n'aurait pas été coupée par Pélée lui-même, mais elle lui aurait été donnée par Chiron. *Iliade*, XVI, 143 :

Πηλιάδα μελίην, τὴν πατρὶ φίλῳ πόρε Χείρων
Πηλίου ἐκ κορυφῆς, φόνον ἔμμεναι ἡρώεσσιν.

— 2. Ὅς καὶ Ἰωλκόν, κτλ. « Après le meurtre de son beau-père, Pélée se retira à Iolcos, où Acaste, roi du pays, lui fit la cérémonie de l'expiation. Une nouvelle aventure vint encore y troubler son repos. Astydamie (Pindare, dans l'ode suivante, la nomme Hippolyte), femme d'Acaste, étant devenue amoureuse de lui, et n'éprouvant que des mépris, l'accusa d'avoir voulu la séduire. Acaste crut la reine, mais, ne voulant pas violer les droits de l'hospitalité en mettant Pélée à mort, il l'engagea à le suivre à la chasse sur le mont Pélion, où il le fit attacher à un arbre, afin qu'il devînt la proie des bêtes féroces. Mais Jupiter, qui connaissait l'innocence de Pélée, ordonna à Vulcain de le dégager. Pélée ne fut pas plus tôt délivré qu'il assembla ses amis, se mit à leur tête, et se prépara à venger l'affront qu'il avait reçu. Il prit Iolcos, fit mourir la perfide Astydamie, ainsi que son crédule époux, et s'empara de son royaume. » « Iolcos, ville de la Thessalie dans la Magnésie, à peu de distance de la mer, au fond du golfe Pélasgique. Ce fut dans ce port de cette ville que s'embarquèrent les Argonautes. » Bouillet, *Dictionnaire de l'antiquité*. — Μόνος ἄνευ στρατιᾶς, locution semblable à οἶος ἄνευθ' ἄλλων, Homère, *Iliade*, XXI, 39, et οἶος Ἀτρειδῶν δίχα, Sophocle, *Ajax*, 471, est ici une exagération employée à dessein pour relever la gloire du héros.

— 3. Καὶ ποντίαν Θέτιν κατέμαρψεν ἐγκονητί. « Thétis rejeta avec mépris les hommages d'un simple mortel, et prit tour à tour la forme d'un oiseau, d'un arbre et d'une tigresse pour se dérober à ses poursuites. Pélée apprit de Protée les moyens de forcer sa maîtresse de se rendre à ses désirs. En effet, il parvint à surprendre la déesse qui, ne pouvant se soustraire à son ardeur, consentit à l'épouser. » Bouillet, *Dictionnaire de l'antiquité*.

— 4. Λαομέδοντα ... ἔπερσεν. Télamon accompagna Hercule dans son expédition contre Troie. Ce fut Télamon qui prit la ville, et Hercule qui tua Laomédon. Pindare se garde bien de reléguer, en citant le nom d'Hercule, son héros au second plan. Il ne parle donc que d'Iolas, mais cette mention suffit pour rappeler le souvenir d'Hercule, dont Iolas fut toujours le compagnon. Peut-être même faut-il entendre par ἔπερσε, non pas *saccagea*, mais *tua*. C'est ce dernier sens que nous avons préféré, en comparant *Pythiques*, IX, 84 et *Néméennes*, IV, 26.

— 5. Χαλκότοξον ἀλκάν. Eschyle a une expression à peu près semblable, *Perses*, 55 : Αἰχμᾷ τοξοῦλκον. Dans Hérodote, IV, 114, les Amazones disent elles-mêmes : Ἡμεῖς μὲν τοξεύομέν τε καὶ ἀκοντίζομεν καὶ ἱππαζόμεθα.

— 6. Ἐπετό οἱ. Il faut entendre par οἱ Iolas, c'est-à-dire encore Hercule. L'expédition d'Hercule contre les Amazones est assez connue, pour que nous n'ayons besoin de donner aucun détail.

— 7. Συγγενεῖ δέ τις εὐδοξίᾳ μέγα βρίθει. La transition est ici très-claire. Pindare vient de parler des hauts-faits de Pélée et de Télamon : « C'est que l'homme est bien fort, quand sa valeur est née avec lui ; mais s'il doit ses qualités à l'art seul, toujours obscur, toujours agitant dans son esprit mille projets divers, il ne s'avance jamais d'un pied sûr, et entreprend sans rien achever d'innombrables travaux. » Voulez-vous une preuve de cette puissance de l'homme en qui la valeur est innée ? C'est encore un héros d'Égine qui vous la fournira. Le fils de Pélée, Achille, etc. — Βρίθειν, être pesant, et au fig. puissant. Sophocle, *Ajax*, 129 :

.... Εἴ τινος πλέον
Ἢ χειρὶ βρίθεις ἢ μακροῦ πλούτου βάθει.

— 8. Πνέων, a ici le sens de *respirant*, c'est-à-dire *aspirant à*, *désirant*. De même, *Olympiques*, XI, 93 :

... Κενεὰ πνεύσαις ἔπορε μόχθῳ βραχύ τι τερπνόν ...

— 9. Τὰ μέν, correspond à ὅλον δέ, quelques vers plus loin.

— 10. Φιλύρας ἐν δόμοις. Philyre était la mère du Centaure Chiron, et Saturne était son père.

Page 34. — 1. Ἑξέτης τὸ πρῶτον· ὅλον δ᾽ ἔπειτ᾽ ἂν χρόνον, κτλ. Plusieurs éditions portent ici ἑξέτης τὸ πρῶτον, ὅλον τ᾽ ἔπειτ᾽ ἂν χρόνον c'est-à-dire Achille tuait les lions et les sangliers dès l'âge de six ans, et encore ensuite pendant tout le temps de sa vie Il n'est pas besoin d'insister sur ce qu'une pareille interprétation aurait de puéril ; le texte et la ponctuation que nous avons adoptés avec Dissen se recommandent assez d'eux-mêmes ; c'est la seule leçon possible, parce que seule elle offre un sens satisfaisant.

— 2. Λεγόμενον δὲ τοῦτο προτέρων ἔπος ἔχω. On a encore voulu, mais à tort, rapporter ce membre de phrase aux vers précédents, de la manière suivante : Achille, par ses exploits, faisait l'admiration de Minerve et de Diane ; c'est du moins ce que je raconte d'après les anciens hommes, c.-à-d. je reproduis ici les anciennes traditions. Mais alors nous avons une transition beaucoup trop brusque. Voici plutôt comme il faut accorder ce passage : Pindare n'a fait qu'indiquer plus haut, et en passant, qu'Achille avait été élevé par le centaure Chiron ; il va maintenant nous donner quelques détails, et il les aborde ainsi : Telle est en effet la tradition des anciens hommes : le sage Chiron éleva d'abord dans son antre de pierre, etc.

— 3. Λιθίνῳ ἔνδον τέγει. Ἔνδον, en poésie, remplace quelquefois la simple préposition ἐν. De même, *Néméennes*, VII, 44 : Ἔνδον ἄλσει ἔμμεναι. Et Homère ; Διὸς ἔνδον (s.-ent. δώματι), chez Jupiter.

— 4. Voyez sur l'éducation de Jason par le Centaure, *Pythiques*, IV, 102 et suiv. ; sur Esculape, *Pythiques*, III, 5 et suiv.

— 5. Μαλακόχειρα νόμον. L'adjectif μαλακόχειρ ne signifie pas, comme la plupart des traducteurs l'ont entendu, *d'une main douce, d'une main légère*, mais bien *d'une main secourable, qui soulage*. C'est là en effet le sens que prend μαλακός, *Pythiques*, III, 51 et IV, 271. — Νόμον, *usum*.

Page 36. — 1. Νύμφευσε, c.-à-d. τῷ Πηλεῖ. Les noces de Thétis et de Pélée s'étaient célébrées chez Chiron. — Ἀγλαόκαρπον. D'autres lisent ἀγλαόκρουνον, *aux belles sources*. On explique aussi ἀγλαόκαρπος de deux manières : *aux beaux bras*, ou *aux beaux fruits*. Nous n'avons pas de raison bien décisive à apporter en faveur de l'une ou l'autre de ces explications. La seconde, qui semble au premier abord la moins admissible, a cependant pour elle l'autorité de l'analogie. Chez les Argiens, Neptune était appelé φυτάλμιος (voy. Pausanias, II, 32, 7), parce que l'eau est nécessaire à la production des fruits. Or, Thétis, déesse de la mer, présidait à une foule de ruisseaux et de fleuves.

— 2 Ἐν ἁρμένοισι πάντα θυμὸν αὔξων. Ἐν ἁρμένοισι, c'est-à-dire *idoneis rebus*, car ἐν ici ne veut pas dire *dans*, mais *avec*, sens très-fréquent. Πάντα θυμὸν αὔξων, *omnem animum alens*, c'est-à-dire *animum penitus imbuens*.

— 3. Ἐπιμίξαις Αἰθιόπεσσι χεῖρας, ἐν φρασὶ πάξαιθ' ὅπως, κ. τ. λ. Quelques éditions ponctuent : Ἐπιμίξαις Αἰθιόπεσσι, χεῖρας ἐν φρασὶ πάξαιθ', ὅπως ... Cette leçon, sur laquelle on a beaucoup discuté, n'est guère admissible. D'abord l'expression χεῖρας ἐν φρασὶ πάξαιτο paraît assez bizarre, et on n'en trouverait guère d'analogues; puis, qu'importe qu'Achille, pour empêcher le retour de Memnon dans sa patrie, enfonce sa main dans les entrailles des Éthiopiens ? Il faudrait au moins que ce fût dans celles de Memnon. D'un autre côté, ἐπιμίξαις, ainsi isolé, est absolument sans exemple. Nous avons donc préféré, et avec raison, la leçon d'Hermann, adoptée par Bœckh et Dissen, et nous expliquons : Afin que luttant contre les Éthiopiens, il se mît bien dans l'esprit, c'est-à-dire il résolût, d'empêcher leur roi Memnon de retourner dans sa patrie. — La victoire d'Achille sur Memnon fut l'un de ses plus beaux faits d'armes au siége de Troie. Aussi Pindare en parle-t-il souvent. Voyez *Olympiques*, II, 91 ; *Néméennes*, VI, 51 ; *Isthmiques*, V, 22.

— 4. Ἀνεψιὸς Ἑλένοιο. Memnon et Hélénos étaient cousins, puisqu'ils étaient fils de deux frères, Tithon et Priam.

— 5. Αὐτόθεν, c.-à-d. de la victoire d'Achille sur Memnon. Comparez *Néméennes*, VI, 54 :

> Πέταται δ' ἐπί τε χθόνα καὶ διὰ θαλάσσας τηλόθεν τε
> ὄνυμ' αὐτῶν· καὶ ἐς Αἰθίοπας
> Μέμνονος οὐκ ἀπονοστάσαντος ἔπαλτο ....

— 6. Ζεῦ, τεὸν γὰρ αἷμα, σέο δ' ἀγών ... Ces quelques mots renferment la transition qui ramène le poëte des Éacides à Aristoclide : Jupiter, c'est ton sang, ce sont les Éacides que cet hymne a célébrés; il a chanté aussi les jeux qui te sont consacrés, il a chanté un triomphe national. Il fallait en effet chanter un héros tel qu'Aristoclide, qui, par sa victoire, etc. Telle est l'idée du poëte.

Page 38. — 1. Réunissez σὺν et πρέπει, tmèse pour συμπρέπει.

— 2. Ὃς τάνδε νᾶσον ... Θεάριον. On a construit cette phrase de trois manières différentes. 1° Προσέθηκε τάνδε νᾶσον λόγῳ εὐκλέϊ καὶ σεμνὸν Θεάριον Πυθίου ἀγλααῖσι μερίμναις, ce qui ne s'entend guère; 2° Προσέθηκε λόγῳ εὐκλέϊ τάνδε νᾶσον καὶ Θεάριον Πυθίου σεμνὸν ἀγλααῖσι μερίμναις, ce qui vaut déjà mieux, si ce n'est que σεμνὸν ne prend guère de complément; 3° enfin, en rapprochant ce passage des vers

106-108, *Olympiques*, I, on a reconnu que le sens de μέριμναι devait être *soucis*, *travaux*, et alors on a construit : Ἀγλααῖσι μερίμναις (par ses nobles travaux) προςέθηκε εὐκλεῖ λόγῳ τάνδε νᾶσον, etc. — Le Théarion était un édifice public d'Égine, voisin du temple d'Apollon Pythien, où vivaient les Théares ou Théores (de θεωρεῖν), collége sacré dont Aristoclide faisait sans doute partie. Ce collége existait sous ce nom, non-seulement à Égine, mais encore à Mantinée (Thucydide, V, 47); Pausanias (II, 31, 9) mentionne aussi à Trézène un temple consacré à *Apollo Thearios.*

— 3. Τέλος, la fin, le terme, c'est-à-dire le point culminant, le plus haut degré.

— 4. Ὧν, par attraction pour τούτων, ἅ (s.-ent. κατά).

— 5. Τρίτον μέρος, c'est-à-dire en troisième lieu, troisièmement.

— 6. Ἐλᾷ δὲ καὶ τέσσαρας ἀρετάς ... τὸ παρκείμενον. Il ne s'agit pas ici d'une quatrième vertu que l'homme peut posséder pendant toute sa vie, mais qui ne complète réellement le nombre quatre que chez les vieillards, puisqu'eux seuls peuvent avoir eu les trois vertus du jeune homme, de l'homme et du vieillard. Ce serait là un jeu de pensée assez puéril. Telle n'a pas été sans doute l'idée de Pindare; il a voulu dire, et son texte dit en effet qu'il y a trois vertus que l'homme peut acquérir, et qui le distingueront entre les enfants, entre les hommes, et entre les vieillards, mais que le long âge (μακρὸς αἰών) en amène une quatrième, qui consiste à savoir se résigner au présent, alors que les années accumulées ne permettent plus l'ambition de briller même parmi les vieillards. Aristoclide est arrivé à l'âge où l'on possède cette dernière vertu; il les a donc possédées toutes les quatre (τῶν οὐκ ἄπεστι). — Comparez Sophocle, *Œdipe à Colone*, v. 7.

Page 40. — 1. Ἐγὼ τόδε τοι ... ἱερσ' ἀμφέπει. Pindare a comparé plusieurs fois ses odes, lorsqu'elles étaient destinées à être chantées dans des festins, à des coupes d'un vin écumant et généreux (voyez *Olympiques*, VI, 91, et VII au commencement); ici il compare son hymne à un mélange de lait et de miel, sans doute pour faire entendre combien il espère que ses louanges seront douces au cœur d'Aristoclide.

— 2. Πόμ' ἀοίδιμον. La métaphore continue; ce n'est pas le breuvage, mais l'hymne, qui sera chanté au son des flûtes éoliennes.

— 3. Ὀψέ περ. Ἔστι δ' αἰετός ... Il envoie bien tard son hymne; mais le poëte est comme l'aigle; quand une fois son œil est fixé sur un but, il sait promptement l'atteindre. Il ne faut pas, du reste, appliquer à certains poëtes de son temps, Simonide et Bacchylide, dit-on, l'expression méprisante de κραγέται κολοιοί. Si Pindare parle des geais, ce n'est probablement que pour faire mieux ressortir la supériorité de l'aigle.

— 1. Νεμέας Ἐπιδαυρόθεν τ' ἄπο καὶ Μεγάρων. Ἀπό gouverne à la fois Νεμέας et Ἐπιδαυρόθεν, bien que ce dernier mot, dont la terminaison a la valeur de la préposition, ait pu être mis seul. Homère a dit, *Iliade*, VIII, 304, ἐξ Αἰσύμηθεν, et XXI, 199, ἀπ' οὐρανόθεν. — Esculape était à Épidaure l'objet d'un culte particulier; son temple était dans un bois sacré où se donnaient aussi des jeux (Pausanias, II, 26, 27), le neuvième jour après les jeux Isthmiques, selon le scholiaste. — Pour les jeux de Mégare, voyez *Olympiques*, VII, 77-87.

Page 42. — 1. Ἄριστος εὐφροσύνα ... ἰατρός. Eschyle a dit de même, *Choéphores*, 693 : Ἰατρὸς ἐλπὶς ἦν. — Le scholiaste explique κεκριμένων par κρίσιν λαβόντων καὶ συντελεσθέντων.

— 2. Θέλξαν νιν ἁπτόμεναι. Θέλξαν, est ici ce que l'on appelle quelquefois l'aoriste d'habitude. — Νιν, c'est-à-dire τοὺς πόνους. — Ἁπτόμεναι, touchant, mettant la main à, c'est-à-dire entreprenant de célébrer, en sous-entendant encore τῶν πόνων.

— 3. Μαλθακὰ τέγγει. Expliquez comme s'il y avait τέγγει ὥστε μαλάττειν. Au lieu de τέγγει, d'autres lisent avec Dissen τεύχει.

— 4. Εὐλογία φόρμιγγι συνάορος, *laus citharæ socia*, c.-à-d. *laus ad citharam cantata*.

— 5. Σὺν Χαρίτων τύχᾳ. Τύχα doit ici s'entendre *protection*, *faveur*. Il faudra encore l'expliquer de même au vers 48 de la *Néméenne* V.

Page 44. — 1. Αἰακιδᾶν ἠύπυργον ἕδος. Ces mots désignent Égine. Müller, Æginet. p. 146 : « *Sita erat ad mare, adversus Africam, Epidauri puto et Chersonesi e regione; munitissima* (ἠύπυργον) *usque ad Olymp. 80, ita ut novem mensium oppugnationem sustinuerit; portubus circumdata duobus et haud dubie tam ampla, ut a templo Veneris ad australe usque insulæ promontorium pertinuisse, et fana, Pausaniæ tempore disjecta, pleraque continuisse videatur.* » Pausanias, II, 29, 6 : Ἐν ἐπιφανεστάτῳ δὲ τῆς πόλεως τὸ Αἰάκειον καλούμενον, περίβολος τετράγωνος λευκοῦ λίθου.

— 2. Δίκα ξεναρκεῖ κοινὸν φέγγος, *lumière* ou *phare de justice qui protége également tous les étrangers*. Voyez le commencement de la *Néméenne* III, et notre note 2, p. 26. On peut rapprocher de cette image le vers 26 de l'*Olympique* VIII : Κίον παντοδαποῖσι ξένοις.

— 3. Εἰ δ' ἔτι ... τᾷδε μέλει κλιθείς. Le père de Timasarque s'adonnait à la musique; son aïeul Euphanès, dont il est parlé à la fin de l'ode, cultivait la poésie. — Joignez ποικίλον κιθαρίζων, comme s'il y avait ποικίλως. — Τῷδε μέλει κλιθείς. Le simple κλίνειν est employé ici par Pindare au lieu du composé προσκλίνειν, προσκλίνεσθαι, plus usité dans le sens de *s'appliquer à* (s'appliquant à mon hymne).

— 4. Ὕμνον κελάδησε καλλίνικον ... Θήβαις τ' ἐν ἑπταπύλοις. Il y a ici deux leçons en présence : πέμψαντος et πέμψαντα. Pour expliquer la phrase avec πέμψαντος, qui est le texte de Dissen, il faut pour ainsi dire décomposer par la pensée l'adjectif καλλίνικον, et en détacher le substantif νίκη, auquel on rattachera les différents régimes ἀπ' ἀγῶνος... et ἐν Θήβαις (car nous trouvons encore le datif *Olympiques*, VIII, 110 : Κόσμος Ὀλυμπίᾳ, et dans plusieurs autres passages). On expliquera alors : Il ferait entendre souvent l'hymne composé en l'honneur de tes belles victoires au combat Cléonéen, qui t'a envoyé (c'est-à-dire où l'on t'a décerné) un collier de couronnes, à Athènes et à Thèbes. On comprend bien d'ailleurs que cette expression, ὅρμον στεφάνων, m.-à-m. un collier de couronnes, ne soit qu'une périphrase employée par le poëte au lieu du singulier στέφανον. Si au contraire on préfère avec Bœckh la leçon πέμψαντα, on construira : Κελάδησεν ὕμνον καλλίνικον, πέμψαντα (σοι) ὅρμον στεφάνων ἀπ' ἀγῶνος, etc. Seulement, comment l'hymne a-t-il pu décerner les couronnes? Nous ne trouvons pas ailleurs dans Pindare d'expression équivalente qui puisse confirmer cette dernière hypothèse. — Κλεωναίου ἀγῶνος. Cléone, ville de l'Argolide, près de la forêt de Némée; ses habitants avaient longtemps présidé les jeux Néméens (voyez *Néméennes*, X, 42).

— 5. Οὕνεκα, *quandoquidem*.

— 6. Αἰγίνας ἕκατι. Le fleuve Asope était père de deux nymphes, Thèbe et Égine ; on disait donc que les deux villes étaient sœurs. Voyez encore, *Isthmiques*, VII, 17. Les Thébains, en guerre avec les Athéniens, consultèrent l'oracle de Delphes, qui leur conseilla de chercher pour alliés un peuple qui fût leur parent. Ils se souvinrent de la tradition, et s'adressèrent aux Éginètes (Hérodote, V, 80). Cette alliance de Thèbes et d'Égine explique suffisamment Αἰγίνας ἕκατι, et au commencement de la phrase suivante : Φίλοισι φίλος ἐλθών.

— 7. Ἡρακλέος ὀλβίαν πρὸς αὐλάν. Très-probablement l'Héraclium, situé près des portes Électres (voy. Pausanias, IX, 11, 2).

Page 46. — 1. Σὺν ᾧ ποτε. Quoique la transition soit un peu brusque, on comprend cependant fort bien que l'amitié entre Thèbe et Égine dont parle plus haut le poëte, nous prépare à voir intervenir dans l'ode deux représentants de cette amitié, Hercule, pour Thèbes, Télamon, pour Égine.

— 2. Τρωΐαν ... πόρθησε. Voyez l'ode précédente, vers 36, et notre note 3, p. 32. Ici, le poëte dit bien clairement que Télamon était compagnon d'Hercule, et non plus, comme dans l'ode III, d'Iolas. Le verbe πόρθησε gouverne à la fois Τρωΐαν et Μέροπας, ce qui explique fort bien le double sens que nous donnions dans l'ode III aux verbes πέρθειν, πορθεῖν, etc. *saccager* et *tuer*.

— 3. Les Méropes habitaient l'île de Cos.

— 4. « Alcyonée, géant, frère de Porphyrion, tué près de Phlégra par Hercule pour avoir enlevé des chariots envoyés à ce héros. Ses filles, désespérées de sa mort, se précipitèrent dans la mer, où Amphitrite les changea en alcyons. » Bouillet, *Dict. de l'antiquité*. — — Πολεμιστάν est ici adjectif.

— 5. Πέτρῳ ... ἕλεν. Le verbe αἱρέω, a ici le sens de *détruire*. — Δὶς τόσσους, deux guerriers sur chaque char, à la manière des combattants d'Homère.

— 6. Λόγον ὁ μὴ συνιείς, celui qui ne comprendrait pas ce récit, c'est-à-dire, celui qui ne concevrait pas qu'Hercule eût éprouvé quelques pertes dans sa lutte contre Alcyonée.

— 7. Ἐπεὶ ... ἔοικεν. Le scholiaste cite ici un vers d'un poëte tragique, qu'il compare avec celui de Pindare :

Τὸν δρῶντά πού τι καὶ παθεῖν ὀφείλεται.

Cette maxime a probablement quelque rapport avec le début de l'ode; Timasarque n'a pas vaincu sans recevoir bien des coups que la joie du triomphe guérira ; de même Hercule, etc.

— 8. Τεθμός, sans doute la loi de ces sortes de chants, qui veut qu'on préfère exclusivement l'éloge des héros nationaux à celui des étrangers ; aussi Pindare va-t-il revenir aux Éacides.

— 9. Ἴυγγι ... θιγέμεν. L'iynx était un petit oiseau que l'on invoquait dans les chants magiques ; de là ἴυγγι ἦτορ ἕλκομαι, mon cœur est entraîné par un charme. — Νουμηνίᾳ. Les fêtes dans lesquelles se chantaient ces odes se célébraient ordinairement à la nouvelle lune — Θιγέμεν, *toucher*, c.-à-d. *traiter*.

— 10. Ἔμπα, καίπερ, κ. τ. λ. Faites retomber ἔμπα sur ἀντίτεινε. Pindare s'adresse à sa Muse ou à son âme.

Page 48. — 1. Κυλίνδει. Le présent pour le futur. — Pindare avait sans doute rencontré parmi les Éginètes des censeurs qui lui reprochaient d'abandonner trop volontiers les louanges de leurs héros pour celles d'Hercule. On veut encore ici, mais sans doute à tort, voir une allusion à Simonide.

— 2. Πεπρωμέναν τελέσει, *perficiet qualenus fato concessum.*

— 3. Οἰνώνᾳ. Œnone était l'ancien nom d'Égine; voyez Hérodote, VIII, 46, et Pausanias, II, 29, 2.

— 4. Ἀπάρχει. Remarquez la grande valeur de la préposition ἀπό, *règne loin de son pays,* c.-à-d. *dans l'exil.* Teucer avait des autels à Chypre; il y avait fondé Salamine. Ses descendants y régnèrent jusqu'à Évagoras, qui fut chassé par Protagoras, son oncle.

— 5. Thétis était particulièrement honorée en Thessalie, et Achille avait un culte dans l'île de Leucé.

— 6. Διαπρυσίᾳ, *late patenti.* L'Épire était très-montagneuse (voy. Strabon, VII); ses troupeaux de bœufs étaient fort renommés, grâce à la bonté de ses pâturages (Aristote, *Hist. nat.* III, 16).

Page 50. — 1. Dodone, au pied du mont Tomare.

— 2. Παλίου δὲ πὰρ ποδί. Voyez notre note 2, p. 32.

— 3. Πολεμίαν χεῖρα προστραπών. L'actif προστρέπειν est employé ici au lieu du moyen προστρέπεσθαι, *se tourner vers*, *marcher vers* ou *contre.* — Les Hémoniens, ancien nom des Thessaliens.

— 4. Χρησάμενος, *ayant éprouvé, ayant été victime de.*

— 5. Τᾷ δαιδάλῳ δὲ μαχαίρᾳ. Ici Heyne lit Δαιδάλω, génitif de Δαίδαλος, Dédale, ou en admettant δαιδάλῳ adjectif, il propose d'entendre que l'épée de Pélée, ouvrage remarquable de Vulcain, avait été cachée par Acaste. C'est bien là, il est vrai, la tradition accréditée; Acaste avait emmené Pélée à la chasse avec lui sur le mont Pélion, et là, il avait caché l'épée du héros, pour que celui-ci en la cherchant fût tué par les Centaures. Tout invraisemblable que soit cette fable, et tout insuffisante que soit cette explication, il semble qu'on soit forcé d'accepter l'une et l'autre. Le scholiaste, Bœckh, Dissen et Heyne sont d'accord là-dessus. Le scholiaste cite même quelques vers des fragments d'Hésiode, que nous reproduisons ici :

> Ἥδε δέ οἱ κατὰ θυμὸν ἀρίστη φαίνετο βουλή·
> αὐτὸν μὲν σχέσθαι, κρύψαι δ' ἀδόκητα μάχαιραν
> καλήν, ἥν οἱ ἔτευξε περικλυτὸς Ἀμφιγυήεις·
> ὡς τὴν μαστεύων οἶος κατὰ Πήλιον αἰπὺ
> αἶψ' ὑπὸ Κενταύροισιν ὀρεσκώοισι δαμείη.

Il cite encore, Homère, *Iliade*, XVIII, 482, un exemple de l'épithète δαίδαλος, appliquée à Vulcain :

> Ποίει δαίδαλα πολλὰ ἰδυίῃσι πραπίδεσσιν.

Malgré tant de témoignages, nous trouvons cette explication tellement forcée, et l'obscurité de l'expression de Pindare, ainsi inter-

Pélée, tellement loin des habitudes de ce poëte, que nous n'avons pas craint de hasarder un autre sens, beaucoup plus clair, et qui n'est pas non plus sans autorités. On sait combien les poëtes anciens, tout en étant d'accord sur les grandes traditions mythologiques, varient cependant dans les détails.

— 6. Chiron, d'autres disent Vulcain.

— 7. Καὶ τὸ μόρσιμον... ἐκφέρειν. Ἐκφέρειν, *ad exitum perducere, mener à fin, accomplir.* Cet événement fatal marqué par le destin de Jupiter, c'est l'hymen de Pélée avec Thétis, dont il est question dans les vers suivants.

— 8. Πῦρ δὲ παγκρατές... σχάσαις. Σχάσαις, pour le composé ἐπισχών, du verbe ἐπέχειν, *cohibere.* — Ἀκμάν, *vim.* — Pour ces détails, voyez notre note 3, p. 32.

— 9. Εὔκυκλον ἕδραν, c'est-à-dire, les dieux assis en cercle autour de la table du festin, car les dieux assistèrent chez le centaure Chiron au repas de noces de Thétis et Pélée.

Page 52. — 1. Ἐξέφανεν, d'ἐκφαίνω, *mettre sous les yeux, montrer,* et par extension, *offrir.*

— 2. Γαδείρων... οὐ περατόν. Gadès, aujourd'hui Cadix, où étaient les colonnes d'Hercule. Comparez *Néméennes*, III, 20 et suiv. La pensée que Pindare veut exprimer ici par cette métaphore, est qu'il ne faut pas franchir les bornes de son sujet.

— 3. Θεανδρίδαισι... συνθέμενος. Timasarque était de la famille des Théandrides. — Joignez ἀέθλων à Ὀλυμπίᾳ, Νεμέᾳ τε, etc., et voyez plus haut, à ce sujet, notre note 4, page 44. — Συνθέμενος, en étant convenu, comme je l'avais promis. — Après ses digressions, Pindare revient sur la fin de son ode, selon son habitude, à l'éloge du vainqueur et de sa famille.

— 4. Πεῖραν ἔχοντες. Le sens de πεῖραν ἔχειν est ici, *avoir une épreuve de ses forces, livrer un combat;* ἔχειν a à peu près la même valeur que dans Homère, *Odyssée*, XXIV, 515, δῆριν ἔχειν.

— 5. Πάτραν ἵν' ἀκούομεν... πρόπολον ἔμμεναι. Quelques traducteurs ont rendu à tort πάτραν, par *nation* ou *tribu;* le substantif πάτρα ne veut pas dire autre chose ici que *famille* (voyez aussi *Néméennes*, VI, 36); plusieurs familles alliées et réunies entre elles formaient une φρατρία. Πάτρα est donc ici synonyme de *Theandridæ universi*, ἅπαντες οἱ Θεανδρίδαι. On diffère aussi beaucoup sur le sens des mots : ἐπινικίοισιν ἀοιδαῖς πρόπολον ἔμμεναι. Selon Hermann, ils ne veulent pas dire autre chose que : fournir matière à des chants de victoire; mais cette explication ne saurait satisfaire complétement. En effet, ces victoires des Théandrides seraient nécessairement remportées dans l'île, car telle est la valeur bien précise de ἔνα; or, il s'agit des triomphes d'Olympie, de Némée, de l'Isthme. Si cependant l'on veut entendre que les Théandrides, revenant dans leur patrie avec des couronnes, y donnent matière à des hymnes, y sont chantés, que signifie ce mot vague ἀνείπομεν, pour un fait qui ne doit pas avoir la moindre certitude? Nous nous rangeons complétement à l'avis de Dissen, qui explique πρόπολον ἔμμεναι, *être ministre de*, c'est-à-dire *donner des soins à*, *faire les frais de*. Les Théandrides, fiers de l'honneur que faisait rejaillir sur leur famille celui de ses membres qui triomphait dans les grands jeux, se réunissaient pour faire les frais des chœurs qui célébraient sa victoire.

Page 54. — 1. Εἰ δέ τοι μάτρῳ... θάλησε Κορινθίοις σελίνοις. Ces huit vers ne forment qu'une seule période, à laquelle il faudrait même ajouter encore les deux suivants. Elle a fort embarrassé les interprètes; mais nous pensons en donner, avec le commentaire de Dissen, une explication suffisamment claire. Pindare ne veut pas louer Timasarque seul; il a annoncé des louanges pour les Théandrides, et déjà il a parlé de leur libéralité, qualité commune à la famille tout entière; il citera maintenant deux noms, un athlète, Calliclès, un poëte, Euphanès; ces deux personnages sont, avec Timasarque, les principales illustrations de la famille. Le début de la période, bien que gouvernant le mouvement de tout le reste (*Si tu m'ordonnes* d'élever encore à ton oncle Calliclès un cippe plus blanc que le marbre de Paros), n'est donc qu'une formule poétique, et ne doit pas être pris à la lettre. Qu'est-ce maintenant que ce monument plus blanc que le marbre de Paros? Évidemment c'est un hymne, car les œuvres du génie durent plus longtemps que la pierre et le marbre. La pensée du poëte est donc jusqu'ici : Si tu me demandes un hymne pour Calliclès ton oncle. Voilà la protase; cherchons l'apodose. Elle est certainement dans les mots κεῖνος εὑρέτω (qu'il trouve, qu'il entende) ἐμὰν γλῶσσαν, κ. τ. λ. Si tu me demandes un hymne (j'y consens), qu'il entende ma voix, etc. Il nous reste donc à expliquer les vers ὁ χρυσὸς... τεύχει φῶτα. Supposons que la phrase soit ainsi construite : ὡς ὁ χρυσὸς ἑψόμενος... οὕτως ὕμνος τῶν ἀγαθῶν, etc., il ne reste aucun embarras. Eh bien, il y a là en effet une comparaison; seulement les signes n'en sont pas indiqués, et au lieu des mots ὡς... οὕτως, la particule δέ met le second membre en opposition avec le premier. Telle est donc l'idée complète de Pindare : Si tu me demandes un hymne pour Calliclès ton oncle, je ne te refuserai pas, car je sais que de même que l'or en passant au creuset jette tout son éclat, de même le chant consacré aux grandes actions rend un mortel égal aux rois. Toutefois, Pindare ne fera pas cette ode, et comment s'en excusera-t-il? De la manière la plus ingénieuse, en rappelant la victoire de Calliclès aux jeux de l'isthme, et les grandes qualités poétiques d'Euphanès qui l'a célébrée. Il n'a pas été témoin de cette victoire (il le dit plus bas), car il n'était pas contemporain de Calliclès, et l'on ne chante rien aussi bien que ce que l'on a vu de ses propres yeux; il ira donc s'inspirer dans les lieux même où les tempes de Calliclès ont été couronnées, aux jeux de Neptune, de l'ache de Corinthe. A la fin de cette période se rattache le commencement de l'éloge d'Euphanès : D'ailleurs, dit le poëte, ton aïeul Euphanès l'a chanté.

— 2. Μελησίαν. Ce Mélésias était, dit-on, le précepteur de Timasarque.

Page 56. — 1. *Ἔριδα στρέφοι... ἔφεδρος.* Οἷον est admiratif. — *Ἔριδα*, c'est-à-dire *laborem*. — *Στρέφοι, πλέκων, ἀπάλαιστος, ἕλκειν, ἔφεδρος*, tous termes de lutte. On lit cependant aussi dans Hérodote, VIII, 83 : Καταπλέξας τὴν ῥῆσιν. Hésiode, *Bouclier*, 302 : Ἐμάχοντο πύξ τε καὶ ἑλκηδόν. — Ἔφεδρος, l'adversaire que l'on réservait au vainqueur, ici simplement *ennemi*, *adversaire*. Heyne compare avec raison cette expression au mot *additus*, chez les latins, dans cette phrase de Virgile : *Et Teucris addita Juno.* — Ce n'est pas la seule fois que Pindare fait une comparaison entre la poésie et la lutte. *Pythiques*, I, 42 :

> . . . . Ἄνδρα δ' ἐγὼ κεῖνον
> αἰνῆσαι μενοινῶν ἔλπομαι
> μὴ χαλκοπάραον ἄκονθ' ὡσείτ' ἀγῶνος βαλεῖν ἔξω παλάμᾳ δονέων,
> μακρὰ δὲ ῥίψαις ἀμεύσασθ' ἀντίους.

Page 58. — 1. Οὐκ ἀνδριαντοποιός εἰμ'. Ce début a donné lieu à l'interprétation suivante du Scholiaste, qui a trouvé assez de partisans. On disait que la famille de Pythéas, trouvant le prix de Pindare exagéré, avait voulu renoncer à l'ode qu'elle lui avait demandée, et faire élever au jeune vainqueur une statue d'airain; que bientôt cependant, soit que la statue fût encore plus coûteuse que l'ode, soit pour toute autre raison, on revint à Pindare, qui se vengea de ce caprice en débutant ainsi. D'autres interprètes n'ont voulu voir là qu'une comparaison poétique entre la statuaire et la poésie; nous préférons cette seconde explication. De tels rapprochements ne sont pas rares chez les anciens, et il suffit de se rappeler Horace : *Exegi monumentum ære perennius*, etc. L'idée de Pindare est celle-ci : Le statuaire reproduit les traits d'un héros, mais cette image est immobile et ne quitte pas le lieu où elle a été placée ; au contraire, les portraits et les récits du poëte se répandent dans tout l'univers.

— 2. Ἐπ' αὐτᾶς βαθμίδος. On a interprété αὐτᾶς comme s'il y avait τᾶς αὐτᾶς ; c'est à tort : Pindare n'omet jamais l'article. Il faut donc traduire : *sur leur base même*. Qu'importe en effet que la statue change de piédestal ? Elle n'en est pas moins immobile.

— 3. Ἐπὶ πάσας ὁλκάδος ἔν τ' ἀκάτῳ. Sans doute Lampon était un personnage célèbre, et l'un des principaux de l'île d'Égine ; autrement, on s'expliquerait assez mal la solennité d'un pareil début.

— 4. Νίκη... στέφανον. Νίκη, pour l'imparfait ἐνίκα. Νικᾷν στέφανον, *remporter une couronne*, comme *Néméennes*, X, 26 : κρατεῖν στέφανον.

— 5. Οὔπω γένυσι... ὀπώραν. Ὀπώρα désigne proprement les jours caniculaires, époque où l'on récoltait les fruits. De là, par métaphore, cette expression a été transportée à la maturité de l'homme, à la puberté, comme *Isthmiques*, II, 5, et comme dans les deux vers suivants cités par Athénée, livre XIII :

Πολλὴν ὀπώραν εἰσορῶν καρῆν,
ἄκραισι περκάζουσαν οἰνάνθαις χρόνου.

Le poëte continue son image, et voulant parler du duvet, ἴουλος, qui commence à naître sur le visage de l'homme, il le compare aux feuilles encore tendres ou aux premiers bourgeons de la vigne, οἰνάνθη.

Page 60. — 1. Ἐκ δὲ Κρόνου καὶ Ζηνός... ἐγέραιρεν. Éaque était fils de Jupiter et de la nymphe Égine. Les fils d'Éaque furent au nombre de trois, Pélée, Télamon et Phocos. Il en avait eu deux, Pélée et Télamon, d'Endéis, fille du centaure Chiron, qui lui-même était fils de Saturne ; le troisième, Phocos, devait le jour à Psamathée, l'une des Néréides. Ainsi la famille des Éacides remontait à Jupiter par Éaque, à Saturne par Endéis, aux Néréides par Psamathée. — Ἐγέραιρεν, est ici le contraire du verbe κατελέγχειν ou καταισχύνειν, dont nous avons fait ressortir plus haut la valeur. Voyez notre note 5, page 28.

— 2. Φίλαν ξένων ἄρουραν. Voyez ce que nous avons déjà dit sur cette épithète d'*hospitalière*, accordée si fréquemment par Pindare à l'île d'Égine (notes 2, page 26, et 2, page 44). Il faut bien entendre en effet *terre amie des étrangers*, et non pas *aimée des étrangers*.

— 3. Τάν ποτε... θέσσαντο. Sous-entendez εἶναι. Cette construction revient à peu près à la formule latine : *Velle, cupere aliquem salvum, validum, felicem.*

— 4. Πὰρ βωμὸν πατέρος Ἑλλανίου στάντες. Debout près de l'autel de Jupiter Hellénien. On rapporte ici à tort la tradition suivante, que dans une disette qui régnait dans toute la Grèce, l'oracle de Delphes avait répondu que les prières d'Éaque auprès de Jupiter obtiendraient la cessation du fléau; que des députés de toutes les villes de la Grèce étaient venus se joindre à Éaque dans un sacrifice solennel, et avaient ainsi obtenu la fin de leurs maux. Il ne peut évidemment être question ici que des Éacides. Suivons en effet l'idée du poëte, qu'il a si souvent reproduite : Égine est une terre de héros; à qui le doit-elle? aux Éacides, à leurs exemples, à leurs prières. Et alors Pindare nous représente les fils d'Éaque, qui alors vivaient encore en bonne intelligence, debout près de l'autel de Jupiter, les mains tendues vers le ciel, demandant la gloire pour leur patrie. Quel plus sublime tableau? — Le culte de Jupiter Hellénien ou Panhellénien avait été apporté à Égine par les Myrmidons.

— 5. Βία Φώκου pour Φῶκος, ce qui explique la reprise ὁ τᾶς θεοῦ. Nous n'avons pas besoin d'insister sur cette expression, que l'on trouve à chaque page dans Homère. Il ne faut pas cependant regarder le mot βία comme absolument sans valeur; il désigne ici la qualité prédominante de Phocos, comme dans βία Ἡρακλέος. Βία se traduirait donc bien par un adjectif, en rétablissant Phocos au nominatif.

— 6. Αἰδέομαι, κ. τ. λ. Après avoir parlé de ces prières adressées en commun à Jupiter par les fils d'Éaque, Pindare ne pouvait se dispenser de dire quelques mots du meurtre de Phocos, qui devait se présenter naturellement à la mémoire de ceux qui entendraient son ode. Il le fait à regret, et par une allusion rapide; mais si l'on veut suivre de près l'enchaînement des idées, on verra quel parti il a su tirer de cette circonstance même : Le meurtre de Phocos a suivi les prières des Éacides, et déjà ces prières avaient été exaucées; aussi, bien qu'un Dieu vengeur les ait chassés d'Égine, les fils d'Éaque n'en ont pas moins brillé, pour la gloire de leur patrie, par leur fortune et leur valeur. Témoin Pélée, etc. Phocos était le fils de prédilection d'Éaque; il surpassait ses frères dans les exercices gymnastiques et dans l'art naval. La jalousie de Pelée et de Télamon les poussa à lui donner la mort. D'autres disent que Pélée seul se chargea du meurtre, d'accord toutefois avec Télamon. Pausanias parle du tombeau de Phocos, qui était situé près du temple appelé Αἰάκειον. — Faut-il, selon d'autres, voir dans ce souvenir un conseil donné par le poëte aux trois fils de Lampon? Rien d'impossible, mais nous ne le pensons pas. — Μέγα, sous-entendez ἔργον.

— 7. Œnone, nous l'avons déjà dit, était l'ancien nom de l'île d'Égine. Voyez notre note 3, page 48.

— 8. Οὔ τοι ἅπασα... ἀλάθει' ἀτρεκής. — Κερδίων φαίνοισα, construction très-usitée chez les Attiques. — Ἀλάθεια ἀτρεκής, *res etiam verissima.* — Pindare a exprimé plusieurs fois la même pensée dans d'autres termes.

Page 62. — 1. Εἰ δ' ὄλβον. Pindare vient de parler des revers des Éacides, de leur exil; aussi, pour faire contraste, c'est ici de leur bonheur qu'il parle d'abord, et il va en donner pour exemple l'hymen de Pélée avec Thétis; il a indiqué les autres qualités, leur force (χειρῶν βίαν), leurs guerres (πόλεμον pour πολέμους), mais il se contente de les avoir indiquées sans les développer.

— 2. Δεδόκηται, pour δέδοκται, se trouve aussi dans Hérodote, VII, 16. — Sous-entendez μοι.

— 3. Μακρὰ δή αὐτόθεν ἅλμαθ' ὑποσκάπτοι τις. Le scholiaste pense que cette métaphore rappelle les lignes que l'on tirait, dans l'exercice du saut, pour marquer après coup l'espace que chacun avait franchi; il en était de même au jeu du disque. Cette explication n'est pas le moins du monde satisfaisante; il ne s'agit pas de juger si l'essor du poëte le portera loin, mais de lui ouvrir une vaste carrière, de lui donner de l'espace, car le poëte est comme l'aigle, son élan le transporte au delà même de la mer. On traçait dans les stades un sillon que les concurrents devaient s'efforcer d'atteindre en sautant; la distance à franchir pour y arriver était ordinairement de cinquante pieds. Phayllos de Crotone sauta au delà, comme le témoigne l'inscription d'une colonne qui lui fut élevée :

> Πέντ' ἐπὶ πεντήκοντα πόδας πήδησε Φάϋλλος,
> δίσκευσεν δ' ἑκατὸν πέντ' ἀπολειπομένων.

De là le proverbe ὑπὲρ τὰ ἐσκαμμένα πηδᾶν ou ἅλλεσθαι. C'est à ce sillon qui marquait le but que Pindare fait allusion. Il demande qu'on éloigne pour lui le but, car lorsqu'il chante les succès des Éacides, il se sent des forces pour un vaste élan. — Αὐτόθεν est ici comme ἤδη.

— 4. Καὶ κείνοις. Les Muses firent cette faveur aux Éacides, comme elles l'avaient déjà faite à Cadmus.

— 5. Ἐν Παλίῳ, sur le Pélion, où se célébrèrent, dans la demeure de Chiron, les noces de Thétis et Pélée.

— 6. Ἀγεῖτο παντοίων νόμων. Le chant du chœur suivait la cithare

— 7. Ὡς τέ νιν ἁβρά κ. τ. λ. Voyez *Néméennes*, IV, 54, et notre note 2, page 32.

— 8. Πεδᾶσαι, *opprimere*, *occidere*. De même, *Fragments*, Θρῆνοι, VI :

> Πέφνε δὲ τρεῖς καὶ δέκ' ἄνδρας · τετράτῳ δ' αὐτὸς πεδάθη.

— 9. Ξυνᾶνα... σκοπόν. Ξυνᾶνα, c'est-à-dire ami de Pélée. — Σκοπός, *surveillant*, et par extension *roi*.

Page 64. — 1. Συνέπαξε λόγον, comme dans d'autres endroits, λόγον πλέκειν.

— 2. Νυμφείας εὐνᾶς, *concubitus*. De même, Euripide, *Iphigénie à Aulis*, 130 :

> Οὐδ' ὅτι κείνῳ παῖδ' ἐπεφήμισα
> νυμφείους εἰς ἀγκώνων
> εὐνὰς ἐκδώσειν λέκτροις.

— 3. Ὀργὰν κνίζον. Ὀργή ne veut pas dire ici *la colère*, mais *le caractère*, *le naturel*; ces discours audacieux irritaient le noble cœur de Pélée; de même ὀργά, *Isthmiques*, IV, 38. — Κνίζειν a été pris dans le même sens par Sophocle, *Œdipe roi*, 786.

— 4. Ὥστε... πράξειν, se rendrait bien par les mots latins *se comparaturum ei*. — Χρυσαλακάτων. Virgile dit aussi, *Géorgiques*, IV, 334, en parlant des nymphes des eaux :

> . . . . . *Eam circum Milesia vellera Nymphæ*
> *Carpebant.*

Page 66. — 1. Γαμβρόν ne signifie pas précisément *gendre*, mais simplement *parent*, *allié*. Neptune avait épousé Amphitrite, l'une des Néréides.

— 2. Ὃς Αἰγᾶθεν κ. τ. λ. Pindare revient à son héros par une transition remarquable, car elle est tout entière dans le pronom ὅς. — On ne sait pas au juste s'il est question ici d'Égée en Achaïe ou d'Égée en Eubée ; ces deux villes étaient pareillement consacrées à Neptune.

— 3. Ἰσθμὸν Δωρίαν. L'isthme de Corinthe était une colonie des Doriens.

— 4. Ἔνθα μιν εὔφρονες ἶλαι... δέκονται... καὶ... ἐρίζοντι. On a voulu voir dans ces deux mots, σὺν καλάμοιο βοᾷ δέκονται, les chants de victoire qui suivaient les jeux, et où l'on célébrait à la fois le dieu et le vainqueur ; il y aurait alors un renversement dans l'ordre naturel des idées, puisque la lutte (ἐρίζοντι) doit précéder l'hymne de triomphe ; mais on trouverait facilement, tant chez les poëtes grecs que chez les latins, assez d'exemples analogues pour justifier cette interprétation. Il nous semble toutefois préférable, en considérant bien la valeur du verbe δέκονται, d'entendre par là les sacrifices et les chants qui précédaient les jeux, et que l'on commençait à l'arrivée du dieu et, pour ainsi dire, pour lui faire réception. Ces vers sont un espèce de présage de la victoire remportée plus tard aux jeux isthmiques par Euthymène. On peut voir maintenant pourquoi le poëte a introduit Neptune: l'alliance de Pélée avec Neptune peut faire espérer aux Éginètes de beaux succès à l'isthme.

— 5. Πότμος δέ... περὶ πάντων. Δέ a ici la force de γάρ; cette sentence se rapporte aux vers précédents. Πότμος συγγενής, *vis ingenita*. Κρίνει, *juge*, c'est-à-dire *décide*. Voyez, sur une pensée à peu près emblable, notre note 7, page 32.

— 6. Νίκας ἐν ἀγκώνεσσι πιτνών. *Tomber dans les bras de la victoire*, c'est-à-dire simplement *vaincre*. Euthymène, oncle de Pythéas, avait été vainqueur à Égine, dans les jeux qui s'y célébraient en l'honneur des Éacides. Joignez θεοῦ à Νίκας.

— 7. Ἦτοι μεταΐξαντα.. Πυθέα. Μεταΐσσειν, s'élancer ou marcher sur les traces de. *Pythiques*, X, 12 : Ἐμβέβακεν ἴχνεσιν πατρός. *Néméennes*, VI, 15 : Ἴχνεσιν ἐν Πραξιδάμαντος ἑὸν πόδα νέμων.—Κείνου, pour αὐτοῦ.—Ἔθνος, synonyme de γένος, qui s'emploie pour désigner une famille, et quelquefois même, comme ici, un seul individu. — Remarquez ἔθνος μεταΐξαντα. On lit aussi dans Homère, *Odyssée*, VI, 157 :

Λευσσόντων τοιόνδε θάλος χορὸν εἰσοιχνεῦσαν.

Et dans Eschyle, *Agamemnon*, 120 :

Λαγίναν γένναν βλαβέντα λοισθίων δρόμων.

— 8. Μεὶς ἐπιχώριος. Le mois Delphinien, l'un des mois de l'île d'Égine (avril ou mai); on célébrait probablement dans le courant de ce mois des jeux en l'honneur d'Apollon. Il n'est plus question que de Pythéas : tout l'a favorisé, Némée, et le mois national, etc.

Page 68. — 1. Dans la vallée de Nisos, c'est-à-dire aux jeux de Mégare; Nisos était un des anciens rois de Mégare.

— 2. Μάρνασθαι περὶ ἐσλοῖσι, comme *Olympiques*, V, 15 : Μάρνασθαι ἀμφ' ἀρεταῖσι, et XI, 97 : Ἀγὼν ἀμφ' ἀργυρίδεσσι.

— 3. Ἴσθι... ἐπαύρεο. Μόχθων ἀμοιβάν, c'est-à-dire νίκαν. Ménandre était un Athénien, instituteur (τέκτων) d'athlètes. — Nous nous sommes déjà expliqués plusieurs fois sur la valeur de σὺν τύχᾳ, σὺν αἴσᾳ. Voyez nos notes 5, page 28, et 5, page 42.

— 4. Χρὴ δ' ἀπ' Ἀθανᾶν... ἔμμεν. Il était naturel qu'Athènes fournît aux athlètes d'excellents instituteurs, car on y célébrait souvent des jeux magnifiques, parmi lesquels se distinguaient les Panathénées.

— 5. Εἰ δὲ Θεμίστιον ἵκεις, ὥστ' ἀείδειν. Expliquez et construisez : Εἰ δὲ ἔχεις ὥστε ἀείδειν Θεμίστιον, ou moins bien peut-être, avec Heyne : Εἰ δὲ ἔχεις (ἐπὶ) Θεμίστιον, ὥστε ἀείδειν (αὐτόν). — Thémistios, aïeul de Pythéas, cité dans la Ve Isthmique. — Μηκέτι ῥίγει. Ῥιγεῖν, être languissant, indolent, comme *frigere*, dans cette phrase de Cicéron, *Lettres*, XIII, 14 : *Plane jam, Brute, frigeo.*

— 6. Δίδοι φωνάν. Δίδοι, synonyme de ἀφίει. Euripide, *Iphigénie en Tauride*, 1161 : Ὁσία γὰρ δίδωμ' ἔπος τόδε. Ovide, *Métamorphoses*, IX, 583 : *Lingua tales icto dedit aere voces.*

— 7. Ἀνὰ δ' ἱστία τεῖνον. Joignez ἀνάτεινον. Cette métaphore est d'ailleurs très-fréquemment employée. Cicéron, *Tusculanes*, IV, 5 : *Utrum panderem vela orationis statim an eam ante paululum dialecticorum remis propellerem.* Ovide, *Métamorphoses*, XV, 176 :

> *Et quoniam magno feror æquore, plenaque ventis*
> *Vela dedi.*

— 8. A Épidaure, où se célébraient des jeux en l'honneur d'Esculape.

— 9. Le vestibule d'Éaque, c'est-à-dire du temple des Éacides.

— 10. Σὺν ξανθαῖς Χάρισσιν. Avec les Grâces, c'est-à-dire au milieu des chants de victoire; en effet, les Grâces assistaient à ces chants. Voyez *Néméennes*, VI, 38, et IX, 51.

Page 70. — 1. On a souvent expliqué, souvent traduit ainsi ce début : Les hommes et les dieux sont une seule et même race; mais en cela, on s'est grandement trompé sur la valeur de ἓν répété, valeur nécessairement disjonctive. Il est une race des dieux, une race des hommes, dit Pindare, c'est-à-dire, il existe deux races, celle des dieux et celle des hommes; ces deux races sont également sorties de la Terre, mère de tout ce qui existe (voyez Hésiode, *Théogonie*, 116; Sophocle, *Antigone*, 339, appelle la Terre θεῶν τὰν ὑπερτάταν); mais leur nature est bien différente.

— 2. Ἐκ μιᾶς δὲ πνέομεν ματρός. Remarquez πνεῖν ἐκ, *respirer de, en sortant de, devoir la vie à.*

— 3. Πᾶσα κεκριμένα, *tota diversa.* Heyne compare avec raison l'expression analogue d'Hésiode, *Bouclier*, 55 : Κεκριμένην γενεήν.

— 4. Ὡς τὸ μὲν οὐδέν. Sous-entendez ἐστί. Οὐδὲν εἶναι, *n'être rien*, qui s'emploie ordinairement pour signifier le néant, le peu de prix ou de valeur, se dit aussi de la faiblesse, comme on le voit dans Euripide, *Hercule furieux*, 314, où le chœur, composé de vieillards Thébains, après avoir déploré la perte de son ancienne vigueur, ajoute : νῦν δ' οὐδέν ἐσμεν, mais à présent nous sommes sans force.

— 5. Ὁ δὲ χάλκεος ἀσφαλὲς αἰὲν ἕδος μένει οὐρανός. Comparez Hésiode, *Théogonie*, 126 et suivants. Homère a aussi les mêmes expressions, *Odyssée*, VI, 42 :

> Οὔλυμπόνδ᾽ ὅθι φασὶ θεῶν ἕδος ἀσφαλὲς αἰὲν
> ἔμμεναι.

— 6. Ἀλλά τι προσφέρομεν.... ἀθανάτοις. Προσφέρειν, *ressembler*, s'oppose à διαφέρειν ; toutefois l'adjectif προσφερής est plus usité en ce sens. — Φύσις, employé pour désigner la stature, les belles formes du corps, par opposition à νόος, se trouve encore *Isthmiques*, III, 67. — Remarquez le renversement des particules ἤ... ἤτοι ; cette dernière se place ordinairement la première.

— 7. Καίπερ ἐφαμερίαν... ποτὶ στάθμαν. La seule difficulté de cette phrase est dans les mots ἐφαμερίαν et μετὰ νύκτας. Ἐφαμερίαν se rapporte à στάθμαν, μετὰ νύκτας est complément de δραμεῖν. Il faut donc, pour expliquer, construire ainsi : Καίπερ οὐκ εἰδότες ποτὶ ἄν τινα στάθμαν ἐφαμερίαν πότμος ἔγραψεν ἄμμε δραμεῖν, οὐδὲ ποτὶ ἄν τινα στάθμαν ἔγραψεν ἄμμε δραμεῖν μετὰ νύκτας ; et encore ainsi l'explication ne sera-t-elle pas satisfaisante, car, bien que οὐδέ exige cette construction double, il est évident que pour l'idée il ne faut pas séparer ἐφαμερίαν de μετὰ νύκτας. Il n'y a pas en effet deux buts différents, que nous poursuivions, l'un le jour, l'autre la nuit, mais un seul but que nous poursuivons *jour et nuit*. Ἐφαμερίαν est donc un adjectif mis pour une locution adverbiale, ou μετὰ νύκτας une locution adverbiale employée pour un adjectif. — Μετὰ νύκτας, *pendant les nuits*, comme dans Euripide, *Oreste*, 58, μεθ᾽ ἡμέραν, *pendant le jour*. — Ἔγραψε, comme on dit γράφειν νόμον. Euripide, *Ion*, 442 : Θεοὶ τοὺς νόμους βροτοῖς γράψαντες. — Στάθμαν. Métaphore empruntée au jeu de la course, où une ligne tracée marquait le commencement et la fin de la carrière à parcourir (voyez *Pythiques*, IX, 122). Comparez Euripide, *Ion*, 1514.

Page 72. — 1. Τεκμαίρει... ἀρούραισιν. Pindare va appliquer sur-le-champ à la famille d'Alcimidas les maximes générales qu'il a posées au début de l'ode. L'homme, a-t-il dit, est bien inférieur aux dieux, car il est soumis aux caprices du destin, mais il peut se rapprocher d'eux par les hautes qualités de son corps ou de son esprit. La famille d'Alcimidas est une preuve éclatante de la grandeur de l'homme par les héros qu'elle a produits, de sa faiblesse, par l'intervalle d'une génération qu'elle a mis entre chacun de ces héros. Cette dernière pensée devait être exprimée délicatement, et pour ainsi dire déguisée ; aussi

Pindare a comparé cette famille aux terres qui produisent une année et se reposent l'année suivante. Il a employé à peu près la même comparaison, *Néméennes*, IX, 38 et suivants. — Τὸ συγγενὲς, neutre abstrait, pour τοῖς συγγενεῖς ou τὸ γένος. — Le sens d'ἄγχι, *semblablement à*, n'est pas douteux, bien qu'il ait été omis dans quelques dictionnaires; il se retrouve d'ailleurs dans une foule de composés. Homère, *Hymne à Vénus*, 201 :

Ἀγχίθεοι δὲ μάλιστα καταθνήτων ἀνθρώπων
αἰὲν ἀφ' ὑμετέρης γενεῆς εἶδός τε φυήν τε.

— 2. Αἵτ' ἀμειβόμεναι... ἔμαρψαν. Βίος ἐπηετανός. Hésiode, *Œuvres et Jours*, 31, s'est servi de la même expression. — Πεδίων, sans doute πεδία ἀρουρῶν; Euripide, *Hercule furieux*, 396, dit au contraire ἄρουραι πεδίων : l'un et l'autre est également juste.

— 3. Ταύταν μεθέπων Διόθεν αἶσαν. Ταύταν αἶσαν, *hanc fortunam, scilicet ut vinceret*. — Μεθέπων, synonyme de διώκων, prépare la comparaison que le poëte va faire d'Alcimidas avec un chasseur.

— 4. Ἀμφὶ πάλᾳ, comme ἐν πάλᾳ. Nous avons déjà vu plusieurs fois ἀμφὶ employé ainsi.

— 5. Ἴχνεσιν ἐν Πραξιδάμαντος ... ὁμαιμίων. Πόδα νέμων, *pedem movens*, de même que Sophocle, *Ajax*, 367 : ἐκνέμειν πόδα. On voit que Pindare ne parle nullement de Théon, père d'Alcimidas, qui était une de ces générations stériles de la famille.

Page 74. — 1. Κεῖνος γὰρ ... στεφανωσάμενος. Praxidamas fut en effet vainqueur aux jeux olympiques de l'Olympiade LIX, d'après le témoignage de Pausanias (VI, 18, 5), qui ajoute que Praxidamas et Rhexibios d'Oponte (Olymp. LXI) furent les premiers qui consacrèrent des statues à Olympie. Avant Praxidamas, les habitants de l'île d'Égine ne comptaient pas de victoire aux jeux Olympiques. — Αἰακίδαις, en l'honneur des Éacides; en effet, les victoires des Éginètes honoraient leur patrie, et par conséquent les dieux et les héros domestiques. — Joignez στεφανωσάμενος ἔρνεα ἀπ' Ἀλφεοῦ. — L'Alphée traversait l'Élide et passait à Olympie; ses rives étaient couvertes d'oliviers.

— 2. Soclide, père de Praxidamas, n'était célèbre que par les succès de son père Agésimaque et de son fils Praxidamas. Ὑπέρτατος ne veut donc pas dire ἐξοχώτατος, *præstantissimus*, mais bien ὑπολόγατος, *maximus natu, l'aîné*.

— 3. Ἐπεὶ οἱ τρεῖς. Il faut bien se garder de prendre οἱ pour le datif du pronom personnel de la 3e personne, comme l'ont fait un assez grand nombre d'interprètes. Car ce pronom ne pourrait se rapporter qu'à Agésidame ou à Soclide : attribuer trois fils victorieux à Agésidame serait contre la vérité (voyez la note précédente) et démentirait la comparaison que Pindare a faite au commencement de l'ode. Il n'y a pas de raison non plus de donner trois fils à Soclide, alors que Pindare parle des succès d'un seul. Οἱ est tout simplement l'article : οἱ τρεῖς ἀεθλοφόροι, ces trois victorieux, c'est-à-dire, Alcimidas, Praxidamas et Agésidame.

— 4. Πρὸς ἄκρον ἀρετᾶς. C'est encore la victoire que Pindare désigne par les mots ἄκρον ἀρετᾶς, de même que, *Isthmiques*, III, 50 : τέλος ἄκρον ἱκέσθαι.

— 5. Οὔτε, *eux qui seuls;* Soclide et Théon n'avaient pas essayé de lutter dans les jeux.

— 6. Μυχῷ Ἑλλάδος. Expression que l'on trouve dans Homère, *Iliade*, VI, 152, et ailleurs :

Ἔστι πόλις Ἐφύρη μυχῷ Ἄργεος ἱπποβότοιο.

— 7. Ἔλπομαι... ἄντ' ἀπὸ τόξου ἱείς. L'infinitif aoriste τυχεῖν a encore dans cette phrase la valeur d'un futur. Le poëte espère, en rappelant de grandes choses, frapper le but, c'est-à-dire donner à cette famille des louanges dignes de ses belles actions. Ἄντ' ἀπὸ τόξου ἱείς, *tanquam ab arcu sagittam mittens*, c'est-à-dire, *certo jactu.*

— 8. Εὔθυν' ἐπὶ τοῦτον... εὐκλέα. A ἐπὶ τοῦτον, sous-entendez οἶκον, et non pas σκοπόν. Pindare a déjà dit, *Olympiques*, XIII, 27, εὔθυνειν οὖρον. Euripide dit de même, *Hécube*, 39 : Πρὸς οἶκον εὐθύνοντας ἐναλίαν πλάτην. Οὖρον ἐπέων, comme οὖρον ὕμνων, *Pythiques*, IV, 3. Toute cette métaphore est empruntée à la navigation (voyez des images semblables, *Pythiques*, II, 62, et *Néméennes*, V, 51); le poëte compare la Muse au dieu qui dirige le vent.

Page 76. — 1. Ἀποιχομένων γὰρ ἀνέρων... οὐ σπανίζει. Ἀνέρων ne dépend pas de ἀοιδαὶ καὶ λόγοι, mais bien de καλὰ ἔργα. — Λόγοι, pour λόγιοι, les récits en prose, c'est-à-dire les historiens ; ici λόγιοι serait substantif, plus bas il est adjectif. Voyez encore, *Pythiques*, I, 94. — Ἐκόμισαν, *foverunt, curarunt, servarunt.* — Σφιν et Βασσίδαισιν, deux datifs qui désignent les mêmes personnes, mais qui cependant ne doivent pas être rapprochés ; le premier dépend de ἐκόμισαν et se rapporte à οἶκον, le second dépend de σπανίζει.

— 2. Ἴδια ναυστολέοντες ἐπικώμια. Les Bassides chargent leur vaisseau de leurs propres louanges, comme les commerçants de marchandises qui leur appartiennent ; c'est-à-dire que cette famille a par elle-même assez d'éclat pour que le poëte qui la célèbre ne soit pas obligé de recourir secondairement à l'éloge de personnages étrangers; aussi voit-on que dans cette ode Pindare est extrêmement sobre de héros mythologiques. La position de l'île d'Égine donnait une grande importance à son commerce maritime; c'est pour flatter l'orgueil national que le poëte emprunte à l'art naval une bonne partie de ses métaphores.

— 3. Πιερίδων ἀρόταις, autre métaphore, que le mot δυνατοί sépare parfaitement de la précédente. Nous la retrouverons encore, *Néméennes*, X, 26 : Μοίσαισί τ' ἔδωκ' ἀρόσαι. — Ἀγερώχων, de même que Νίκα ἀγέρωχος, *Olympiques*, XI, 82, et πλούτου στεφάνωμ' ἀγέρωχον, *Pythiques*, I, 50.

— 4. Ἀπὸ ταύτας αἷμα πάτρας. Pour le sens de πάτρα, voyez notre note 5, page 52. Pour la préposition ἀπό, comparez, *Olympiques*, VII, 93 : Σπέρμ' ἀπὸ Καλλιάνακτος.

— 5. Ἔρνεσι Λατοῦς. Les enfants de Latone, Apollon et Diane, présidaient aux jeux pythiens. Voyez *Néméennes*, IX, 4, 5, et notre note.

— 6. Παρὰ Κασταλίᾳ ... φλέγεν. Castalie, fontaine de la Phocide, près de Delphes; elle descendait du Parnasse. — *Χαρίτων ὁμάδῳ φλέγεν*, il brilla le soir dans l'assemblée des Muses; c'est-à-dire, on chanta le soir ses louanges, car les Grâces présidaient ou assistaient souvent aux hymnes de victoire (*Néméennes*, V, fin, et IX, 54).

— 7. Πόντου τε γέφυρ'... ἂν τέμενος. C'est l'isthme de Corinthe que Pindare désigne par les mots γέφυρα πόντου ἀκάμαντος. — Ἀμφικτιόνων; il ne faut pas entendre par là les Amphictyons, comme quelques-uns l'ont fait, mais bien les peuples voisins. — Ἐν ταυροφόνῳ τριετηρίδι. Les jeux Isthmiques se célébraient tous les trois ans, et on les inaugurait par le sacrifice d'un taureau. — Ποσειδάνιον ἂν τέμενος. On les célébrait dans un bois de sapins consacré à Neptune. — Comparez avec ces vers, *Néméennes*, V, 38.

Page 78. — 1. Βοτάνα τέ νιν... λέοντος... ὑπ' ὠγυγίοις ὄρεσιν. Némée (Voyez Pausanias II, 15, 2 et Strabon, VIII, 6, 19) était située près des monts Phliasiens, avec un bois sacré de cyprès où Jupiter avait un temple et où se célébraient les jeux. On appelait ce bois *la forêt du lion* (νάπα λέοντος, *Isthmiques*, III, 11, et χόρτοι λέοντος, *Olympiques*, XIII, 43), et l'ache qui y croissait, *l'herbe du lion*. — Phlionte, ville du Péloponèse, dans la partie orientale de l'Achaïe, au sud de Sicyone. — Dans ἀσκίοις, ἀ est augmentatif, comme dans ἄξυλος ὕλη, Homère, *Iliade*, XI, 155.

— 2. Λογίοισι, de λόγος, qui signifie bien souvent récit, tradition, veut dire ici ceux qui sont versés dans les traditions antiques.

— 3. Σφίν, datif pluriel, se rapporte au singulier νᾶσον, comme plus haut l'autre σφίν se rapporte à οἴκων.

— 4. Ἔξοχον αἶσαν, *insignem fortunam gloriæ.*

— 5. Πέταται... τηλόθεν ὄνυμ' αὐτῶν. Τηλόθεν, nom pas *de loin*, mais au loin, comme *Olympiques*, I, 94 : Τηλόθεν δέδορκε. — Αὐτῶν, des Éacides.

— 6. Μέμνονος οὐκ ἀπονοστάσαντος. Voyez *Néméennes*, III, 61.

— 7. Φαεννᾶς υἱόν... Ἀοῦς. Memnon était fils de Tithon et de l'Aurore. Homère dit aussi, *Odyssée*, IV, 188 : Ἠοῦς φαεινῆς υἱός.

Page 80. — 1. Ὁδὸν ἀμαξιτόν, m. à m. cette route assez large pour y faire passer des chars. De même *Pythiques*, IV, 247.

— 2. Ἔχων μελέταν. Traduisez comme s'il y avait simplement μελέτῃ, avec empressement, de bon cœur.

— 3. Τὸ δὲ πὰρ ποδὶ ναός... δονεῖν θυμόν. Pindare veut renoncer à l'éloge des Éacides à peine commencé, car la race des Bassides, nous l'avons vu plus haut, a assez de sa gloire pour remplir bien des odes ; il ne pouvait pas dire brusquement : mais quittons les Éacides pour revenir à la famille d'Alcimidas ; telle est pourtant la pensée qu'il enveloppe d'une métaphore nouvelle empruntée à la navigation : rien ne donne plus de souci au navigateur que le flot qu'il a à franchir le premier, c'est-à-dire celui qui bat la quille de son vaisseau ; de même ce qui se rapproche le plus de mon sujet, c'est-à-dire l'éloge des Bassides, est ce qui doit m'occuper le plus. — Nous aimons mieux réunir τὸ κυμάτων, en sous-entendant μέρος, que de sous-entendre κῦμα après τό et de faire dépendre κυμάτων de μάλιστα. — Pour la valeur du verbe δονεῖν, comparez, *Pythiques*, VI, 35 :

Μεσσανίου δὲ γέροντος
δονηθεῖσα φρὴν βόασε παῖδα ὅν.

— 4. Ἑκὼν δ' ἐγὼ νώτῳ... ἄγγελος ἔβαν. Quel est ce double fardeau, que le poëte a bénévolement chargé sur ses épaules? Quelques-uns ont entendu l'éloge des Éacides et celui des Bassides, ce qui est peu vraisemblable, car Pindare se serait assez lestement débarrassé du premier. Il est bien plus probable que son idée est celle-ci : J'ai bien assez du double fardeau que j'ai pris, avec plaisir, il est vrai, sur mes épaules, en chantant non-seulement la victoire d'Alcimidas, mais encore celles de sa famille, car outre la victoire d'Alcimidas, j'en proclame vingt-quatre autres que les Bassides ont remportées avant lui. — Μεθέπων, est ici *subire*. — Ἄγγελος, comme nous avons vu plus haut κάρυξ ἑτοῖμος ἔβαν, *Néméennes*, IV, 74.

— 5. Ὅ γ' ἐπάρκεσεν, *quam celebrandam suppeditavit familia*, etc.

— 6. Δύο μέν... ἄνθε' Ὀλυμπιάδος. Le nombre des victoires remportées par les Bassides serait plus grand encore, si deux d'entre eux, Alcimidas et Créontidas, sans doute à des époques différentes, n'avaient été vaincus aux jeux olympiques, où le sort leur avait donné de trop rudes adversaires. Je ne puis m'empêcher de citer en entier un passage de Lucien, *Hermotime*, c. 40, rapporté dans le commentaire de Dissen, et qui explique d'une manière très-claire comment le sort accouplait les adversaires dans les jeux publics : Κάλπις ἀργυρᾶ πρόκειται ἱερὰ τοῦ θεοῦ· ἐς ταύτην ἐμβάλλονται κλῆροι μικροί, ὅσον δὴ κυαμιαῖοι τὸ μέγεθος, ἐπιγεγραμμένοι· ἐγγράφεται δὲ ἐς δύο μὲν ἄλφα ἐν ἑκατέρῳ, ἐς δύο δὲ τὸ βῆτα, καὶ ἐς ἄλλους δύο τὸ γάμμα, καὶ ἑξῆς κατὰ τὰ αὐτά, ἢν πλείους οἱ ἀθληταὶ ὦσι, δύο ἀεὶ κλῆροι τὸ αὐτὸ γράμμα ἔχοντες. Προσελθὼν δὴ τῶν ἀθλητῶν ἕκαστος, προσευξάμενος τῷ Διί, καθεὶς τὴν χεῖρα ἐς τὴν κάλπιν, ἀνασπᾷ τῶν κλήρων ἕνα, καὶ μετ' ἐκεῖνον ἕτερος, καὶ παρεστὼς μαστιγοφόρος ἑκάστῳ, ἀνέχει αὐτοῦ τὴν χεῖρα, οὐ παρέχων ἀναγνῶναι ὅ τι τὸ γράμμα ἐστὶν ὃ ἀνέσπακεν. Ἁπάντων δὲ ἤδη ἐχόντων, ὁ ἀλυτάρχης, οἶμαι, ἢ τῶν Ἑλλανοδικῶν αὐτῶν εἷς (οὐκ ἔτι γὰρ τοῦτο μέμνημαι) περιιὼν ἐπισκοπεῖ τοὺς κλήρους ἐν κύκλῳ ἑστώτων, καὶ οὕτω τὸν μὲν ἄλφα ἔχοντα τῷ τὸ ἕτερον ἄλφα ἀνεσπακότι παλαίειν ἢ παγκρατιάζειν συνάπτει, τὸν δὲ τὸ βῆτα τῷ τὸ βῆτα ὁμοίως καὶ τοὺς ἄλλους τοὺς ὁμογράμμους κατὰ ταὐτά. — Ἄνθεα, *les fleurs*, pour la couronne. — Remarquez la construction de νοσφίζειν, éloigner, c. à d. priver quelqu'un de quelque chose, avec un double accusatif.

— 7. Δελφῖνι... ἀνίοχον. Le poëte termine en comparant à un dauphin pour l'agilité Mélésias, alipte ou instituteur d'athlètes, dont il a été déjà question à la fin de l'Ode IV. — Ἀνίοχον. Pindare dit ailleurs, *Isthmiques*, III, fin : Κυβερνατῆρα οἰακοστρόφον.

Page 82. — 1. Ἐλείθυια. Les déesses qui présidaient à l'enfantement étaient primitivement Ilithye à Delphes, Augé (de αὐγή) à Tégée, Junon et Diane λοχεία. Avec le temps, le grand nom de Junon éclipsa celui des autres déesses, et Ilithye devint fille de Junon. Pindare l'appelle compagne des Parques (voyez aussi *Olympiques*, VI, 42), parce que les Parques présidaient aussi à la naissance. — Μεγαλοσθενέος. Une colonie d'habitants d'Épidaure avait apporté à Égine le culte de Junon ; elle y était honorée d'une façon toute particulière. — Maintenant, pourquoi cette invocation à Lucine ou Ilithye au début de l'ode ? L'idée qui domine dans cette pièce est la suivante : Nul mortel n'est justement honoré, si les dieux ne l'ont honoré aussi. Ulysse et Néoptolème en seront la preuve. Eh bien, le poëte ne veut pas que l'on puisse lui adresser au sujet de son héros les reproches qu'il adresse lui-même à Homère pour avoir tant et si injustement loué Ulysse; il se hâte donc de placer Sogène sous la protection de quelque divinité, et il choisit Ilithye parce qu'elle préside à l'enfantement et qu'elle a sans doute donné à Sogène naissant les qualités qui l'ont fait vaincre. Assez souvent déjà, nous avons vu Pindare dire que la victoire dépend des qualités que chacun apporte à sa naissance; il ne se contente plus ici de cette maxime générale, et fait intervenir, comme l'exige le développement de son idée, la déesse même qui dote les enfants au sortir du sein de leur mère.

— 2. Ἄνευ σέθεν οὐ φάος, οὐ... ἀγλαόγυιον Ἥβαν. Οὐ répété, c'est-à-dire, *neque ... neque*. Il faut remarquer aussi que l'influence de ces deux négations ne retombe pas seulement sur le participe δρακέντες, mais aussi sur le verbe ἐλάχομεν, qui est probablement un aoriste d'habitude, bien qu'on puisse en faire un conditionnel en sous-entendant ἄν. — Hébé était aussi fille de Junon, et par conséquent sœur d'Ilithye (voyez *Néméennes*, X, 18).

— 3. Ἀναπνεῖν, *respirer*, c.-à-d. *vivre*, comme ἀμπνοάς (pour ἀναπνοάς) ἔχειν, dans Sophocle, *Ajax*, 416.

— 4. Πότμῳ ζυγέντα. On voit aussi dans Euripide, *les Suppliantes*, 220 : Θεσφάτοις Φοίβου ζυγείς, et *Médée*, 733 : Ὁρκίοισι ζυγείς.

— 5. Κριθείς est fort bien expliqué par le scholiaste, ἔκκριτος γενόμενος. Voyez encore *Isthmiques*, IV, 12. — Au vers suivant, réunissez εὔδοξος à μετὰ πενταέθλοις. Le pentathle ou quinquerce se composait de cinq exercices : le saut, le disque ou palet, la course, le javelot et la lutte.

Page 81. — 1. Πόλιν γάρ, κ. τ. λ. Cette phrase ressort du verbe ἀείδεται, dont elle est pour ainsi dire l'explication.

— 2. Μάλα δ' ἐθέλοντι... θυμὸν ἀμφέπειν. Ἐθέλοντι se rapporte à πόλις, ou plutôt à l'idée de πολῖται renfermée dans πόλις. — Remarquez σύμπειρος avec le datif. De même dans Homère, *Odyssée*, III, 23 :

Οὐδέ τί πω μύθοισι πεπείρημαι πυκινοῖσιν.

— Θυμὸν ἀμφέπειν, que nous retrouverons encore plus bas, au vers 91, peut fort bien se comparer à Νόον φέρβεται, *Pythiques*, V, 110; ἀμφέπειν est synonyme de ἔχειν, mais il ajoute de plus une nuance de soin tendre.

— 3. Εἰ δὲ τύχῃ τις ἔρδων. Τυχεῖν est encore ici *obtenir du succès*, *réussir*. — Ἔρδων, en agissant, en faisant, c'est à dire dans ses entreprises, dans ses luttes.

— 4. Μελίφρον' αἰτίαν ... ἐνέβαλεν. On a souvent comparé la poésie à un fleuve; quelques-unes de ces expressions antiques, telles que *des flots de poésie*, etc. ont même été naturalisées dans notre langue. *Jeter dans le fleuve des Muses* est donc simplement *fournir, offrir aux Muses, aux poëtes*. — Αἰτία, a ici parfaitement le sens du mot latin *argumentum*, sujet, matière.

— 5. Ἀλκαί, c'est-à-dire ἀρεταί.

— 6. Ἔργοις δὲ καλοῖς ... ἐπέων ἀοιδαῖς. Ἔσοπτρον, ce miroir est le fleuve des Muses (ῥοαῖσι Μοισᾶν). — Après ἴσαμεν, sous-entendez εἶναι. — Ἑνὶ σὺν τρόπῳ, c'est-à-dire *seulement de la manière suivante*. — Mnémosyne, déesse de la mémoire, mère des Muses. — Λιπαράμπυκος, voyez *Isthmiques*, II, 1. — Εὕρηται a pour sujet sous-entendu ἔργα. Remarquez ce rapprochement de mots : Ἔργα εὕρηται ἄποινα μόχθων. Ἔργα et μόχθοι sont souvent synonymes; il y a ici entre eux une nuance : ἔργα, les actions accomplies; μόχθοι, les peines, les fatigues qui ont amené cet accomplissement.

— 7. Vers 17 à 49. Avant d'entrer dans le détail de cette partie de l'ode, il est nécessaire de donner quelques explications sur l'ensemble. Nous avons déjà dit dans l'argument que les habitants d'Égine se plaignaient que Pindare, dans un péan composé à Delphes, eût outragé un de leurs héros, Néoptolème. Pindare se disculpera d'abord en prouvant qu'il n'a rien dit qui ne fût à la plus grande gloire du fils d'Achille, ensuite en protestant que jamais la malignité n'a entré dans son caractère. C'est la première partie de cette justification que nous abordons. Voici, à bien examiner, l'enchaînement d'idées que nous y trouvons : « Le sage pense à l'avenir, il ne recule pas sordidement devant quelques dépenses pour laisser un souvenir de ses exploits (c'est là la pensée qui se cache sous la comparaison du navigateur); tous les hommes, en effet, pauvres et riches, meurent pareillement ; il faut donc rechercher les louanges, mais elles n'ont pas de prix si elles ne sont confirmées par un dieu; telles sont celles qu'Homère a données à Ulysse; l'art du poëte a trompé le vulgaire, si aveugle d'ailleurs qu'il n'a pas su, entre Ajax et Ulysse, discerner le vrai mérite. Mais les rois meurent tous, bons et pires; la vraie gloire n'est assurée qu'à ceux à qui le dieu de Delphes accorde après leur mort un culte dans son sanctuaire. Au premier rang de ces rois glorieux est Néoptolème; sans doute Pindare a dit qu'il avait été tué dans une dispute au sujet des viandes des victimes, et il le dit encore ; mais il ne voulait point par là accuser Néoptolème de cupidité; Apollon avait résolu de le garder à Delphes pour en faire le président des jeux sacrés. » Telle est, en substance, la première partie de la justification du poëte; la liaison des pensées est assez subtile; elle n'échappe pas cependant à une attention bien réfléchie.

— 8. Τριταῖον ἄνεμον ἔμαθον. Encore un aoriste d'habitude. Τριταῖος ἄνεμος, le vent qui doit souffler le troisième jour, de même qu'on dit τριταῖον ἀφικέσθαι, arriver le troisième jour, etc.

— 9. Οὐδ' ὑπὸ κέρδει βλάβεν. Tmèse; réunissez ὑπὸ et βλάβεν. De même, *Néméennes*, IX, 33 : ὑποκλέπτεται.

— 10. Θανάτου πέρας. On peut sous-entendre εἰς ou πρός. Euripide, *Hippolyte*, 140 : Θανάτου κέλσαι ποτὶ τέρμα δύστανον.

Page 86. — 1. Ἐγὼ δὲ ... Ὅμηρον. La transition ne manque pas ici, mais elle est un peu déguisée. Après cette idée générale : le sage doit préférer la gloire et les louanges au gain, on s'attendrait à une sentence générale telle que celle-ci : mais il faut toujours que les louanges soient vraies; et alors le poëte n'étonnerait pas en produisant aussitôt l'exemple d'Ulysse si vanté par Homère. Mais Pindare supprime souvent les termes intermédiaires; tantôt, comme ici, au lieu d'une pensée générale, il donne une application particulière, qui permet cependant à la réflexion de retrouver cette pensée; tantôt au contraire c'est la maxime qu'il donne au lieu de l'application, de l'exemple. C'est là assurément une des plus grandes difficultés de notre poëte, mais il suffit., nous l'avons déjà dit, d'une attention sérieuse, et ensuite de quelque habitude de ses allures. — Remarquez λόγον, et non pas τιμάν, car la réputation d'Ulysse n'est pas consacrée, comme celle de Néoptolème, par le dieu de Delphes. — Ἢ πάθεν. Il semble que ce soit ici une allusion au πολύτλας δῖος Ὀδυσσεὺς d'Homère; mais πάσχειν a aussi bien quelquefois un sens actif qu'un sens passif; ainsi nous trouvons *Iliade*, III, 128 : Πάσχειν ἀέθλους. Ulysse n'était pas seulement célèbre par ses malheurs, mais encore par ses actions; il faut donc voir dans πάθεν un double sens, actif et passif.

— 2. Ποτανᾷ μαχανᾷ. Ποτανός, non seulement *ailé*, *qui a des ailes*, mais encore *qui porte*, *qui élève sur ses ailes*, de même que nous voyons *Pythiques*, VIII, 35, cette épithète appliquée aux objets que la poésie élève par ses louanges. — Οἱ, le datif pour le génitif, comme souvent.

— 3. Ὅπλων χολωθείς. Sous-entendez ἕνεκα. Il s'agit de l'armure d'Achille, que les Grecs, après sa mort, décernèrent à Ulysse. Ajax, qui la lui avait disputée, se tua de dépit.

— 4. Ἔπαξε διὰ φρενῶν λευρὸν ξίφος. Sophocle a dit : Πλευρὰν διαῤῥήξαντα τῷδε φασγάνῳ. — Λευρὸν pour λεῖον, de même qu'Euripide, *Bacchantes*, 980 : λευρὰν πέτραν.

— 5. Κράτιστον Ἀχιλέος ἄτερ. Voyez Homère, *Iliade*, II, 768, et ailleurs.

— 6. Δίμαρτα κομίσαι. Pindare, parlant du motif de la guerre de Troie, se sert encore de la même expression, *Olympiques*, XIII, 59. — Joignez μάχᾳ à κομίσαι.

— 7. Le Zéphyre était le vent d'ouest ; c'est en effet celui qui dut porter les flottes grecques aux rivages troyens.

Page 88. — 1. Πρὸς Ἴλου πόλιν. Ilus était fils de Tros et père de Laomédon, et par conséquent aïeul de Priam.

— 2. Ἀλλὰ κοινὸν γὰρ ... καὶ δοκέοντα. Nous avons déjà vu, *Néméennes*, I, 32, l'expression κοινὸν ἔρχεσθαι. Quant à κῦμα Ἀΐδα, on connaît assez les métaphores analogues, κῦμα συμφορᾶς, κῦμα κακῶν, etc. — Le scholiaste, et avec lui un certain nombre d'interprètes, se sont étrangement trompés sur le sens des mots ἀδόκητον καὶ δοκέοντα. Si l'on traduit, en effet, le flot de la mort atteint également l'homme qui s'y attend et celui qui ne s'y attend pas, quel lien peut-on établir entre cette pensée et celles qui précèdent ? Comment surtout la rattacher à la suivante : mais la véritable gloire, etc. ? Heyne compare Stobée, *Eclogues*, I, 3, 22 : καθελὼν μὲν δοκέοντ', ἀδόκητον δ' ἐπαείρων, et c'est avec raison. Δοκέοντα, ἀδόκητον, sont ici synonymes de ἔνδοξον et ἄδοξον ; le verbe δοκεῖν prend en effet quelquefois chez Pindare le sens de *avoir de la réputation, de la gloire* ; voyez notamment *Pythiques*, VI, 40. — Πέσε ... ἐν. Tmèse pour ἐνέπεσε.

— 3. Τιμὰ δὲ γίγνεται κ. τ. λ. Allusion à une fête appelée ξένια ; cette fête se célébrait à Delphes en l'honneur des héros qui, pendant leur vie, étaient venus dans cette ville. On croyait que le dieu leur donnait l'hospitalité, et l'on réunissait dans une fête commune les honneurs qu'on rendait à tous. On faisait de nombreux sacrifices dans cette cérémonie (voy. vers 46), et l'on proclamait les noms des héros de la fête. Après les sacrifices venaient les jeux sacrés. On ne sait pas bien quels furent les héros admis à cet honneur ; seulement on entrevoit, d'après ce que dit le poëte, que c'étaient des personnages illustres, tels que les Éacides et les Pélopides. Ulysse n'avait sans doute pas été admis au nombre de ces héros, bien qu'il fût honoré à Ithaque, et même à Lacédémone, comme nous l'apprend Plutarque, *Quest. Grecq.* : Ἐν Λακεδαίμονι παρὰ τὸ τῶν Λευκιππίδων ἱερὸν ἵδρυται τοῦ Ὀδυσσέως ἡρῷον.

— 4. Ἀβρὸν λόγον, comme *Isthmiques*, I, 50, et *Olympiques*, V, 7 : κῦδος ἀβρόν.

— 4. Τεθνακότων βοαθόον, se rapporte à λόγον, *gloriam mortuorum auxiliatricem*. C'est la leçon d'Hermann, au lieu de βοαθόων ; avec cette dernière on construisait : ὧν βοαθόων τεθνακότων θεός, etc. et l'on entendait par βοαθόων les Grecs venus au siége de Troie comme auxiliaires; mais il est bien peu probable que l'on n'eût admis aux honneurs de Delphes que les héros de la guerre de Troie.

— 6. Ὀμφαλὸν χθονός, le nombril ou centre de la terre, c.-à-d., Delphes. De même, *Pythiques*, VI, 3 ; et Sophocle, *Œdipe Roi*, 480.

— 7. Ἐν Πυθίοισι δὲ δαπέδοις κεῖται. Le tombeau de Néoptolème était situé dans l'enceinte sacrée d'Apollon, à gauche en sortant du temple (Pausanias, X, 24, 5), comme Pindare l'indique lui-même plus bas : ἔνδον ἄλσει ... παρ' εὐτειχέα δόμον. Le scholiaste dit qu'il avait d'abord été enterré sous le seuil même du temple, d'où Ménélas le tira. — Pour les exploits de Néoptolème à Troie, voyez Homère, *Odyssée*, XI, 508 et suiv.

— 8. Ἀποπλέων, sous-entendez Τρωίας.

— 9. Scyros, petite île de la mer Égée, à l'est de Délos.

— 10. Éphyre, ville d'Épire.— Πλαγχθέντες ... ἵκοντο, le pluriel au lieu du singulier, pour désigner Néoptolème et ses compagnons.

— 11. La Molossie, contrée de l'Épire, dans le sud, sur le golfe d'Ambracie. C'est par anticipation que le poëte lui donne ce nom, dérivé de celui de Molossos, fils de Néoptolème.

— 12. Ἀτὰρ γένος... γέρας. C'est en effet de cette race que sortit le fameux roi Pyrrhos, qui porta la guerre en Italie. — Φέρεν, pour εἶχεν. Voyez notre note 6, page 28. — Οἱ, encore un datif pour un génitif, γένος οἱ pour γένος οὗ.

Page 90 — 1. Ἵνα κρεῶν νιν ... ἀνὴρ μαχαίρᾳ. Cette querelle s'éleva sans doute entre Néoptolème et les sacrificateurs ou les ministres du temple, comme l'indique d'ailleurs plus clairement le vers suivant, tiré de ce péan de Delphes dont se plaignaient les Éginètes, et rapporté par le scholiaste :

Ἀμφιπόλοισι μαρνάμενον μοιριᾶν περὶ τιμᾶν ἀπολωλέναι.

On devait en effet aux prêtres une certaine part de la viande des victimes (μοιρίαι τιμαί), et c'est sur le refus de livrer cette part qu'un sacrificateur aurait frappé Néoptolème de son couteau. Telle est la tradition la plus accréditée. D'autres disent qu'il périt dans une tentative pour piller le temple. Justin suit encore une tradition différente, livre XVII, ch. 3 ; nous rapportons son texte en entier : *Sed*

Pyrrhus, quum in templum Dodonæi Jovis ad consulendum venisset, ibi Lanassam, neptem Herculis, rapuit: ex cujus matrimonio octo liberos sustulit. Ex his nonnullas virgines nuptum finitimis regibus tradidit, opesque affinitatum auxilio magnas paravit: atque ita Heleno, filio Priami regis, ob industriam singularem, regnum Chaonum, et Andromachen Hectoris, quam et ipse matrimonio suo in divisione Trojanæ prædæ acceperat, uxorem tradidit: brevique post tempore Delphis, insidiis Orestæ, filii Agamemnonis, inter altaria dei interiit. Pour en revenir à la tradition de Pindare, les Éginètes avaient probablement pensé que Pindare voulait accuser Néoptolème d'avoir suscité une querelle au sujet de la chair des victimes pour avoir l'occasion de piller le temple; nous avons déjà dit plus haut par quel sublime hommage rendu à Néoptolème le poëte justifie ici ses intentions. — Construisez Ἀντιτυχόντα (verbe dont la valeur exclut toute idée de préméditation) μάχας ὑπὲρ κρεῶν. Cette expression répond à ἀντιάσαι πολέμου, si fréquent dans Homère, mais qui marque bien nettement une intention, une volonté.

— 2. Βαρυνθὲν δὲ ... ξεναγέται. Les habitants de Delphes offraient tous les ans à Néoptolème un sacrifice expiatoire.

— 3. Ἡρωΐαις πομπαῖς. Voyez notre note 3, page 88.

— 4. Εὐώνυμον ἐς δίκαν. Je transcris ici une note de Bœckh, qui explique parfaitement le sens de εὐώνυμον: Εὐώνυμος *Pindaro est bonus, prosper. Notat Eustathius ad Iliad.* μ. p. 482, 5: μοῖρα δὲ εὐώνυμος πρὸς διαστολὴν τῆς ἀγαθῆς, καί, ὡς ἂν Πίνδαρος εἴποι, εὐωνύμου.

— 5. Τρία ἔπεα διαρκέσει. Formule qui n'a pas besoin d'explication, bien que d'anciens traducteurs s'y soient trompés; elle revient à notre locution française: Deux mots suffiront, en deux mots, deux mots seulement, etc.

— 6. Ἔργμασιν, les jeux qui se célébraient après les sacrifices en l'honneur des héros.

Page 92. — 1. Αἴγινα ... οἴκοθεν. Θρασύ μοι τόδε, comme s'il y avait τόλμα μοι ἥδε. Τόλμα est employé dans le même sens, *Olympiques*, IX, 87. — Ὁδὸς λόγων, *genus laudum*. Pour la construction ἀρεταῖς εἰπεῖν ὁδὸν κυρίαν λόγων, comparez *Néméennes*, I, 7: Ἔργμασιν νικαφόροις ἐγκώμιον ζεῦξαι μέλος. — Joignez οἴκοθεν à ὁδὸν εἰπεῖν κυρίαν λόγων, *virtutibus laudem dicere e rebus domesticis petitam.*

— 2. Ἄνθεα, *les fleurs*, c'est-à-dire *les plaisirs.*

— 3. Φυᾷ δ' ἕκαστος, κ. τ. λ. Le poëte, par une transition délicate, passe à un ordre d'idées différent: La nature a imposé à l'homme deux lois contraires à ses désirs ; l'une, la satiété, dont il peut s'affranchir en modérant ses jouissances ; l'autre, à laquelle il ne peut se soustraire, l'impossibilité de réunir tous les genres de félicité.

— 4. Ὁ μὲν τά, τὰ δ' ἄλλοι. Pindare emploie le pluriel neutre, au lieu de τὴν μέν, τὴν δέ, se rapportant à βιοτάν. De tels exemples ne sont pas rares, même en prose, et surtout chez Platon. Voyez encore, *Pythiques*, VI, 21.

— 5. Ἐοικότα καιρὸν ὄλβον, doit s'entendre des richesses, et non du bonheur : *aptam copiam divitiarum.*

— 6. Τόλμαν καλῶν ἀρομένῳ. Τόλμα καλῶν, le courage qui porte aux grandes actions ; αἴρεσθαι, prendre sur soi ou attirer à soi, acquérir, posséder.

— 7. Ξεινός εἰμι. Je suis ton hôte ; donc je ne puis avoir de malveillance envers toi.

— 8. Σκοτεινὸν ἀπέχων ψόγον, *écartant de moi le blâme ténébreux*, équivaut à σκοτεινοῦ ἀπεχόμενος ψόγου, m'abstenant, etc.

Page 91.—1. Ὕδατος ὥτε ῥοάς. Comparaison fréquente chez Pindare.

— 2. Ἐὼν δ' ἐγγὺς Ἀχαιός.... Ἰονίας ὑπὲρ ἁλὸς οἰκέων. Le sens de ὑπέρ a embarrassé quelques interprètes, qui ont entendu *au-dessus de, plus haut que*, et qui se sont perdus en conjectures sur les peuples que Pindare a voulu désigner. Ὑπὲρ n'a pas ici d'autre sens que le mot *sur* dans notre phrase française : *être situé sur les bords de la mer*. En effet, on lit dans Strabon, VII : Ὑπέρκειται τούτου τοῦ κόλπου Κίχυρος, et encore, τὰ ἔθνη ὑπὲρ τοῦ Ἰονίου κόλπου. Le sens ne peut donc pas être douteux. Quant à l'idée, la voici : Pindare, ayant toujours à cœur ce reproche de méchanceté qui lui a été adressé au au sujet de Néoptolème, appelle en témoignage de la douceur de son caractère, toute la Grèce, depuis Thèbes sa patrie, jusqu'aux Achéens relégués sur les bords lointains de la mer Ionienne.

— 3. Προξενίᾳ πέποιθα. Pindare, estimé et honoré dans toute la Grèce, avait sans doute reçu partout le droit d'hospitalité publique ; sa confiance repose sur cette faveur, que l'on n'aurait assurément pas accordée à un méchant homme.

— 4. Ὄμματι δέρκομαι λαμπρόν. *Néméennes*, X, 4 : Οὐ κρύπτω φάος ὀμμάτων.

— 5. Οὐχ ὑπερβαλών. On a généralement traduit ces mots par : *sans orgueil*. Le sens de ὑπερβάλλειν est ici *modum excedere*, dépasser la mesure, insulter, outrager ; c'est une expression qui prépare la suivante, βίαια πάντα κ. τ. λ. Je n'ai dépassé la mesure envers personne ; j'ai écarté de moi toute violence.

— 6. Μαθών, re perspectâ, explorata.

Page 96. — 1. Ἐξέργων πάτραθε Σώγενες. Le javelot était le quatrième exercice du pentathle, qui se terminait par la lutte. Il arrivait quelquefois qu'un athlète, déjà vainqueur dans les trois premiers exercices, s'efforçait de lancer son javelot bien au delà du but, afin de décourager son adversaire, et de s'épargner les fatigues de la lutte. Pindare ne veut pas être comparé à cet athlète; s'il prépare à Sogène une brillante couronne, il ne veut pas que cette magnificence soit attribuée à l'intention de se délivrer du reste de sa tâche par quelques paroles ambitieuses. Nous avons donc avec Dissen rattaché cette pensée à ce qui suit, et non à ce qui précède, et nous avons expliqué ἔρσαι comme un aoriste ayant la valeur d'un futur. Voyez *Olympiques*, VIII, 54, et *Pythiques*, I, 44.

— 2. Εἰ τι πέραν ἀερθεὶς ἀνέκραγον, *si forte paulo magis vocem intendo;* c'est encore l'aoriste avec une idée de futur.

— 3. Λείριον ἄνθεμον. Cette fleur des mers semblable au lis, sans doute au lis rouge, est le corail; du reste, on croyait encore du temps de Pline que le corail était blanc tant qu'il demeurait sous l'eau, et qu'aussitôt qu'on l'en tirait, il devenait rouge. Cette couronne n'est, bien entendu, qu'une couronne poétique.

— 4. Διὸς δὲ μεμναμένος ... δόνει ἀσυχᾷ. Ἀμφὶ Νεμέᾳ, *propter Nemeam*, doit se joindre à Διὸς μεμναμένος, et non à θρόον ὕμνων δόνει. Le poëte s'adresse ici à sa Muse, ou, comme nous avons vu ailleurs (*Néméennes*, III, 25), à son âme. — La métaphore du javelot est continuée par le verbe δονεῖν; *Pythiques*, I, 44 : Ἄκοντα παλάμᾳ δονέων.

Page 98. — 1. Γάπεδον ἂν τόδε. Ici, à Égine.

— 2. Ματρόλοχοις, *ab Ægina susceptis*.

— 3. Ξεῖνον ἀδελφεόν τε. Hercule avait été l'hôte d'Éaque, il fut aussi celui de Télamon (voyez *Isthmiques*, VI). Hercule et Éaque étaient frères, puisqu'ils étaient tous deux fils de Jupiter. — Le scholiaste explique avec raison προπρεῶνα par πρόθυμον.

— 4. Εἰ δὲ γεύεται κ. τ. λ. La pensée que le poëte va développer est celle-ci : Il n'est pas de trésor qui vaille un bon voisin; Hercule, la maison de Sogène est entre tes deux temples; sois-lui bon voisin, protége-le, lui et sa race. — Γεύεται est fort bien expliqué par Bœckh : *Si alter altero fruitur ab eoque juvatur.*

— 5. Νόῳ ἀτενεῖ, *intento animo*. Hésiode s'est servi de la même expression, *Théogonie*, 660. Pour la pensée, comparez encore Hésiode, *Œuvres et Jours*, 346 :

Πῆμα κακὸς γείτων ὅσσον τ' ἀγαθὸς μέγ' ὄνειαρ.

— 6. Ἐν τίν, *in tuo præsidio*, sous ta protection.

— 7. Πατρὶ ἀταλὸν ἀμφέπων θυμόν. Pour le sens de ἀμφέπειν, voy. notre note 2, p. 84.

— 8. Προγόνων ἀγυιάν, ne nous semble pas du tout indiquer la demeure seule des ancêtres de Sogène, mais bien la rue, le quartier où ils demeuraient, et où se trouvaient un grand nombre de temples, ce qui explique les épithètes εὐκτήμονα et ζαθέαν.

— 9. Τετραόροισιν ὥθ' ἁρμάτων ζυγοῖς. Schneider (note sur Xénophon, *Cyropédie*, VI, 1, 51) : « *More antiquo unus temo atque unum jugum duos equos jungebat. Deinde quadrigas temones duos juxta se positos iisque equos quatuor duobus jugis junctos habuisse docet locus clarissimus Pindari Nemeorum* ζ', 137. »

Page 100. — 1. Κόραν γλαυκώπιδα. Minerve.

— 2. Σφίσιν, à eux, c.-à-d. à Sogène et à ses descendants. — Γῆρας λιπαρόν, se trouve aussi dans Homère, *Odyssée*, XIX, 368.

— 3. Ταὐτὰ τρὶς τετράκι τ' ἀμπολεῖν. Sophocle a dit de même, *Philoctète*, 1238 :

Δὶς ταὐτὰ βούλει καὶ τρὶς ἀναπολεῖν μ' ἔπη ;

— 4. Mégare, ancienne colonie des Corinthiens, leur fut longtemps soumise; mais enfin elle se souleva, environ 200 ans après le retour des Héraclides, et s'affranchit à la suite d'une bataille, après avoir renvoyé avec mépris les députés Corinthiens, qui ne cessaient de répéter que *Corinthos, fils de Jupiter* (Corinthos était le fondateur de Corinthe), punirait leur révolte. De là le proverbe : Διὸς Κόρινθος.

Page 102. — 1. Ὥρα. Le scholiaste voit dans ce début une allusion à la jeunesse du vainqueur; cela est peu probable; on verrait plutôt là une préparation à ce que dit le poëte des amours de Jupiter et d'Égine.

— 2. Παρθενηΐοις παίδων τε, comme s'il y avait παρθένων παίδων τε. — Ἐφίζοισα γλεφάροις. Comparez Horace, *Odes*, livre IV, XIII, qui dit aussi, en parlant de l'amour :

......Ille virentis et
doctæ psallere Chiæ
pulchris excubat in genis.

— 3. Τὸν μὲν ἁμέροις... ἕτερον δ' ἑτέραις. Ἑτέραις, selon la remarque de Bœckh et de Dissen, n'est rien autre chose qu'un euphémisme opposé à ἁμέροις. Pour les uns, les étreintes inévitables de la puberté (c.-à-d. de l'amour allumé par elle) sont douces, pour d'autres elles sont autres, c'est-à-dire rudes.

— 4. Καιροῦ μὴ πλαναθέντα πρὸς ἔργον ἕκαστον, n'ayant pas manqué la bonne occasion pour chaque chose, c.-à-d. réussissant, quand on réussit en tout.

— 5. Οἷοι καὶ Διὸς... Κυπρίας δώρων. La nymphe Égine, fille du fleuve Asope, fut enlevée par Jupiter à Phlionte, et transportée de là dans l'île d'Œnone que, dans la suite, on appela Égine; ce fut là qu'elle devint mère d'Éaque. Ἐς νᾶσον Οἰνοπίαν ἐνεγκὼν κοιμᾶτο, dit Pindare, *Isthmiques*, VII, 21. — Ποιμένες Κυπρίας δώρων, périphrase pour désigner les amours, ministres des faveurs de Cypris. Dissen : Ποιμαίνειν *non solum est* regere et imperare, *sed etiam* curare, fovere, alere, augere, θεραπεύειν, *ut Olymp.* X, 9, *Isthm.* IV, 14. *Plat. Lys. p.* 209.

Page 101. — 1. Le verbe λιτανεύειν perd ici un peu de sa valeur, et n'est guère plus fort que εὔχεσθαι.

— 2. Ἀβοατί, expliqué à tort par le scholiaste comme s'il y avait ἀμαχητί, quoique βοά soit bien en effet synonyme de μάχα; il faut lui donner la valeur des mots latins *non vocati, sponte*, et cette signification est encore confirmée par Hésychius, qui dit : ἀβοητί, ῥᾳδίως.

— 3. Πείθεσθ' ἀναξίαις. Il ne faut pas croire, d'après ces mots qu'Éaque ait eu aucun droit de souveraineté sur les rois d'Athènes et de Sparte, ce qui serait contraire à l'histoire. Éaque était renommé pour sa justice; les dieux mêmes recevaient ses arrêts (δαιμόνεσσι δίκας ἐπείραινε, *Isthmiques*, VII, 24); il faut donc entendre que les rois voisins, de même que les dieux, lui remettaient la décision de leurs différends.

— 4. Οἵ τε... ἅρμοζον στρατόν. Ἁρμόζειν est synonyme de κοσμεῖν, d'où κοσμήτορες λαῶν, pour désigner les rois. Στρατός ne veut pas toujours dire une armée, mais quelquefois aussi un peuple, surtout un peuple belliqueux. — Athènes était alors gouvernée par des rois Ioniens, de la famille des Hoplites.

— 5. Πόλιος φίλας, c'est-à-dire Égine.

— 6. Φέρων Λυδίαν μίτραν. Évidemment, par cette métaphore, le poëte veut désigner un hymne chanté sur le mode lydien. Nous avons déjà vu dans les odes précédentes qu'il appelle quelquefois l'hymne une couronne, στέφανος; pourquoi ici l'appelle-t-il μίτραν (*tæniam, infulam*)? parce que les suppliants, et en ce moment il est aux genoux d'Éaque, portaient des bandelettes dans leurs mains. Tacite, *Histoires*, I, 66 : *Velamenta* (en grec στέμματα) *et infulas præfe-*

rentes. Le mode lydien était celui que l'on employait de préférence dans les supplications.

— 7. Καναχηδὰ, au son des instruments. De même, *Pythiques*, X, 39 : Καναχαὶ αὐλῶν.

— 8. Σὺν θεῷ. Ce dieu, c'est Éaque lui-même. Cependant, il faut bien se garder d'ôter à la pensée son caractère général : Le bonheur le plus durable est celui qui nous vient d'un dieu ; ajoutez, comme complément sous-entendu : C'est pourquoi nous te supplions, Éaque, toi qui es au nombre des dieux.

Page 106.—1. Ὅσπερ καὶ Κινύραν, κ. τ. λ. Cinyras, roi de Chypre et prêtre de Vénus, était fils de Cilix et père d'Adonis ; ses richesses passèrent en proverbe, comme celles de Crésus.—Pindare semble ici vouloir commencer les louanges de Cinyras ; mais il s'arrête aussitôt, car, dit-il, ce sujet a été bien des fois traité, et celui qui émet des pensées nouvelles s'expose aux attaques de l'envie ; puis il raconte la fin tragique que l'envie a préparée à un héros d'Égine, à Ajax. Dissen pense avec raison qu'il faut voir là une allusion aux dangers que l'envie des Athéniens faisait alors courir à la liberté des Éginètes. Les prières adressées plus haut à Éaque confirment cette hypothèse. La 2ᵉ ou 3ᵉ année de l'Olympiade LXXX, les Athéniens furent battus par les Éginètes, mais dans la 4ᵉ année de cette même Olympiade, l'île d'Égine fut obligée de se soumettre ; l'ode que nous expliquons se place entre ces deux événements. — Ἔβρισε πλούτῳ. Le verbe βρίθειν est ici actif ; le plus souvent il est neutre. Sophocle, *Ajax*, 129 :

Εἴ τινος πλέον
ἢ χειρὶ βρίθεις ἢ μακροῦ πλούτου βάθει.

— 2. Ἵσταμαι ποσσὶ κούφοις, ne peut pas vouloir dire autre chose que s'arrêter pour un moment : l'homme qui s'arrête pour longtemps appuie le pied à terre ; celui qui veut prendre seulement le temps de respirer, reste pour ainsi dire le pied levé, ποσσὶ κούφοις.

— 3. Πολλὰ γὰρ πολλᾷ λέλεκται, c'est-à-dire on a parlé beaucoup de Cinyras, et on en a parlé de mille manières.

— 4. Ἅπας κίνδυνος, *summum periculum*, de même que ἅπασα ἀνάγκη, *extrema necessitas.* Voyez aussi Aristophane, *les Nuées*, v. 955.

— 5. Ἅπτεται δ' ἐσλῶν ἀεί. Le sujet du verbe ἅπτεται est le substantif φθόνος, compris dans l'adjectif φθονεροῖσιν. Cette abstraction sert de transition au poète pour arriver à l'idée générale qu'il va développer.

— 6. Φασγάνῳ ἀμφικυλίσαις, *faciens ut ille incumberet in ferrum, circumvolveretur ferro in corpus adacto.*

— 7. Ἦ τιν' ἄγλωσσον... λάθα κατέχει. On a entendu à tort par λάθα *l'oubli*, c'est-à-dire l'espèce de *stupeur* ou *d'impuissance* qui se serait emparée d'Ajax pendant le procès relatif aux armes d'Achille. Il est évident que cette première partie de la phrase est opposée à μέγιστον δέ... ἀντέταται. Nous expliquons donc λάθα, avec Dissen, l'oubli des juges, qui ne se souviennent plus des mérites de l'homme brave, mais peu éloquent. C'est une locution adoucie au lieu de : Τὶς ἄγλωσσος... ἀτιμάζεται.

Page 103.—1. Nous pensons que Dissen altère un peu le sens de l'adjectif κρύφιος, *secretus, clancularius*, pour l'amener à celui de *dolosus*. Il dit que les suffrages des Grecs en faveur d'Ajax avaient été dérobés, *escamotés*, et reportés à Ulysse, et il cite à l'appui le vers 1135 de l'*Ajax* de Sophocle, où κλέπτης ne peut avoir ce sens, puisqu'il a un régime, αὐτοῦ.

— 2. Χρυσέων... ὅπλων. Voyez Homère, *Iliade*, XVIII, vers 318 et suivants.

— 3. Φόνῳ πάλαισεν. Comparez Hésiode, *Œuvres et Jours*, 183 : Ἄτησι παλαίει; Xénophon, *Œconom.*, XVII, 2 : Πολλαῖς ζημίαις παλαίειν; Polybe, II, 56 : Παλαίειν συμφοραῖς; Cornélius Népos, *Vie de Pélopidas*, 5 : *Conflictari cum adversa fortuna*. Il faut remarquer du reste l'habileté du poëte dans tout ce passage; il ne dit rien de la colère d'Ajax, rien de sa mort volontaire : c'est l'envie qui a ôté à Ajax les armes d'Achille, c'est par elle qu'il a *été aux prises* avec la mort. Voyez *Néméennes*, VII, 25, des expressions bien différentes, mais dans un but aussi bien différent.

— 4. Τὰ μὲν ἀμφ' Ἀχιλεῖ νεοκτόνῳ. Voyez Homère, *Odyssée*, V, 309.

— 5. Ἄλλων τε μόχθων ἁμέραις. Il faut se rappeler, comme nous l'avons déjà dit plus haut, que tout ce passage est dirigé contre les Athéniens, et l'on trouvera ici, sans aucun doute, une allusion aux exploits maritimes des Éginètes, surtout à la bataille de Salamine, où, suivant Hérodote, ils se montrèrent supérieurs en courage aux Athéniens, de l'aveu même de tous les Grecs.

— 6. Ἁ τὸ μὲν λαμπρὸν βιᾶται. On peut comparer Homère, *Odyssée*, XI, 503 :

Οἵ κείνων βιόωνται, ἐέργουσί τ' ἀπὸ τιμῆς.

— 7. Ἄφαντος a le même sens que plus haut, *Néméennes*, III, 39 : ψεφηνὸς ἀνήρ. — Σαθρόν, *vitiosum, male sanum, quod nihili est.*

Page 110. — 1. Χρυσὸν εὑχονται, πεδίον δ' ἕτεροι. Expliquez comme s'il y avait au premier membre οἱ μέν. L'un des deux termes correspondants peut s'omettre ainsi quelquefois, surtout en poésie.

— 2. Μοιρᾶν δ' ἐπισπεύσων ἀλιτρούς. Nous avons déjà vu, *Néméennes*, I, 13 : Σπεῖρέ νυν ἀγλαΐαν τινὰ νάσῳ.

— 3. Αὔξεται δ' ἀρετά... πρὸς αἰθέρα. Ces comparaisons sont très-fréquentes chez Pindare. En parlant des Muses, *Olympiques*, XI, 99, il dit τρέφοντι κλέος, et ailleurs ῥαίνειν εὐλογίαις, ὕμνῳ, δρόσῳ μαλθακᾷ, ἀρδειν χαρίτων δρόσῳ, etc. etc. — Ἀρετά n'est pas ici proprement *virtus*, mais *fama virtutis*.

— 4. Τὰ μὲν ὑπερώτατα, comme s'il y avait αἱ μὲν (χρεῖαι) ὑπερώταται. — Ἀμφὶ πόνοις, comme ἐν πόνοις.

— 5. Μαστεύει δὲ καὶ τέρψις... πίστιν. C'est-à-dire que le vainqueur, dans sa joie, aime à avoir sous les yeux un monument fidèle de sa victoire. Voici l'idée du poëte : Nos amis peuvent nous rendre toute espèce de services ; leur secours nous est très-précieux dans nos travaux, dans nos combats ; mais le poëte ne nous rend pas un service moindre ; il satisfait nos désirs, en perpétuant dans ses vers le souvenir de nos exploits.

Page 112. — 1. Σεῦ πάτρᾳ Χαριάδαις τε. Πάτρα désigne ici la famille du vainqueur ; Χαριάδαις la réunion des familles (φρατρία) dont faisait partie celle de Mégas. Voyez notre note 5, page 52.

— 2. Ἕκατι ποδῶν δὶς δὴ δυοῖν, c'est-à-dire les deux pieds de Mégas et les deux pieds de Dinis. Il ne faut pas entendre avec quelques-uns *quatre victoires*, deux de Dinis et deux de Mégas ; comment en effet un pied (εἷς ποὺς) pourrait-il signifier une victoire?

— 3. Ἐν ἔργῳ, *in re gesta, ubi quid gestum est*. — Κόμπον (éloge, louange) ἱέναι, comme on dit ἱέναι φωνήν.

— 4. Ἐπαοιδαῖς. Il compare la poésie aux champs magiques. Voyez *Pythiques*, III, 51, et Homère, *Odyssée*, XX, 457.

— 5. Ἦν γε μάν... Καδμείων ἔριν. C'est-à-dire que l'hymne d'éloge existait de tout temps, même dans les âges héroïques et avant les jeux de Némée, dont Adraste passait pour être le fondateur.

Page 114. — 1. Νεοκτίσταν. La ville d'Etna venait d'être fondée par Hiéron.

— 2. Ξείνων νενίκανται θύραι, les portes ont été vaincues par les étrangers, c'est-à-dire se sont laissé vaincre par les étrangers, et par conséquent leur sont ouvertes. Pour le régime de νενίκανται, comparez Sophocle, *Ajax*, 1340 : Παῦσαι· κρατεῖς τοι τῶν φίλων νικώμενος, et Aristophane, *Nuées*, 1078 : Τί δῆτ' ἐρεῖς, ἢν τοῦτο νικηθῇς ἐμοῦ.

— 3. Ἐπέων ὕμνον. Nous verrons un peu plus bas ἐπέων ἀοιδάν.

— 4. Αὐδὰν μανύει, il donne le signal d'un chant en l'honneur de, etc. — Πυθῶνος, Pytho, ancien nom de Delphes. — Ἐπόπταις, qui surveillent, qui président. Pindare dit ailleurs, dans le même sens, σκοπός et ἐπίσκοπος.

— 5. Χαμαὶ σιγᾷ καλύψαι. Ce rapprochement de mots est facile à expliquer : en célébrant un exploit, on l'élève jusqu'au ciel; si on l'ensevelit dans le silence (σιγᾷ καλύψαι), on le laisse à terre (χαμαί).

— 6. Καύχᾳ est employé ici pour καύχημα, ce dont on se vante, ce dont on tire vanité, et par conséquent les belles actions, les exploits.

Page 116. — 1. Ἀλλ' ἀνὰ μέν... ἀνὰ δέ... ὄρσομεν. Il faut joindre chacun de ces deux ἀνά à ὄρσομεν, ce qui équivaut à ἀνόρσομεν répété. Ici comme dans κωμάσομεν, au commencement, la voyelle ω du subjonctif a été rendue brève pour le besoin du vers. — Ἐπί, en vue de, au sujet de.

— 2. Ἅτε Φοίβῳ θῆκεν Ἄδραστος ἐπ' Ἀσωποῦ ῥεέθροις. Adraste, fils de Talaos et de Lysimaque, roi d'Argos et ensuite de Sicyone, que Pindare semble désigner comme le fondateur des jeux Pythiens, était en réalité le fondateur de jeux plus anciens auxquels les jeux Pythiens avaient été substitués. — L'Asope, rivière du Péloponèse, dans la Sicyonie, se jetait dans le golfe de Corinthe.

— 3. Ἅρμασι γλαφυροῖς, est encore pour ἁμίλλαις ἁρμάτων γλαφυρῶν.

— 4. Φεῦγε γάρ... ἀπό τ' Ἄργεος. Le roi Talaos fut tué par Amphiaraos, fils d'Œclée, qui avait excité une insurrection contre lui, s'était emparé du pouvoir, et avait banni d'Argos tous les enfants de ce prince, au nombre de six. Adraste, l'un d'eux, se réfugia auprès de Polybe, roi de Sicyone et de Corinthe, qui lui donna sa fille en mariage et lui laissa son royaume. — Il faut, selon nous, faire retomber la préposition ἀπό également sur πατρῴων οἴκων et sur Ἄργεος.

— 5. Κρέσσων δὲ... ἀνήρ. Κρέσσων, *prudentior*. Adraste se réconcilia avec Amphiaraos, en lui donnant sa sœur Ériphyle.

Page 118. — 1. Ἀνδροδάμαν δ' Ἐριφύλαν. Lorsqu'Adraste, à la prière de son gendre Polynice, eut déclaré la guerre à Thèbes, le devin Amphiaraos, instruit par les dieux qu'il périrait dans cette expédition, se cacha pour n'être pas obligé de prendre part à la guerre; mais Ériphyle découvrit le lieu de sa retraite à Polynice, qui récompensa cette perfidie par le don d'un collier de diamants. La guerre de Thèbes fut fatale aux Argiens, et Amphiaraos fut englouti dans un abîme, en voulant sortir de la mêlée. C'est pour faire allusion à toutes ces circonstances que Pindare donne à Ériphyle l'épithète d'ἀνδροδάμαν, *femme qui dompte son mari.*

— 2. Ὅρκιον ὡς ὅτε πιστόν, c. à d. ὡς ὅτε ὅρκιον πιστὸν δίδωσί τις. — Δόντες. Les fils de Talaos.

— 3. Αἰσιᾶν οὐ κατ' ὀρνίχων ὁδόν, *non in via faustarum avium*, c'est-à-dire *infausta via*. Eschyle dit de même, *Euménides*, 770 : Παρόρνιθας πόρους. — Ὄρνις était anciennement masculin et féminin.

— 4. Ἰσμηνοῦ δ' ἐπ' ὄχθαισι. L'Ismène, petite rivière de Béotie, qui passait le long des murs de Thèbes, et se jetait dans l'Asope.

— 5. Ἐρυσσάμενοι. Le sens propre serait *arrêter*, comme dans ce vers d'Homère, *Odyssée*, XXIII, 243 :

> Νύκτα μὲν ἐν περάτῃ δολιχὴν σχέθεν, Ἠῶ δ' αὖτε
> ῥύσατ' ἐπ' Ὠκεανῷ χρυσόθρονον.

Ici le sens est plus fort ; ce n'est pas arrêter pour quelque temps, mais tout à fait.

Page 120. — 1. Périclymène était fils de Neptune et de Chloris, fille de Tirésias. — Pour cette fin d'Amphiaraos, voyez encore *Néméennes*, X, 8. Pausanias, IX, 8, 2 : Ἐκ δὲ τῶν Ποτνιῶν ἰοῦσιν ἐς Θήβας ἔστιν ἐν δεξιᾷ περίβολος τῆς ὁδοῦ οὐ μέγας καὶ κίονες ἐν αὐτῷ · διαστῆναι δὲ Ἀμφιαράῳ τὴν γῆν ταύτῃ νομίζουσιν.

— 2. Εἰ δυνατόν... ὡς πόρσιστα. Pindare, après avoir parlé de combats terribles, prie Jupiter d'écarter loin de la patrie de son héros le fléau de la guerre. S'il désigne plus particulièrement la guerre avec Carthage, il n'en veut pas moins parler en général de toute guerre cruelle, comme l'avait été celle des Carthaginois, qui avaient déjà fait une invasion en Sicile. — Φοινικοστόλων ἐγχέων, les lances équipées ou envoyées par les Carthaginois, c'est-à-dire les lances Carthaginoises. — Ἀναβάλλομαι, je rejette, je repousse, c'est-à-dire je te prie d'écarter. Ce langage n'est pas rare chez les suppliants, qui semblent volontiers faire ce qu'ils demandent. Ainsi, Perse, *Satires*, II, 36 :

> Nunc Licini in campos, nunc Crassi mittit in ædes.

Mittit est mis là pour *orat ut mittatur*.

Page 122. — 1. Joignez ὑπό à κλέπτεται.

— 2. Ὑπασπίζων. On appelait ὑπασπιστής celui qui portait le bouclier, les armes, en un mot l'écuyer.

— 3. Πεζοβόαις, les soldats qui poussent le cri de guerre à pied, c'est-à-dire les fantassins.

— 4. Ἔκρινας ἂν κίνδυνον.. Nous n'adoptons pas l'explication de Dissen, qui fait retomber ἂν sur ἔκρινας, et donne pour régime au verbe κίνδυνον ἀϋτᾶς. Nous aimons mieux rapporter κεν à la fois à la phrase entière et à ἔκρινας, et prendre ἂν pour ἀνά, comme nous l'avons déjà vu souvent; c'est en effet la seule manière satisfaisante de rattacher οὕνεκεν, etc., au commencement de la phrase.

— 5. Κείνα θεός. Entendez αἰδώς.

— 6. Φόνου νεφέλαν. Métaphore très-usitée chez Pindare. Comparez, *Isthmiques*, IV, 55 : χαλαζάεντι φόνῳ; VI, 27 : ὅστις ἐν ταύτᾳ νεφέλᾳ χάλαζαν αἵματος ἀμύνεται; III, 35 : τραχεῖα νιφὰς πολέμοιο.

— 7. L'Hélore, rivière de la Sicile méridionale, prenait sa source près d'Acra, et se jetait dans la Méditerranée à Hélore. Elle coule d'abord entre des rochers, d'où Silius Italicus l'appelle *Clamosus Helorus.* On la nomme aujourd'hui *Atellaro,* et dans la partie inférieure de son cours, *Abiso.*

— 8. Ἔνθ' Ἀρέας πόρον καλέοισι. On ne sait pas ce que c'est que ce passage d'Aréa, que certains traducteurs appellent à tort *passage de Mars.* — De même Homère, *Iliade*, XI, 757 : Καὶ Ἀλεισίου ἔνθα κολώνη κέκληται.

Page 124. — 1. Τὰ δ' ἄλλαις ἁμέραις... φάσομαι. Il ne faut pas entendre : Je conterai une autre fois ses nombreux exploits sur terre et sur mer; mais bien : Je dirai, c'est-à-dire j'affirme (comparez *Olympiques*, VI, 21, μαρτυρήσω) qu'il a encore accompli nombre d'exploits, et sur terre et sur mer. — Γείτονι πόντῳ, est probablement une allusion à la bataille navale livrée près de Cumes aux Étrusques par Hiéron (voyez *Pythiques*, I, 72).

— 2. Ἴστω, sous-entendez Chromios.

— 3. Σκοπιᾶς ἄλλας, un autre sommet, un point plus élevé. Tel est bien le sens de σκοπιά, Homère, *Iliade*, XVI :

. . . . . . Πᾶσαι σκοπιαὶ καὶ πρώονες ἄκροι.

— 4. Νεοθαλής... σὺν ἀοιδᾷ. Νικαφορία νεοθαλής, ne veut pas dire une victoire récente. Le poëte compare la victoire à un jeune arbre que la rosée fait grandir; de là l'épithète νεοθαλής, qui est proprement celle de l'arbre, et qui renferme d'ailleurs presque en elle seule l'indication de la comparaison.

— 5. Ἐγκωμιαζέτω τίς μιν. Voyez la note de Porson au vers 1645 de l'*Oreste* d'Euripide.

Page 126. — 1. Πέμψαν, *envoyèrent*, *rapportèrent*, parce que sans doute Chromios n'avait pas été lui-même à Sicyone, mais y avait seulement envoyé ses chevaux.

— 2. Ἀρετάν est encore employé ici avec une nuance que nous avons indiquée plus haut (voyez notre note 1, page 38), l'éloge de la vertu, de la victoire, plutôt que la vertu même.

— 3. Ὑπὲρ πολλῶν, comme *Isthmiques*, II, 36, ὑπὲρ ἀνθρώπων.

Page 128. — 1. Danaos, roi d'Argos, fils de Bélos, et père des cinquante Danaïdes. Son frère Égyptos, roi d'Égypte, étant venu demander celles-ci en mariage pour ses cinquante fils, Danaos fut, malgré lui, obligé d'y consentir; mais, comme il avait appris de l'oracle qu'il serait tué par un de ses gendres, il exigea de ses filles qu'elles égorgeassent leurs maris. Toutes obéirent, excepté Hypermnestre qui fit échapper son époux Lyncée.

— 2. Χάριτες. Le poëte invoque ici les Grâces au lieu des Muses, mais ce n'est pas sans raison. Pausanias (II, 17) nous apprend en effet que les Grâces occupaient le vestibule du temple de Junon d'Argos construit par Eupolème.

— 3. Δῶμα, pour ἕδρα. Argos, on le sait, était consacrée à Junon.

— 4. Ἀρεταῖς, dans le sens que nous avons déjà indiqué plus haut.

— 5. Μακρὰ μέν... Μεδοίσας Γοργόνος. Μακρά, c.-à-d. *ampla sunt*, *longam narrationem habent*. Τὰ Περσέος ἀμφὶ Μεδοίσας. Comparez Eschyle, *Prométhée*, 708 : Τὸν ἀμφ' ἐκυτῆς ἆθλον ἐξηγουμένης. — Méduse, l'une des trois Gorgones, fille de Phorcys et de Céto. Elle fut aimée de Neptune qui l'enleva, et la transporta dans un temple de Minerve, que les deux amants profanèrent. D'autres disent qu'elle osa se comparer à Minerve pour la beauté, et que la déesse irritée changea en serpents les beaux cheveux dont Méduse se glorifiait, et donna à ses yeux la force de métamorphoser en pierre tous ceux qu'elle regarderait. Les dieux envoyèrent contre elle Persée, fils d'Acrisios, roi d'Argos, qui, avec l'aide de Minerve, parvint à lui couper la tête.

— 6. Πολλὰ δ' Αἰγύπτῳ... Ἐπάφου παλάμαις. Épaphos, fils de Jupiter et de la nymphe Io, fonda en Égypte Memphis et quelques autres villes. De sa fille Libye naquirent Égyptos et Danaos.

— 7. Sur Hypermnestre, voyez plus haut notre note 1, page 128. — Μονόψαφος, seul de son avis, c.-à-d. seul. Comparez Eschyle, *Suppliantes*, 385.

— 8. Diomède, fils de Tydée et de Déiphile, et petit-fils d'OEnée, roi d'Étolie, fut l'un des guerriers grecs qui se signalèrent le plus au siége de Troie. Il rapporta, dit-on, à Argos, le Palladium Troyen, et, après sa mort, reçut les honneurs divins.

Page 130. — 1. Sur Amphiaraos, voyez *Néméennes*, IX, et notre note 4, page 116. — Πολέμοιο νέφος, se dit proprement de la guerre même Voyez Homère, *Iliade*, XVII, 243, et Virgile, *Énéide*, X, 809 : *Belli nubes*. Πολέμοιο νέφος est ici pour l'expression homérique ἴσος ἀέλλῃ.

— 2. Ἀριστεύει a pour sujet sous-entendu Argos.

— 3. Alcmène, fille d'Électryon, roi de Mycènes, épouse d'Amphitryon. — Danaé, fille d'Acrisios, roi d'Argos.

— 4. Πατρί τ' Ἀδράστοιο... συνάρμοξεν δίκᾳ. Quelques interprètes se sont étrangement trompés ici en donnant pour sujet à συνάρμοξεν la ville d'Argos, et en expliquant, au moyen de je ne sais quelle souplesse de mots, qu'Argos rétablit la concorde entre Lyncée et le père d'Adraste. D'abord Lyncée et Talaos, père d'Adraste, n'étaient pas contemporains; et en second lieu, il est de toute évidence que le seul sujet possible à συνάρμοξεν est Jupiter.

— 5. Αἰχμὰν Ἀμφιτρύωνος. La lance, c.-à-d. la valeur d'Amphitryon, le valeureux Amphitryon. De même, *Isthmiques*, V, 33 : Κάστορος αἰχμά.

— 6. Ὁ δ' ὄλβῳ φέρτατος... φέρων Ἡρακλέος. Amphitryon était fils d'Alcée, roi de Tirynthe et petit-fils de Persée. Électryon, roi de Mycènes et père d'Alcmène, avait promis sa couronne et sa fille à celui qui le vengerait des Téléboens, qui avaient tué ses fils. Amphitryon s'offrit et fut agréé pour l'époux d'Alcmène, à la condition de n'accomplir le mariage que quand il serait vainqueur. Pendant qu'il était occupé à cette expédition, Jupiter profita de son absence pour tromper Alcmène, en se présentant à elle sous les traits de son mari. Les Téléboens habitaient les rivages de l'Acarnanie. — Ὁ δ' ὄλβῳ φέρτατος ἵκετ' ἐς κείνου γενεάν. Ces mots ne peuvent s'appliquer qu'à Amphitryon, bien qu'on ait voulu les entendre de Jupiter. Jupiter s'était uni à Alcmène, et par suite de cette union, Amphitryon, en épousant Alcmène, entrait pour ainsi dire dans la famille de Jupiter, devenait son parent.

— 7. Τελεία. *Télie*, surnom de Junon qui présidait aux mariages (*Juno pronuba*).

Page 132. — 1. Ἀργεῖον τέμενος. Expression heureuse; Argos tout entière semble n'être que l'enceinte consacrée du temple de Junon.

— 2. Ἀγὼν χάλκεος. Un bouclier d'airain était le prix du combat aux jeux Hécatombéens d'Argos. *Olympiques*, VII, 83 : ὁ ἐν Ἄργει χαλκός.

— 3. Βουθυσίαν. Le scholiaste : Ἑκατόμβαια δὲ ὁ ἀγὼν λέγεται, ὅτι πομπῆς μεγάλης προηγοῦνται ἑκατὸν βόες, οὓς νόμος κρεανομεῖσθαι πᾶσι τοῖς πολίταις.

— 4. Ἀέθλων κρίσιν, *contentio*, *decertatio*. De même, *Olympiques*, VII, 80 : Κρίσις ἀμφ' ἀέθλοις.

— 5. Ἕλλανα στρατόν, l'armée grecque, c'est-à-dire la foule des lutteurs accourus de toute la Grèce. — Remarquez que le verbe ἐκράτησε a deux régimes, στρατόν et στέφανον : avec le premier, il signifie *vaincre*; avec le second, *conquérir*. Nous avons déjà vu, *Néméennes*, V, 5, νικᾷν στέφανον.

— 6. Μοίσαισί τ' ἔδωκ' ἀρόσαι. Comparez *Néméennes*, VI, 33.

— 7. Ἐν πόντοιο πύλαισι, *aux portes de la mer*, c'est-à-dire à Corinthe, aux jeux Isthmiques.

— 8. Σεμνοῖς ἀπέθλοις ἐν Ἀδραστείῳ νόμῳ. Il ne faut pas regarder les mots ἐν Ἀδραστείῳ νόμῳ comme le complément de σεμνοῖς. Nous avons déjà dit que l'adjectif σεμνὸς n'admet guère de complément. Ἐν Ἀδραστείῳ νόμῳ forme un membre de phrase indépendant, et ἐν a le même sens ici que le latin *secundum*. Selon la loi d'Adraste, dit Pindare, parce que Adraste passait pour être le fondateur des jeux Néméens.

Page 134. — 1. Οὐδ' ἀμόχθῳ... χάριν. Προφέρων τόλμαν, est en opposition avec ἀμόχθῳ καρδίᾳ; lui qui montre tant de courage, il n'a pas l'âme assez lâche pour refuser la faveur de Jupiter, c'est-à-dire la gloire. C'est à χάριν qu'il faut rapporter γνωτά, au commencement du vers suivant.

— 2. Ὕπατον δ' ἔσχεν Πίσα, κ. τ. λ. Pindare vient d'énumérer les victoires remportées par Thééos, et il a ajouté : « cependant, Thééos désire plus encore ; » mais il n'a pas exprimé tout de suite l'objet de ces espérances timides de son héros. C'est-à-dire qu'il voudrait vaincre à Olympie, car la victoire remportée aux jeux Olympiques est la plus glorieuse que puisse ambitionner l'athlète ; d'ailleurs les triomphes de Thééos aux Panathénées sont en quelque sorte le prélude de ceux qui lui sont réservés dans les plaines de Pise. — Pise, ville de l'Élide, sur l'Alphée, en face d'Olympie. C'est cette dernière ville qui a donné son nom aux jeux Olympiques, les plus fameux de toute la Grèce.

— 3. Ἀμβολάδαν, *en préludant*. Toutes les autres interprétations données de ce mot dans quelques commentaires sont évidemment fausses.

— 4. Γαίᾳ δὲ καυθείσᾳ... παμποικίλοις. Remarquez μόλεν avec l'accusatif sans préposition ; *est venu*, c.-à-d. *a été rapporté par Théos*. — Les prix que l'on décernait aux vainqueurs des jeux célébrés à Athènes, aux fêtes des Panathénées, étaient des vases d'huile d'olive.

Page 136. — 1. Ἕπεται ... θαμάκις. Il faut remarquer l'emploi très-rare du verbe ἕπεσθαι avec l'accusatif. Au vers suivant, σύν, malgré sa construction, retombe à la fois sur Χαρίτεσσι et sur Τυνδαρίδαις.

— 2. Ἀξιωθείην ... μὴ κρύπτειν φάος ὀμμάτων. Ici encore, en parlant de lui au lieu de son héros, le poëte fait usage de cette louange délicate dont nous avons déjà remarqué un exemple (voyez *Néméennes*, I, 31, et notre note). — Thrasyclos et Antias, ancêtres de Théos.

— 3. Νικαφορίαις γὰρ ὅσαις ... τετράκις. La ville de Prétos, c'est-à-dire Argos. Il ne peut être évidemment question que d'Argos, et cependant on a eu des doutes, en remontant aux traditions mythologiques. Prétos revenant de Lycie se partagea avec son frère Acrisios le royaume paternel ; Prétos régna à Tirynthe, Acrisios à Argos. Mais d'autres traditions permettent de croire que Prétos demeura, sinon tout à fait, du moins assez longtemps à Argos. — Ἱπποτρόφον. Homère dit aussi : Ἄργος ἱππόβοτον. L'Argolide était renommée pour la beauté et l'excellence de ses pâturages. — Θάλησεν. Voyez *Néméennes*, IV, 88. — Remarquez la construction de cette phrase, qui commence par ὅσος, et finit par un nombre déterminé. — Κλεωναίων πρὸς ἀνδρῶν. Voyez notre note 4, page 44.

— 4. Ἐπέβαν, verbe qui exprime parfaitement le retour, de même que ἀφικέσθαι, μολεῖν, ἐλθεῖν, etc.

— 5. Pellène, ville d'Achaïe, comme Sicyone. A Pellène, on donnait des tissus de laine pour prix aux vainqueurs.

— 6. Ἐξελέγχειν, *examinare, enumerare*.

— 7. Clitor et Tégée, deux villes d'Achaïe. Les jeux de Tégée étaient probablement en l'honneur de Minerve (Ἀλεαῖα, de Minerve Ἀλέα), et ceux de Clitor en l'honneur de Cérès et Proserpine (Κόρεια). — Ὑψίβατοι. Presque toutes les villes d'Achaïe étaient bâties sur des hauteurs. Voyez Pausanias, *Achaïe*, 25 et 26. — Λύκαιον. Sur le mont Lycée, en Arcadie, se trouvait un autel en l'honneur de Jupiter (*Olympiques*, XIII, 104 : Λυκαίου βωμός), et une enceinte consacrée à ce dieu. Sur la même montagne était aussi un temple de Pan, et près de ce temple, un hippodrome où se célébraient les jeux Lycéens. Le prix était un trépied d'airain. — Πὰρ Διός. Sous-entendez τεμένει.

— 8. Θῆκε ... σθένει. Construisez : Θῆκε νικᾶσαι (*proposuerunt ut quærerentur*) σὺν δρόμῳ ποδῶν σθένει τε χειρῶν.

Page 138. — 1. Pamphaès, l'un des ancêtres de Thééos.

— 2. Καὶ μὰν θεῶν πιστὸν γένος. Dissen : *Ac fidem servant dii erga eos, quos justos cognoverunt.*

— 3. Μεταμειβόμενοι δ' ἐναλλάξ. Comparez Homère, Odyssée, XI, 300 et suivants. D'anciens interprètes se sont abusés en entendant que chacun des Tyndarides passait à son tour un jour au ciel, un jour dans les souterrains de Thérapné; le texte de Pindare ne dit point cela; et d'ailleurs, s'il en était ainsi, Jupiter n'aurait pas exaucé le vœu de Pollux, qui était de ne point se séparer de son frère Castor.

— 4. On appelait γύαλον tout endroit creux (ὦ κοίλας πέτρας γύαλον, Sophocle, *Philoctète*, 1081), et aussi tout endroit entouré de murs et pouvant servir de cachette; c'est pourquoi dans Euripide, *Andromaque*, 1094, γύαλον est synonyme de θησαυρός. Ici, précédé de ὑπὸ κεύθεσι γαίας, γύαλα ne peut avoir que le sens de ὑπόγεια, tombeaux souterrains. — Thérapné, ville de Laconie, où Castor et Pollux avaient un tombeau dans le temple d'Apollon. Il existait aussi à Sparte un tombeau de Castor (Pausanias, III, 13, 1). — Au vers suivant, ἀμπιπλάντες, comme le simple ἔχοντες.

Page 140. — 1. Ἀμφὶ βουσίν πως χολωθείς. Rien de plus vague que le mot πως, *irrité je ne sais pour quelle histoire de bœufs;* les traditions mythologiques qui concernent ce combat sont pourtant bien certaines. Mais Pindare n'a pas voulu les rapporter exactement, peut-être pour éviter de longs détails, ou plutôt dans la crainte de rabaisser la gloire de ses héros, s'il rappelait le vol de troupeaux qui avait causé la colère d'Idas. Les Dioscures et les fils d'Apharée avaient enlevé ensemble des troupeaux en Arcadie; le partage du butin avait été confié à Idas. Celui-ci, d'accord avec son frère, trompa les Dioscures, et emmena tout le bétail en Messénie. Les Dioscures les poursuivirent jusqu'en Messénie, et non seulement ils reprirent leur part, mais ils enlevèrent aussi les troupeaux d'Idas et de Lyncée. Voyez Apollodore, III, 2, 3. Il est donc probable que les fils d'Apharée poursuivirent à leur tour les Dioscures jusqu'en Laconie, où se trouvait le tombeau d'Apharée, originaire de cette contrée; qu'arrivés là, Lyncée monta sur le Taygète pour découvrir Castor et Pollux, et les aperçut cachés dans le tronc d'un chêne; que les fils d'Apharée s'élancèrent contre eux, et que Idas tua Pollux. Ainsi se trouveraient d'accord toutes les parties du récit de Pindare. — Idas et Lyncée étaient tous deux fils d'Apharée, roi de Messénie. Voyez Pausanias, IV, 2.

— 2. Δρυὸς ἐν στελέχει ἡμένους. Castor et Pollux étaient-ils assis sur un tronc d'arbre, ou, pour se cacher, s'étaient-ils enfoncés dans le tronc d'un chêne creux? Le premier sens nous plairait davantage. Voici pourtant d'excellentes autorités pour le second : Pausanias, IV, 2 : Λυγκεύς, ὃν ἔφη Πίνδαρος, ὅτῳ πιστά, οὕτως ὀξὺ ὁρᾶν, ὡς καὶ διὰ στελέχους θεᾶσθαι δρυός. Et dans les vers Cypriens, cités par le scholiaste et par Bœckh, on lit :

Αἶψα δὲ Λυγκεὺς
Ταΰγετον προσέβαινε ποσὶν ταχέεσσι πεποιθώς·
ἀκρότατον δ' ἀναβὰς διεδέρκετο νῆσον ἅπασαν
Ταντα λίδου Πέλοπος, τάχα δ' εἴσιδε κύδιμος ἥρως
ὀφθαλμοῖσιν ἔσω κοίλης δρυὸς ἡμένω ἄμφω
Κάστορά θ' ἱππόδαμον καὶ ἀεθλοφόρον Πολυδεύκεα.

— 3. Ἄγαλμ' Ἀΐδα, c'est-à-dire στήλην, *un cippe*. Voyez Suidas, l'article ἄγαλμα.

— 4. Ἀνέχασσαν a bien ici le sens actif, *ils ne le firent pas reculer*, bien qu'on trouve dans Xénophon, *Anabase*, IV, 1, 12, ἀναχάζοντες, avec le sens moyen.

Page 142. — 1. Χαλεπὰ δ' ἔρις ... ὁμιλεῖν κρεσσόνων. Pour l'idée, comparez *Olympiques*, XI, 40 et 41. Pour la construction χαλεπὰ ὁμιλεῖν, voyez ci-dessus, vers 20.

— 2. Λύσις πενθέων. Il s'agit des souffrances de Pollux, et non de celles de Castor, comme on l'a quelquefois entendu.

— 3. Φίλων τατωμένῳ. De même Euripide, *Hélène*, 281 : Τητωμένη φίλων.

Page 144. — 1. Θνατόν, qui devrait se rapporter à Castor, se rapporte cependant à σπέρμα, comme plus haut, vers 17, ἀθάνατον.

— 2. Ἀποδάσσασθαι. Sous-entendez αὐτῷ.

— 3. Ἀνὰ δ' ἔλυσεν, pour ἀνέλυσε δέ. Jupiter est le sujet.

Page 146. — 1. Ἅ τε πρυτανεῖα λέλογχας. Vesta présidait aux prytanées, où on entretenait en son honneur un feu perpétuel. Sa statue était ornée d'un sceptre.

— 2. Ἑταίρους, ses compagnons, c.-à-d. ses collègues, les autres prytanes ou les sénateurs de Ténédos.

— 3. Ténédos, petite île de la mer Égée, sur la côte de la Troade.

— 4. Πρώταν θεῶν, parce que les prytanes honoraient Vesta au-dessus de toutes les autres divinités.

Page 148. — 1. Καὶ ξενίου Διός... ἀενάοις ἐν τραπέζαις. Les Prytanes étaient nourris dans le Prytanée, ainsi que les citoyens qui avaient rendu de grands services; de plus, on y recevait les ambassadeurs et les étrangers de distinction. C'est ce qui explique ξενίου Διὸς et ἀενάοις.

— 2. Τέλος δωδεκάμηνον. La magistrature des Prytanes durait douze mois. — Ἀτρώτῳ κραδίᾳ, *nullo dolore contristato animo.*

— 3. Εἰ δέ τις. Après avoir loué Arcésilas, père d'Aristagore, Pindare revient aux louanges d'Aristagore lui-même.

— 4. Θνατὰ μεμνάσθω ... ἐπιεσσόμενος. L'idée de Pindare est celle-ci : Il est mortel; qu'il se souvienne qu'il ne peut pas s'élever plus haut. La première partie de l'idée est seule exprimée, on peut voir avec quelle force et quel éclat. Cette comparaison du corps avec un vêtement est employée souvent par les philosophes; on la rencontre fréquemment aussi chez les auteurs chrétiens.

— 5. Joignez νίκαι ἐκ περικτιόνων. Comparez *Pythiques*, IV, 66. — Πάτραν. Voyez notre note 5, page 52.

Page 154. — 1. Ἐλπίδες ὀκνηρότεραι, *exspectationes parentium justo cunctantiores.* Ἔσχον avec l'infinitif; de même Euripide, *Oreste*, 257 : Σχήσω σε πηδᾶν; et Platon, *Lysias* : Διακωλύσουσί σε εὐδαίμονα εἶναι.

— 2. Πεντετηρίδ' ἑορτὰν Ἡρακλέος τέθμιον. Les jeux Olympiques, fondés par Hercule, se célébraient tous les cinq ans.

— 3. Οἴκεῖα καλά, *laudes ei destinatæ, suæ futuræ, si tentasset.*

Page 156. — 1. Συμβαλεῖν μὰν εὐμαρὲς ἦν, etc. Aristagore descendait de Pisandre par son père, et de Mélanippe par sa mère. Le poëte dit Pisandre de Sparte, quoiqu'il fût d'Amyclée, parce que cette dernière ville, étant située au sud et tout près de Lacédémone, est considérée comme en faisant partie. Lors de l'invasion du Péloponèse par les Doriens, Pisandre passa d'Amyclée à Ténédos avec une colonie d'Éoliens. Ils s'embarquèrent en Aulide, après avoir accueilli parmis eux un grand nombre de Thébains et de Béotiens, et entre autre les Mélanippides, descendants du célèbre Mélanippe, héros Thébain, que blessa Tydée dans la guerre Argienne. C'est une femme issue de cette illustre famille qui devint la mère des Pisandrides, en épousant dans la Béotie Pisandre, auteur de cette race.

— 2. Ἀρχαῖαι δ' ἀρεταί, et les vers suivants. Comparez pour l'idée le commencement de la sixième Néméenne. — Ἀμφέροντ' pour ἀνεφέροντο, espèce d'aoriste d'habitude. — Πλούτῳ ἴσον, *proventu pari.*

— 3. Τὸ δ' ἐκ Διός, *ex Jove vero.* Pour la pensée, comparez *Olympiques*, XII, 7, et Théognis, 585.

Page 158. — 1. 'Εμβαίνειν, avec le datif, *aborder*, *entreprendre*. De même Platon, *Phèdre :* 'Εμβαίνειν τῷ ἐπιτηδεύματι.

— 2. 'Ροπαί, c'est-à-dire le cours des évéuements.

— 3. 'Απροσίκτων δ' ἐρώτων ὀξύτεραι μανίαι. Dissen : *Quæ assequi non licet appetere, ea vero magna est insania.*

INDEX

DES FORMES DIALECTIQUES.

La plupart des formes indiquées ci-dessous appartiennent au dialecte dorien, quelques-unes seulement au dialecte éolien ; d'autres sont usitées dans tous les dialectes poétiques.

—

ἂν .... ἦν.
ἀναβάλεο .... ἀναβάλου.
ἀναγήσασθαι .... ἀνηγήσασθαι.
ἀνάγκα .... ἀνάγκη.
ἀνέχασσαν .... ἀνέχασαν.
ἀνίαισι .... ἀνίαις.
ἁνίοχον .... ἡνίοχον.
ἀνορέαις .... ἀνορέαις.
ἀντείνω .... ἀνατείνω.
Ἀντία .... Ἀντίου.
ἀοιδά .... ἀοιδή.
ἀπανάνατο .... ἀπηνήνατο.
ἀπάσας .... ἀπάσης.
ἀπειρομάχας .... ἀπειρομάχης.
Ἀπείρῳ .... Ἠπείρῳ.
ἀπεφάνατο .... ἀπεφήνατο.
ἀπολάσασθαι .... ἀπολάσασθαι.
ἀπονοστάσαντος .... ἀπονοστήσαντος.
ἄραρεν .... ἤραρε.
ἀργυρέαισι .... ἀργυρέαις.
ἀρετᾶν .... ἀρετῶν.
ἀρήγοισαι .... ἀρήγουσαι.
ἀριστεύοισαν .... ἀριστευουσαν.
Ἀριστοφάνευς .... Ἀριστοφάνους.
ἅρμοζον .... ἥρμοζον.
ἁρμόσαις .... ἁρμόσας.
ἀρούραισιν .... ἀρούραις.
ἀστεροπάν .... ἀστεροπήν.
ἀσυχᾶ .... ἡσυχῇ.
ἀσυχίαν .... ἡσυχίαν.
ἄταν .... ἄτην.
ἆτε .... ἦτε ou ᾗ.
ἀτίταλλεν .... ἠτίταλλεν.
ἄτλατος .... ἄτλητος.
ἀτρόποισι .... ἀτρόποις.
αὐδάν .... αὐδήν.
αὐλάσαντος .... αὐλήσαντος.
αὐλάν .... αὐλήν.
αὑτά .... αὕτη.
αὐτά (pronom) .... αὐτή.
Ἀφροδίτα .... Ἀφροδίτη.
βαθυμᾶτα .... βαθυμήτης.
βαίνοισα .... βαίνουσα.
βασιλέα .... βασίλεια.
βασιλῆες .... βασιλεῖς.
Βασσίδαισιν .... Βασσίδαις.
βιατάν .... βιατήν.
βιοτάν .... βιοτήν.
βλάβεν .... ἐβλάβησαν.
βοαθόον .... βοηθόον.
βοτάνα .... βοτάνη.
βουλαῖσι .... βουλαῖς.
βουλάν .... βουλήν.
βραχυσίδαρον .... βραχυσίδηρον.
γᾶν .... γῆν.
γαρυέμεν .... γηρύειν.
γαρύων .... γηρύων.
γέγαθε .... γέγηθε.
γιγάντεσσιν .... γίγασι.
γλεφάροις .... βλεφάροις.
γνώμαν .... γνώμην.
γνωτά .... γνωτή.
δαιμονίοισι .... δαιμονίοις.
Δάλου .... Δήλου.
δάϊος .... δήϊος.
δάμασε .... ἐδάμασε.
δᾶμος .... δῆμος.
δαμότας .... δημότης.
Δανάαν .... Δανάην.
δάοισιν .... δηΐοις.
δαρόν .... δηρόν.
δάψεν .... ἔδαψε.
δεινάν .... δεινήν.
δεῖξε .... ἔδειξε
δέκονται .... δέχονται.
δεξιωτάταν .... δεξιωτάτην.
δεσπότας .... δεσπότης.
Δί .... Διί.
διαγγέλλοισα .... διαγγέλλουσα.
δίδαξε .... ἐδίδαξε.
διδόμεν .... διδόναι.
διέποντι .... διέπουσι.
δίκα .... δίκη.
διπλόαν .... διπλῆν.
δισσαῖσι .... δισσαῖς.
δοκέοντα .... δοκοῦντα.
δόμεν .... δοῦναι.
δόμοισιν .... δόμοις.
δύσφαμον .... δύσφημον.
Δωδώναθεν .... Δωδώνηθεν.
ἐᾶ .... ἐῇ.
ἔβα .... ἔβη.
ἔβαν (a long) .... ἔβην.
ἔβαν (a bref) .... ἔβησαν.
ἐγκατέβα .... ἐγκατέβη.
ἔεικα .... εἶκα.
ἔερσα .... ἔρση.
ἐθάμβεον .... ἐθάμβουν.
ἐθελοίσας .... ἐθελούσης.
ἐθέλοντι .... ἐθέλουσι.
ἕκατι .... ἕκητι.
ἔκφερεν .... ἐξέφερε.
ἐλαιᾶν .... ἐλαιῶν.
ἔλασεν .... ἤλασε (ἐλαύνω).

ἐλεγχέεσσιν.................ἐλέγχεσι.
Ἐλείθυια.................Εἰλείθυια.
ἐλελίξαις.................ἐλελίξας.
ἕλεν.....................εἷλε.
Ἑλένοιο..................Ἑλένου.
Ἕλλανα...................Ἕλληνα.
Ἑλλανίου.................Ἑλληνίου.
ἐμάν.....................ἐμήν.
ἔμβαλον..................ἐνέβαλον.
ἐμβασίλευσεν.............ἐνεβασίλευσε.
ἐμβεβαῶτας...............ἐμβεβηκότας.
ἔμιχθεν..................ἐμίχθησαν.
ἔμμεν, ἔμμεναι...........εἶναι.
ἔμπα.....................ἔμπας.
ἔμπαισε..................ἐνέπαισε.
Ἐνυάλιος.................Ἐνυάλιος.
ἐντί.....................εἰσί.
ἐξαρκέων.................ἐξαρκῶν.
ἐξαύδασε.................ἐξηύδησε.
ἐξέφαναν.................ἐξέφηναν.
ἐξικέσθαν................ἐξικέσθην.
ἐόντων...................ὄντων.
ἑορτάν...................ἑορτήν.
ἔπαξε....................ἔπηξε.
ἐπαύρεο..................ἐπηύρου.
ἐπέβα....................ἐπέβη.
ἐπέβαν (a long)..........ἐπέβην.
ἐπέβαν (a bref)..........ἐπέβησαν.
ἕπετο............εἵπετο ou ἕσπετο.
ἐπιεσσάμενος.............ἐφεσσάμενος.
ἐπιεσσόμενος.............ἐφεσσόμενος.
ἐπιμίξαις................ἐπιμίξας.
ἐπινικίοισιν.............ἐπινικίοις.
ἔρεφε....................ἤρεφε.
ἐρίζοντι.................ἐρίζουσι.
Ἐριφύλα..................Ἐριφύλη.
Ἑρμᾷ....................Ἑρμῇ.
ἐρύσαις..................ἐρύσας.
ἐρυσσάμενος..............ἐρυσάμενος.
ἔσαν.....................ἦσαν.
ἔσκεν....................ἦν.
ἐσλός...............ἐσθλός et ἐσθλούς.
ἔσσαν....................ἦσαν.
ἔσσεται..................ἔσται.
ἐσσί.....................εἶ.
ἔστα, ἔσταν...............ἔστη, ἔστην.
ἑστακότα.................ἑστηκότα.
ἐσχάτας..................ἐσχάτης.
εὐάνωρ...................εὐήνωρ.
εὐνά.....................εὐνή.
Εὐρώπαν..................Εὐρώπην.
εὐφρόνα..................εὐφρόνη.
εὐφροσύνα................εὐφροσύνη.
ἐφαμερίαν................ἐφημερίαν.
ἐφαπτοίμαν...............ἐφαπτοίμην.
ἐφίζοισα.................ἐφίζουσα.
ἐφορμαθείς...............ἐφορμηθείς.
ἔχοντι...................ἔχουσι.
ἐών......................ὤν.
ζακότοιο.................ζακότου.
Ζεφύροιο.................Ζεφύρου.
Ζηνός....................Διός.
ζωᾶς.....................ζωῆς.
Ἥβαν.....................Ἥβην.
ἠΰπυργον.................εὔπυργον.
θαητάν...................θαητήν.
θαλάσσας.................θαλάσσης.
θάλησε...................ἐθάλησε.
θέλξεν...................ἔθελξε.
θέμεν....................τιθέναι.
Θεράπνας.................Θεράπνης.
θέσαν....................ἔθεσαν.
θέσσαντο.................ἐθέσσαντο.
θῆκεν....................ἔθηκε.
θηρευέμεν................θηρεύειν.
θιγέμεν..................θίγειν.
θνατόν...................θνητόν.
θρασυμαχάνων.........θρασυμηχάνων.
θρέψε....................ἔθρεψε.
Ἰαωλκόν..................Ἰωλκόν.
ἱκέτας...................ἱκέτης.
Ἱππολύτας................Ἱππολύτης.
καβαίς...................καταβάς.
κᾶδος....................κῆδος.
καλάμοιο.................καλάμου.
καλέοισι.................καλοῦσι.
καλλικόμοισιν............καλλικόμοις.
καλλίστα.................καλλίστη.
καππαύει.................καταπαύει.
κάρα.....................κάρη.
κᾶρυξ....................κῆρυξ.
καρχασίου................καρχησίου.
κασιγνήτα................κασιγνήτη.
καταθέμεν................καταθεῖναι.
κατακρύψαις..............κατακρύψας.
κατασχοῖσα...............κατασχοῦσα.
κατέβα...................κατέβη.
καυθεῖσα.................καυθεῖση.
κε.......................ἄν.
κείνα, κεῖνος...........ἐκείνη, ἐκεῖνος.
κεκριμένα................κεκριμένη.
κελαδέων.................κελαδῶν.
κελάδησε.................ἐκελάδησε.
κενεάν, κενεᾶν...........κενήν, κενῶν.

Οὔλυμπος	Ὄλυμπος.
ὀχθαῖσι	ὀχθαῖς.
πάθεν, ον	ἔπαθε, ἔπαθον.
παίδεσσιν	παισί.
πάλα	πάλη.
παλαισαῖσι	παλαισαῖς.
πάλαισεν	ἐπάλαισε.
Παλίου	Πηλίου.
πάξαιτο	πήξαιτο.
πάρ	παρά.
παραμείβεαι	παραμείβη.
παραστάταις	παραστάτης.
παρδίδωμι	παραδίδωμι.
παρθενηΐοις	παρθενείοις.
παρμονιώτερος	παραμονιώτερος.
παρπολίου	παραπολίου.
παρφαμένα	παραφαμένη.
πάσας	πάσης.
πατέρος	πατρός.
πεδαυγάζων	μεταυγάζων.
πεδᾶσαι	πεδῆσαι.
πεδέρχεται	μετέρχεται.
πειθέμεν	πείθειν.
πειρᾶτο	ἐπειρᾶτο.
πείσαις, αισα	πείσας, ασα.
πελάσαις	πελάσας.
Πελίαο	Πελίου.
Πελλάνας	Πελλήνης.
πέμπε, πέμψαν	ἔπεμπε, ἔπεμψαν.
πενταέθλοις	πεντάθλοις.
πεπρωμέναν	πεπρωμένην.
περικαδόμενοι	περικηδόμενοι.
περιναιεταόντων	περιναιετώντων.
περίοδοις	περιόδοις.
πέσε	ἔπεσε.
πίειραν	πίονα.
πίτναν	ἐπέτασαν.
πλαγᾶν	πληγῶν.
πλάκτρῳ	πλήκτρῳ.
πλᾶξε	ἔπληξε.
πλαναθέντα	πλανηθέντα.
πλευραῖσι	πλευραῖς.
πνοαῖσιν	πνοαῖς.
πόδεσσιν	ποσί.
ποᾶεντα	ποιήεντα.
ποινάν	ποινήν.
πολεμιστάν	πολεμιστήν.
πολέμοιο	πολέμου.
πολίων	πολέων.
πολιᾷ	πολλῇ.
πολυνεφέλα	πολυνεφέλου.
πολυξέναν	πολυξένην (p. ον).
πόντοιο	πόντου.
πόρευσαν	ἐπόρευσαν.
πόρθησε	ἐπόρθησε.
Ποσειδᾶωνα	Ποσειδῶνα.
ποσσίν	ποσί.
ποτανός	ποτηνός.
ποτίφορον	πρόσφορον.
Πουλυτιμίδαν	Πολυτιμίδαν.
πρᾶγος	πρᾶγμα.
πράθεν	ἐπράθη.
προθύμοισιν	προθύμοις.
προμαθείας	προμηθείας.
προφάταν	προφήτην.
πρώταν	πρώτην.
πύκταν	πύκτην.
πύλαισι	πύλαις.
πυλᾶν	πυλῶν.
ῥεέθροις	ῥείθροις.
ῥᾶξαν	ἔῤῥηξαν.
ῥιπαῖσι	ῥιπαῖς.
ῥοαῖσι	ῥοαῖς.
σέθεν, σέο, σεῦ	σοῦ.
σεμνάν	σεμνήν.
σιγᾷ	σιγῇ.
σιδαρίταν	σιδηρίτην.
σκάπτῳ	σκήπτρῳ.
Σπάρτας	Σπάρτης.
σπεῦδεν	ἔσπευδε.
στάθεν	ἐστάθησαν.
στάθμαν	στάθμην.
στάλαν	στήλην.
στάξεν	ἔσταξε.
στάσομαι	στήσομαι.
στρωμνᾶς	στρωμνῆς.
συνάρμοξεν	συνήρμοσε.
συνέπαξε	συνέπηξε.
Συρακοσσᾶν	Συρακουσῶν.
σχάσαις	σχήσας.
σχίσσεν	ἔσχισε.
σχολά	σχολή.
Σωκλείδα	Σωκλείδου.
τᾷ	τῇ, ᾗ, ταύτῃ.
τάν	τήν, ἥν, αὐτήν.
τάνδε	τήνδε.
τᾶς	τῆς, ἧς, ταύτης.
τατωμένῳ	τητωμένῳ.
ταύταν	ταύτην.
τεᾷ	σῇ.
τεάν	σήν.
τέκνοισι	τέκνοις.
τεθνακότων	τεθνηκότων.
Τελαμωνιάδας	Τελαμωνιάδης.

τελευτάν	τελευτήν.
τεμένεσσι	τεμένεσι.
τεός, τεόν	σός, σόν.
τέχναισι	τέχναις.
τίκτε	ἔτικτε.
τιμά	τιμή.
τίμασε	ἐτίμησε.
τίν	σοί.
τλάθυμος	τλήθυμος.
τό	τοῦτο.
τόθι	ὅθι.
τοί	οἱ, οἵ, οὗτοι.
τοί	σοί.
τόκα	τοτέ.
τόν	ὅν, τοῦτον.
τόπερ	ὅπερ.
τόσσον	τόσον.
τοῦ	σοῦ, αὐτοῦ.
τράφε	ἔτραφε.
Τύ	σύ.
Τυνδαρίδας	Τυνδαρίδης.
τύχα	τύχη.
τύχον	ἔτυχον.
τῶν	ὧν, αὐτῶν, τούτων.
υἱέων	υἱῶν.
ὑπέδεκτο	ὑπεδέδεκτο.
ὑφελοῖσα	ὑφελοῦσα.
φαεννά	φαεινή.
φαιδίμαν	φαιδίμην (p. ον).
φαίνοισα	φαίνουσα.
φαινομέναν	φαινομένην.
φάμεν	φάναι.
φαμί	φημί.
φᾶσε	ἔφησε, ἔφη.
φάσει	φήσει.
φάσομαι	φήσομαι.
φέρεν	ἔφερε.
Φερσεφόνα	Περσεφόνη.
φεῦγεν	ἔφευγε.
φεύγοντι	φεύγουσι.
φθονεροῖσι	φθονεροῖς.
φιάλαισι	φιάλαις.
φίλα	φίλη.
φιλάσαντα	φιλήσαντα.
φίλησε	ἐφίλησε.
φίλοισι	φίλοις.
φιλόξεινος	φιλόξενος.
φιλοτάτων	φιλοτήτων.
φλάσαν	ἔφλασαν.
φλέγεν	ἔφλεγε.
φράδασσε	ἐφράδασσε.
φρᾶσι	φρεσί.
φρονέων	φρονῶν.
φυά	φυή.
φυλάσσοισιν	φυλάσσουσι.
φύτευε	ἐφύτευε.
φωνά	φωνή.
φώνασε	ἐφώνησε.
χαλκομίτρα	χαλκομίτρου.
χαλκοπάραος	χαλκοπάρειος.
χαμαιπετοῖσαν	χαμαιπετοῦσαν.
Χάρισσιν	Χάρισι.
χερί	χειρί.
χρήσιες	χρήσεις.
χρυσαλάκατος	χρυσηλάκατος.
χρυσεᾶν	χρυσεῶν.
χώρησεν	ἐχώρησε.
ψᾶφος	ψῆφος.
ψεῦσταν	ψεύστην.
ψυχά	ψυχή.
Ὠαρίωνα	Ὠρίωνα.
ὦν	οὖν.

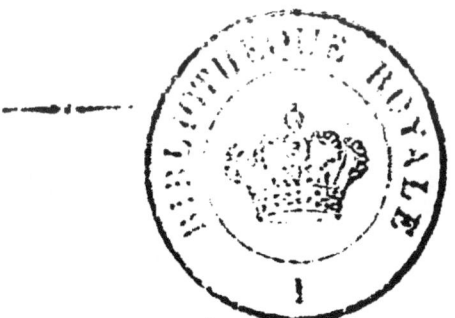

LIBRAIRIE DE L. HACHETTE ET Cie.

TRADUCTIONS JUXTALINÉAIRES

DES

PRINCIPAUX AUTEURS CLASSIQUES GRECS.

FORMAT IN-12.

Cette collection comprendra les principaux auteurs qu'on explique dans les classes.

EN VENTE AU 1er JANVIER [illegible]

ARISTOPHANE : Plutus. Prix [illegible]
[illegible]
BABRIUS : Fables [illegible]
CHRYSOSTOME (S. JEAN) : Homélie en faveur d'Eutrope . . . . . . 50 c.
DÉMOSTHÈNE : Discours contre la loi de Leptine . . . . . . 3 fr. 50 c.
— Discours pour Ctésiphon ou sur la Couronne . . . . . . 5 fr.
— Les trois Olynthiennes. 1 fr. 50 c.
— Les quatre Philippiques. 2 fr. 50 c.
ESCHINE : Discours contre Ctésiphon. Prix . . . . . . 4 fr.
ESCHYLE : Prométhée enchaîné. Prix . . . . . . 2 fr.
— Les Sept contre Thèbes. 1 fr. 50 c.
ÉSOPE : Fables choisies . . . . . . 1 fr.
EURIPIDE : Électre [illegible]
[illegible]

LUCIEN : Dialogue des Morts. Prix [illegible]
PINDARE : Isthmiques (les) [illegible]
PLATON : Alcibiade (le premier). Prix . . . . . . 2 fr. 50 c.
— Apologie de Socrate. Prix . . . . . . 2 fr.
PLUTARQUE : Vie d'Alexandre. Prix . . . . . . 4 fr. 25 c.
— Vie de César . . . . . . 3 fr. 50 c.
— Vie de Cicéron . . . . . . 3 fr.
— Vie de Marius . . . . . . 3 fr.
— Vie de Pompée . . . . . . [illegible]
— Vie de Sylla [illegible]
SOPHOCLE : Ajax [illegible]
— Antigone [illegible]
— Électre [illegible]
— Œdipe à Colone [illegible]
— Œdipe roi [illegible]
— Philoctète [illegible]
— Trachiniennes (les) [illegible]
THÉOCRITE : Idylles [illegible]
[illegible]

AVIS. [illegible] juxtalinéaire [illegible] qu'on explique dans les classes.

[illegible]

www.ingramcontent.com/pod-product-compliance
Lightning Source LLC
Chambersburg PA
CBHW061500030726
47503CB00005B/1760
9782019621506